陈子铭 著

大海商

中国华侨出版社
·北京·

图书在版编目（CIP）数据

　　大海商 / 陈子铭著 . -- 北京：中国华侨出版社，
2019.6
　　ISBN 978-7-5113-7842-2

　　Ⅰ . ①大… Ⅱ . ①陈… Ⅲ . ①纪实文学—中国—当代
Ⅳ . ① I25

　　中国版本图书馆 CIP 数据核字 (2019) 第 078344 号

大海商

著　　　者：陈子铭

责任编辑：刘晓燕

责任校对：志　刚

经　　销：新华书店

开　　本：670 毫米 ×960 毫米　1/16 开　印张：17　字数：271 千字

印　　刷：河北省三河市天润建兴印务有限公司

版　　次：2019 年 7 月第 1 版

印　　次：2024 年 5 月第 2 次印刷

书　　号：ISBN 978-7-5113-7842-2

定　　价：48.00 元

中国华侨出版社　北京市朝阳区西坝河东里 77 号楼底商 5 号　邮编：100028
发 行 部：（010）64443051　　　　传　真：（010）64439708
网　　址：www.oveaschin.com　　　E-mail：oveaschin@sina.com

如果发现印装质量问题影响阅读，请与印刷厂联系调换。

谁控制了海洋，即控制了贸易，谁控制了世界贸易，即控制了世界财富，因而控制了世界。

——[英]沃尔特·雷利

进入太空时代，地球被发现是一个充满液体的蓝色球体，海洋占据地球表面71%。它是地球生命的起源，也是人类文明的摇篮。

对中国而言，海洋是财富的最早记忆。来自海洋的贝壳，是中国最早的货币。在华夏文明里，关于财富的造字常与贝壳有关。

在西方，海洋被用来进行资本主义的原始积累、发展资本主义，近代历史就是一部各国航海势力此消彼长的历史。

中国，地处世界最大的大陆板块——亚欧板块，陆地面积960万平方公里，海域面积470多万平方公里，18400多公里海岸线和7600多个岛屿，共同构成了辽阔的疆域，并由此决定海洋文化成为华夏多元文明的一个组成部分。

发端于中国大汉帝国时期的"丝绸之路"，穿越中亚地区，是人类文明交流的国际通道。

随之而来的世纪，作为统治中心的中原支撑不了一个庞大的帝国，于是重心随着河流和漕运一路东移，奔流入海成为大势。

751年，因为大唐帝国与阿拉伯的怛罗斯（今哈萨克斯坦的江布尔）战役的失利，中国失去了对"丝绸之路"的控制权。中国的对外贸易开始由陆路转向海路，福建成了"海上丝绸之路"的一个起始点。

7世纪~14世纪，中国的唐宋元政府以开放的姿态加入世界贸易热潮，闽南海商与阿拉伯商人，构建了太平洋—印度洋的贸易圈。海洋向人类展示了巨大的财富潜能。

中国成为人们向往的黄金国度，《一千零一夜》《马可·波罗游记》《伊本·白图泰游记》里那些关于中国的财富故事，构成世界认知中国的一个部分。

强大的中央集权和充满活力的商业成为外国旅行者对东方中国的最初印象。海洋文化以惊人的能量，成为以大河文化为主导的多元文化之一，它以开放、进取、包容、自信向世界展示自己的姿态。

那些关于中国强大与富足的传说，像阿拉丁神灯，点燃了阿拉伯人积极追寻财富与知识的热情，也点燃了刚刚走出中世纪黑暗的欧洲人开辟新航路的热情。

16世纪，全球迎来贸易一体化浪潮。

西方航海势力东来对接亚洲商人网络，东西方文明交汇于太平洋。

随后几个世纪，世界在互动中完成自我超越。

福建，就中华帝国的版图以及它所缔造的文明而言，偏居东南一隅，长期置身事外。但是，当全球化浪潮到来时，因为地处亚欧板块边缘，它仿佛轻轻一抬脚，便走进世界最广阔的海洋——太平洋。无边的涛声，记录500年来全球化进程中的每一处细节。

中原移民在7世纪进入漳州，9世纪开始海洋贸易及向海外移民，15世纪，漳州商人成为亚洲贸易网络的主导。16世纪，作为大明王朝唯一允许商人外出贸易的口岸城市，漳州月港成为吞吐帝国财富的主要口岸，在迎来它的黄金时期的同时，台湾海峡从某种意义上开始占据了国际贸易的制高点。

目录

Contents

第一章

风帆远来

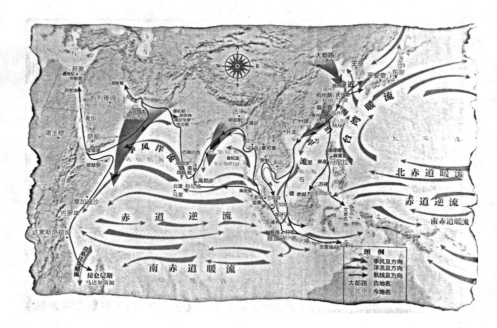

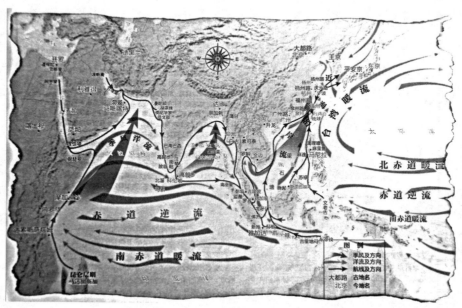

▲ 季风洋流将中国的大帆船送往世界各国

全球化序幕

16世纪开始，欧洲各国所建立的东印度公司与一度由漳州商人主导的亚洲汉商贸易网络实现对接。太平洋成了东西方文明的交汇点，"全球化"由此拉开序幕。

15世纪，人们依靠帆船航海。

那个时候，欧洲人发现了一个十分有趣的现象：在太平洋、大西洋和印度洋，因为纬度高低的变化，信风随之发生变化。在南纬30度和北纬30度地区之间，强劲而有规律的信风，从东部吹起，赤道以北，风来自东北方向；赤道以南，风来自东南方向。而在北纬和南纬各自的40度和60度间，信风则从西方吹来。

人们渐渐认识到：依靠信风，人们实际上可以到达世界上任何一个地方的海岸。达·伽马正是由此完成了人类的一次划时代的远航。

尽管世界风系的发现的影响力需要在以后漫长的时间里才能充分显露出来，但是，这是充满信心的人类新时代的开始。

说到这个新时代，我们需要关注地球另一边一个国家的崛起。

这个国家叫葡萄牙。

从今天的世界地图看，它的面积不及中国的一个浙江省大，但在15世纪，它掀起的波涛撼动了世界。

作为首先到达东方的国家，他们的到来带动了一股全新的贸易潮。

葡萄牙的远航据说源于一种宗教冲动。在欧洲人的传说里，古老的东方有一个庞大的基督教帝国，这个帝国建立在印度或者一个叫阿比西亚的地方，寻找它是上帝赋予的神圣使命。吸引他们的还有马可·波罗的游记。马可·波罗笔下的中国遍地黄金，是所有梦想财富与荣耀的人所向往的地方。当然，直接导致他们远航的是产于热带的香料。

胡椒，迄今为止最有价值的热带作物，原产于南印度，大概在6世纪传入爪哇和苏门答腊。这种藤蔓植物的果实在干燥、粉碎后形成味道辛辣的胡椒粉，除了在欧洲人的味蕾上起到了小小的兴奋作用外，在没有电冰箱的年代，据说还是不错的食物保鲜材料。另外，它曾让达·伽马一下子赚足了60倍于远航费用的利润。

丁香，桃金娘科植物，从它身上提取的精油是香水的原料，16世纪的欧洲宫廷充满了它的香味，直到现代，它的神秘气质仍和香奈儿一起名扬时尚界。

豆蔻，一种来自班达群岛的香料，多年生草本植物，果实呈不规则多面状，表面暗棕色，有皱纹，气芳香，味辛凉。唐人杜牧诗唱："娉娉袅袅十三余，豆蔻梢头二月初。"杜牧的豆蔻，不是舶来品，不过它的种子和欧洲人喜欢的一样，是香辛调料。

肉桂，樟科植物，产自越南、印度尼西亚、斯里兰卡，中国的福建、台湾、广西、云南也有它的踪迹。桂皮芳香甜辣，磨成粉后和它成熟的果实一样是令欧洲人疯狂的菜肴、酒和巧克力的调味品。

最迟在1世纪，罗马人的日常生活中已经出现这些东方香料，为了获取这些香料，他们每年组织大型舰队越过阿拉伯海到达印度，在最终返回意大利之前，要在红海港口、尼罗河和亚历山大港停靠。

但是，从13世纪开始，蒙古和奥斯曼土耳其帝国切断东西方传统的陆上贸易后，意大利城邦威尼斯、热那亚因为成功地控制了到达亚历山大港的航线而垄断整个欧洲香料贸易。由此产生的巨大利益，使意大利加速迎来它的文艺复兴。

中世纪的欧洲人显然从古罗马人那里继承了这种嗜好。

感谢这种嗜好，葡萄牙人因此突然崛起了。

这个国家的崛起，需要提到一个叫恩里克的葡萄牙王子。

这个被视为具备了虔诚的基督徒的许多品质和冒险精神的中世纪王子，在萨格勒士建立了一所军事学校，会集起与航海有关的人士，比如航海家、军人、教士、天文学家、地理学家、工匠、水手、破落贵族和亡命徒等，拉开了大航海时代的序幕。

最初，这种封建制度和商业活动混合的模式，仅仅是一项看起来缺乏预期利润却充满风险的投资，由充满梦想的基督徒恩里克为它买单。但是，接下来人们找到了一条把东西方世界连接在一起的航线，随之而来的巨大财富，使他们拥有了将这个国家粉饰一新的能力。

另外，他们在航线的另一端遇到了漳州人。

那时，东方大国大明王朝已经从成吉思汗的后裔那里夺取了统治权，为了防范元朝军队残部的袭击，他们在北部边陲修建了长城。我们今天所能见到的长城，大致是那个时候修建的。为了防范那些昔日的竞争对手，他们还在东南沿海实行"海禁"政策。尽管那些宿敌早已灰飞烟灭，而他们侥幸生存的子嗣也沦为贱民，然而不能避免的贸易潮还是到来了，无论是西方航海者，还是早已在亚洲水域游弋的漳州商船，对于这次碰撞，双方一定充满了好奇。

就好像远道而来的人一样，既然地狭人稠，大海又在身边，不去航海，又有什么生路？既然做了水手，不去航海，又能做什么？大明王朝的海禁政策在这里遭遇到挑战，这种挑战最初可能是在小心翼翼中进行的，但是，在葡萄牙人到来前夕的亚洲水域的贸易圈，漳州海商已经是实际上的主导。

在葡萄牙人看来，这些漳州人或许是最像他们的一群人。

这些人造船出海、私自贸易、毫无畏忌，从广东到浙江、从印度洋到南太平洋到处都有他们的身影。有时，他们数十条船浮海而来，在当地采购货物，补充淡水、食品，然后又消失得干干净净，就像那些来去自由的天边白云一样。他们这样熟悉亚洲水域，如果有他们参加航行，总是容易得多。还有，如果喝上他们自带的土酿酒——一种在欧洲人看来像他们家乡的啤酒一样的淡米酒，他们可能就是朋友了。这些人性格颇急躁，但天生擅长贸易，哪怕是和自己的敌人做生意，有时实在分不清敌友，干脆就让自己的舰炮向对方乱轰一气，然后再坐下来谈判，这也是他们招来很多是非的原因。因此，初来的葡萄牙人往往愿意采用和平贸易的方式和这些人打交道。有时，葡萄牙人以漳州商船"附舶"的方式前往中国。葡萄牙人在中国沿海的几个商业据点——广东的澳门、福建的浯屿、浙江的双屿，最初都是漳州海商引入的。

葡萄牙人很快掌握了与这片水域有关的风向、气流、路线和港口知识，然后从欧洲西北部、东南非、印度次大陆到东南亚，建立一条漫长的航线。依靠这条贸易线上的武装据点，他们至少在最初的几十年里形成一种强势贸易。这种情况发生在他们的航海技术和军事实力并不优越于亚洲人的情况下。接下来，过度膨胀的胃口遭遇到消化不良，最起码，他们在中国东南沿海建立的据点——浙江的双屿和福建的浯屿很快被清除干净。这些据点，曾经吸引了那么多的漳州贸易船。由此，那个征服中国的计划成了堂吉诃德式的梦想。

但是，这一切已经不重要了，因为，在他们后面，西班牙人来了。

西班牙，一个充满大海气概和梦幻气息的国度，修道院、教堂、宗教法庭、阳光下灰尘四起的村庄、开满鲜花的庭院、毕加索油画、斗牛士之歌、卡门、堂吉诃德的梦……热情洋溢又充满没落气息，这是人们向往它的重要理由。

那时候，西班牙不过是个刚刚组建的新国家，通过政治联姻，卡斯蒂利亚和阿拉贡两个小王国走到一起。这个野心勃勃的小国家很快表现出瓜分世界的兴趣。

还在1494年的时候，葡萄牙和西班牙两个邻居就签订了一份瓜分世界的《托尔德西里亚斯条约》，条约规定：以佛得角以西370海里处经线为界，将世界分为两个半球，西半球归西班牙，东半球归葡萄牙。

这个现在看起来有点不可理喻的条约在 1506 年得到教皇的正式承认。

然后，1578 年 8 月 4 日，在一次葡萄牙与摩洛哥的战斗中，葡萄牙国王塞巴斯蒂安十分离奇地失踪，西班牙国王菲利普二世以一半的葡萄牙血统理所当然地登上葡萄牙王位，几乎统治了一半世界的葡萄牙王国突然倒塌。

西班牙时代来了！

与葡萄牙的海洋贸易帝国不同，西班牙人建起了一个庞大的殖民帝国。

如果不是哥伦布在寻找中国时意外地发现了美洲，这个伊比利亚半岛上的小国家的崛起可能还要花一些工夫。

因为一桩纯粹的商业交易，热那亚的犹太人克里斯托弗·哥伦布成了西班牙的海军上将克里斯托弗·堂·哥伦布。

哥伦布的航海成果最初并没有带来多少意外之喜。

但在这个热那亚人抑郁而终后不久，他的发现展示了巨大的商业价值，除了造成数千万美洲印第安人非自然死亡之外，到 16 世纪末，世界白银开采量大部分为西班牙所贡献。

那时的西班牙人发现，用便宜得像石头一样的白银换取中国手工业品，是世界上最有利的贸易。

这点足以证明漳州海商同西班牙人建立一条贸易航线的必要了。

这样的贸易持续若干年后，

▲ 哥伦布

不怎么出产白银的中国拥有世界一半以上的白银储备，成了真正意义上的白银帝国。直到今天，那些刻有国王菲利普二世头像的银币，在漳州依然是一种热门的收藏物。

在他们看来，漳州人是好水手。在亚洲水域，如果有他们同行，将会省去不少麻烦。

同时，他们也是天才的工匠，无论是欧洲的自鸣钟，还是日本的天鹅绒，一到漳州人这儿就能被迅速仿制……一种产自安达卢西亚的花布，在这里被仿制，比出自原产地的还漂亮。

最重要的是，他们是出色的商人，如果今年你和他们做了一笔赚钱的买卖，哪怕是一个木头鼻子，明年或许他们会运来一船同样的东西。如果他们驾船出海，停靠在某个港口，货卖光了，而有人愿意出个好价钱买他们的船，他们干脆把船也卖了，然后搭别人的船回家。

他们知道英国人需要多少商品，荷兰人需要多少商品，在日本可以卖多少货物，就像他们的裁缝，一旦见一个人，就知道这个人做衣服需要多少布料，并不需要拿把尺子在这个人身上比比画画。

当然，他们还十分抱团，如果一条商船发现了一个好的去处，接下来，成群结伙的漳州船便越洋而来。

有迹象表明，西班牙人曾经试图直接航行漳州，和这儿的人建立直接的贸易关系。但是，先到的葡萄牙人似乎从中阻挠他们，葡萄牙人告诉他们，中国皇帝禁止自己的臣民与外国人交易。这种情况直到一个偶然事件的发生才有所变化，一条西班牙船因为飓风漂到漳州，船员受到不错的接待，可能他们被当成朝贡的使节，或者这儿的人天生好客，尽管在海禁时期，漳州官员依然很热情地接待他们，请他们到家中做客，还允许随船神父在自己的房间做弥撒。据说，官员中的一些人暗中违背皇帝的命令，纵容手下的人出洋贸易，有些人甚至亲自驾船出海，和他们治理下的百姓一样。

但是，最终西班牙人把最重要的据点建立在马尼拉，从马尼拉到中国一线，留给漳州商人做。因为在业已形成的华商网络中，漳州商人是这个时期的主角，企图避开他们去获取可靠的货源是疯狂的想法。

为了完成这些路途遥远、危险重重的买卖，西班牙人在 1575 年编写出《中文西译闽南语西班牙文对译字典》。1604 年，耶稣会士契林诺又在菲律宾编写了《闽南方言与西班牙卡斯蒂利亚语对照字典》，今天，这部经历了无数双手摩挲过的字典被收藏在意大利国家图书馆，400 年时间相对于它需要见证的那段历史的确有些漫长。至于当年那些翻着字典、打着手势开始最初交易的中国闽南漳州人和西班牙卡斯蒂利亚人，他们的财富、荣耀和冒险，则永远留给了今天在我们看来充满疏离感的电影故事。

跟着来的是英国人，他们的到来结束了西班牙海洋帝国的辉煌历史。

英国对被罗马教廷认可的海上霸权积怨已久。

这个国家在成长的过程中存在比较明显的道德问题，但这并不妨碍它在日后成为一流强国。从它的女王伊丽莎白一世如何解决 300 万镑债务的方式上探寻，他们的确发明了一种合法的海盗证书，凭借这种证书，即使最臭名昭著的海盗也可以一夜间成为体面的军人，而体面的军人同样有理由成为杀人不眨眼的海盗。凭借这个，他们横扫海上的强权。而女王，从这些人充满爱国正义感的掠劫中提取相应的红利，在增加财政收入的同时，满足了自己对于时装和珍宝的爱好，而又不至于让国家财政在经济上陷入窘境。

就这一点来看，他们日后在亚洲将造成巨大伤害的强盗行径，同样适用于自己的欧洲近邻。

他们曾在 1553 年派出一支由三艘帆船组成的小舰队，试图穿越北极探寻抵达中国的航线，不过，舰队中的两艘最终被冻在巴伦支海后全体船员饥饿而死，另外一艘则被风吹偏方向。

同那些正在被政府军和捕快追捕的中国海商相比，他们的行为被其国家统治者赋予合法性，但是这一点并不妨碍他们与那些时而非法时而合法的漳州海商建立贸易关系。

1588 年，这一年，是明朝的万历十六年。

两个被封为贵族和将军的英国海盗兼私奴贩子霍金斯与德雷克——这两个人在世界历史榜上有名——带领英国舰队彻底击垮了西班牙的"无敌舰队"。西班牙全部信心和荣誉的象征，随着 134 艘战舰、3000 门大炮和数万士兵烟消云散。

现在，英国人来了！

毫无疑问，霍金斯和德雷克在以一个体面的商人贵族应有的诚实向英国人和他们的国王指出一条迅速致富并引导国家走向强盛的道路时，赢得了整个国家的尊敬。

这个国家在巅峰时期，殖民地遍及五大洲，占据土地 3300 万平方公里，是本土的 130 倍。

在亚洲，他们的明确目标先是印度，然后是更为广大的地区。

这个国家崛起时，中国还是个巨人，再过 300 年，王朝统治已病入膏肓，他们与中国的贸易还在继续，无论是广东还是福建，他们与漳州商人的贸易关系，都曾有过一段时期的互惠互利，直到 19 世纪上半叶，严重的白银出超使他们断然采取一种在今天看来极不道德的贸易方式——鸦片贸易——来平衡贸易逆差，就像当年他们从事私奴买卖一样。随后，战争爆发了，从此，中国人心中有了一段挥之不去的痛。

但是，对东方贸易的强势也不是一成不变的。荷兰以及后来的法国、丹麦等其他一些欧洲国家，同样在东方建立殖民地，并开始贸易往来。

接下来应该提一下荷兰这个国家，它的政治名称应当是北部七省联合体。这是一个典型的商人共和国，它的土地面积大约只够养活国内 1/5 的人口，但是在 1582 年脱离宗主国独立时，立即凭着庞大的航运体系和贸易往来建立起自己的商业帝国。

在东方，他们接管了西班牙的主要殖民城市马六甲、爪哇、摩鹿加。

澳大利亚北部群岛和非洲西海岸一些地方，也在他们的控制下。

到 17 世纪，他们拥有 16 万艘商船组成的强大的贸易体系。他们驾驭海洋的能力，看起来超过以往任何一个航海国家，因此被称为"海上马车夫"。

在东方，他们理所当然地遇到漳州商人，这些人被他们称作"东方的海上马车夫"。

当欧洲的"海上马车夫"和东方的"海上马车夫"相遇，荷兰人并没有表现出太多的善意。一个巴达维亚的总督敏感地认识到，中国人懂得在这些国家之间如何赚取利润，而荷兰东印度公司就做不到，公司为赚取一点点利润都必须遭受许多烦恼，中国人却不用。作为后来者，他们想到的办法就是，阻拦中国在东南亚各地的贸易，或者由他们垄断对中国的贸易。

对于漳州海商和因为他们而繁荣的漳州来说，荷兰人的到来只是一场噩梦的开始。这些，已经是 17 世纪的事情。

总而言之，那些欧洲国家向东方的航行（这是注定将遭遇漳州人的航行）的主要目的，是寻找传说中的中国，和中国建立贸易关系，夺取对中国贸易的垄断权。

现在，中国找到了。的确，那时中国的国民生产总值还远远大于西方，但是，王朝对越洋而来的买卖并不感兴趣，他们喜欢的是那种持续已久的朝贡贸易，这是一种耗费巨大但令人信心满满的古典贸易活动。

按照殖民者的思维逻辑，他们开始很认真地考虑动用武力来解决这一难题。

这种难题在今天看来并不是难题。

不管怎么说，16 世纪开始，欧洲各国所建立的东印度公司与一度由漳州商人主导的亚洲汉商贸易网络实现了对接。太平洋成了东西方文明的交汇点，"全球化"由此拉开序幕。欧洲搭上那个时代亚洲经济的快车，巨大的利润带来工业革命的先声。不久之后，欧洲超越亚洲。

　　这一切，就是那个时候的世界。

古典的东方贸易

> 南中国海仿佛成了中国的"内海",华商网络成了这一片经济圈的支撑,漳州商人是这个网络中最活跃的一群人。

古典的东方贸易同样因为季风,在亚洲形成了一个影响广泛的贸易圈。

15 世纪,亚洲的印度和中国已经成为世界范围内最具活力、最繁荣的地区。

这时无论是穿过波斯的陆上路线,还是从地中海到印度洋的波斯湾路线,因为西方和阿拉伯世界的抗衡状态而日渐衰落。

曾经扬帆世界的阿拉伯和波斯海员——那些水手辛巴达们让位于印度人。

东南亚贸易活动比原先活跃起来,一系列小国分享那一带的政治权利。权力分散的结果意味着商人们有了更大的往来自由。因为交纳了一笔不菲的管理费用,那些从中获利的统治者也乐于支持他们的存在,商人们或多或少有了些话语权,居然也成了一股不可小视的力量。

漳州海商在东南亚的活动由此进入活跃期,和他们一起贸易的有缅甸人、爪哇人、暹罗人、琉球岛民和印度人。

一般情况下,他们从自己家乡的港口城市出发,当然,要避过官府的追查,花十几或几十个昼夜时间到达彼岸,把瓷器、丝绸或者铁器送到那儿,换回一船船的苏木、象牙或者胡椒。然后,有很多人便在那儿滞留了下来,娶番女为妻,成个家庭,生些子女,两边奔波时有个照应，渐渐地也把那边当了家。

南亚和东亚是世界最著名的季风区，冬季吹来的东北风和夏季盛行的西南风，会使这一片海域的表层海水在风力的推动下形成特定方向的洋流，有时候，它的时速可以达到每小时 0.9 公里 ~2.8 公里。

冬季来临时，我国东南沿海盛行东北风，受其影响，近海沿岸洋流方向由北向南，海水从长江口一路流到爪哇岛，成为一条下南洋的天然航线。

冬季，便是漳州海商前往东南亚贸易的旺季。冒着凛冽的海风，成群结伙的漳州商船顺着季风推动的洋流漂向南洋。

在海上，如果遇到海盗船，这没什么，因为他们一样有武器装备，可以作战；如果遇上大明舰队（郑和之后，一些小舰队依然在南中国海面巡航），那就远远地避开，因为他们是非法的走私船。如果再往前，那可能就会遇到装备落伍的爪哇海军，那就意味着目的地快到了。

与漳州海商贸易关系密切的国家，有一大部分集中在这一地区。

如果有人想继续远航，前往波斯人、阿拉伯人的活动区域，航线将越过马六甲并继续向西南拓展，进入印度洋。这时，受东北季风和季风洋流影响，贸易船依然顺风顺水。

夏季，印度洋盛行西南季风，季风洋流也随即调转方向，此时，中国杭州湾以南，东海、南海的沿岸流与外海暖流汇合在一起，自南向北流动。

这时候，是漳州海商回航的季节，商船随着季风调转方向，满载的商船又开始成群伙驶向自己的家乡。

季风洋流，把成千上万的漳州海商送了出去，然后又在隔年的夏天，挟着一股暖意把他们送了回来。

仿佛是天地间最为美妙的一件事，冬天，人们向着日光充足的方向启航，季风吹到哪里，人们就把贸易做到哪里。

等人们想家的时候，夏天到了，风改了个方向，船跟着转了个头，人们扯片帆便可以回家。

就像那春夏秋冬决定生长发育周期而最终孕育的黄土文化一样，季节变化养育了善于航海的一群人，使他们拥有以大海为田园、视异域为家乡的胆识气魄。

许多年前，那些亡国的商人，是不是就这样：靠着一叶孤舟，被季风洋流一路裹挟着，登上了美洲大陆的土地，成了印第安人的祖先？不知道。这是一个遥远而美好的传说，通常被解读为人类异想天开的本性使然。

但是，那些曾经被阿拉伯人和西方人视为商业秘密的季风和洋流的规律，终于在 15 世纪，让两个半球的人走在一起并开展新一轮的"全球化"的时候，传说似乎开始有了现实意义。

季风洋流带来的旺盛的民间贸易活动，在当年被视作非法。封建王朝所能接受的对外贸易是朝贡贸易。

大明王朝统治下的中国，一直坚持古典的朝贡贸易。在中国历史上，它的主流意识形态一直有轻商的传统，虽然在部分时候，政府也支持有效控制下的商业存在。所以，朝贡贸易始终存在，并成为皇权国家对外贸易的一个窗口。广州因为国家控制和支持，成了唯一对外开放口岸，外国人可以通过这个口岸合法地进行朝贡贸易。

明王朝为了维持海外贸易，通常要求海外国家以朝贡的形式，由官方组织商人来华贸易，其人员由市舶司接待，随船附载的商品，由市舶司统一清点转运，然后由官府设立牙行，与百姓交易，称之为"互市"。

作为特殊的商业行为的执行人，海外贡使许多是商人。幕府时期的日本，它的朝贡队伍一般设正使、副使、属座、士官、通事若干，另有部分随行商人。后来，朝贡形式发生了变化，朝贡船干脆由商人承包，商人转而成了朝贡贸易的主体。

朝廷对海外贡使有严格的限制，有的两年一贡，有的三年一贡，有的更长，竟然十年一贡。贡舶必须在指定的港口卸货，贡舶的数量、贡使的人数，有详细的规定。贡使从规定的港口登岸，在政府官员的护送下一路风尘仆仆地到京城朝觐皇帝，然后返回口岸，中间要经过许多衙门，礼节和手续不胜其烦。但是，皇帝陛下"怀柔远人"，尽管海外贡品大多不过是一些当地土产，回赐却十分丰富。据说，有一回日本贡使不过带来11种贡品，除了3幅贴金屏风略显大和民族的品位外，其余一概稀疏平常。但他们带回家的宝贝，装满60只大箱子，包括100匹以上的珍贵衣料、足足300两的白金，还有各式各样的家具、摆设、玩好、织物、毛皮，东西多得让人喘不过气来。因此，贡使并不太在意个人行为是否关乎国家荣誉，"争贡"事件有时是会发生的，谁会轻易放弃这么诱人的利益呢？

在朝贡贸易方面，明王朝持鼓励态度，不仅为贡使放宽限制，免于征税，浙、闽、广三地还设立三市舶司。因为贡使日益增加，各市舶司又分别设立来远、安远、怀远等驿站，以接待外国商人。

明朝通过这种国家控制的朝贡贸易一般可以获取高额利益，但是，这种贸易体系在显示皇家威仪方面作用更甚于贸易作用本身。对于一个泱泱大国来说，朝贡贸易的商业贡献微乎其微。

无论如何，宋元以来，中国的航海业已经发展到前所未有的程度，古典的朝贡贸易在王朝的强盛期一度被激活。随着季风洋流形成的航线推动着私人贸易船的同时，一个个中国商业聚落在这些航线的口岸播撒成功。最先是在爪哇北部，然后又珍珠链般地展开，从西边的马来西亚和苏门答腊到东南的东帝汶再到西北边的菲律宾，整个区域形成一条优美的弧线。当郑和船队到达马六甲时，他们发现了在那里的漳州人聚落。

在印度洋，中国的商船队也追波逐浪，在那里航行的人，有时候分不清楚泉州和漳州，这是两个相邻的城市。在整个宋代，泉州港被阿拉伯人和法兰克人称为刺桐港，是中国最重要的口岸。马可·波罗在 13 世纪造访这地方时，这个港口聚集着所有从印度来的商船，拥有庞大的货物、宝石、珍珠和胡椒的吞吐量。但是，随之而来的明中叶因为私人贸易的勃兴，漳州的口岸正在取代它的位置。

在 1405~1433 年这段时间，中国政府先后 7 次派出船队深入到印度洋，这是世界历史上最壮观的远航。其中有几次，分舰队至少是到达了亚丁湾，甚至可能到达东部非洲海岸，舰队带出去的是皇帝所展示的威仪，带回来的是他感兴趣的礼物、贡品和奇珍异宝。支撑起这次远航的，还有雄赳赳的上万士兵，而主持这些远航的是宫廷宦官郑和。

事实上，除了朝贡贸易，这个时候中国政府无意于利用别的渠道同外国做生意，原因也似乎合乎情理：以一个看起来还算强大稳定的国家体系作为后盾所产生的巨大的经济能量和国家财富，只能让其他的地区望其项背，即使这个时候的印度次大陆和欧洲已然成为世界经济的核心地区。

所以，这一系列的航海行动和西方国家不同，这些人的出航并不是出于一般的军事目的和商业意图，也没有致力于去创建一个横跨印度洋和太平洋的海上霸权。那些满载中国皇家威仪的舰队在大海上劈波斩浪，对整个历史而言，不过昙花一现。几十年后，这 7 次由官方组织的威武的巡航的影响便几近消亡，川流不息的自始至终还是那些民间船队。

这时，印度洋和南中国海的商业世界已经对中国开放。尽管政府组织的探险活动在 1437 年突然中断，就像它开始时一样。作为中国政策主体的抑商政策和排外态度将一直延续到 19 世纪。

正因为如此，在中华帝国的边沿——马尼拉、暹罗、马六甲等地适时地形成中国商品的海外交易中心。

但是，皇家秩序和中国港口的商业惯例并非相辅相成，政府或许试图把商人圈禁在国内，就像他们实施了若干年后依然行之有效的保甲制度一样。但是，南中国海的贸易也成为开放的新兴地区的一个部分，与之相适应，中国东南沿海——福建、浙江、广东……一个经济繁荣的新月地带正在形成。

15 世纪，远离中国的藩属琉球王国步入人们视野。此前，和与中国的朝贡体系有关联的那些国家——暹罗、苏门答腊、满剌加、朝鲜、爪哇、日本、交趾、占城等相比，琉球最为贫弱，由于海禁，他们在中国和日本、马六甲之间的贸易，起到了决定性的作用，这是他们的黄金时期。撑起这个时代的，是来自漳州河口的商船。

这个时期，中国在海洋王国中的地位无人能及。商人们把航海贸易做到印度次大陆。同时，大批已定居东南亚的中国人，把航海贸易又做回中国。作为他们"附舶"的，有时是那个地方的商船。

季风洋流，送走了一艘艘中国商船，也送走了一群群中国商人。

一个个中国人的聚落，如同一串美丽的珍珠链，在这些区域一路跳跃，形成了一个经济圈。被这条珍珠链圈起的是今天我们所认识的东海、南海和黄海。南中国海仿佛成了中国的"内海"，华商网络成了这一片经济圈的支撑，漳州商人是这个网络中最活跃的一群人。

这就是，欧洲人到达前亚洲贸易的格局。

奔流入海

在海洋利益的驱动下，九龙江口海湾地区、诏安湾地区出现由农业经济向海洋经济转型的萌芽，经商是所有人都知道的最好的职业，下海贸易只当作一回远游，回家了邻里乡亲都争先前来庆贺，满载而归的商人将受到英雄般的追捧。

　　经历过漫长的寂寞后，漳州河（九龙江）这条名不见经传的河流注定要走进世界历史的一个重要时段。

　　十五六世纪，是漳州人的航海世纪。

　　由于离帝国权力中心较远，漳州河口成了容易被忽略的角落，邻近的诏安湾也是。当海禁政策使其他曾经繁荣的港口城市沉寂的时候，素有航海贸易传统的漳州人在帝国统治的缝隙间逸出，开始以先进的航海技术推动亚洲水域的贸易活动。

　　这个河口地带的范围应当包括漳州府的龙溪、海澄和泉州府的同安，大体上相当于今天我们所说的大厦门湾。明代，同安、厦门虽然归属泉州府，但方言、风俗更接近漳州。而交界的海面的一些岛屿，海门（今漳州海门岛）、浯屿（今漳州龙海浯屿）、大担屿（今厦门大担屿）、料罗澳（今金门料罗湾）、曾家澳（今厦门曾厝垵珍珠港）成了贸易船的停泊地。与这海岸线相邻的区域，包括诏安的梅岭、南澳和泉州安平，同时接受它的辐射。

　　著名的旅游港口城市厦门，当时只是河口处的一个小渔村，住的是一些渔民和穷户。

　　诏安，位于福建最南端，与广东潮州饶平交界，扼闽粤交通要道，其濒临之海域即诏安湾。诏安湾夹于诏安与铜山岛（东山岛）之间，海岸蜿蜒，岛屿星罗棋布，是海船停泊的理想港湾。

南澳岛，在诏安西南方向，为旧日漳州属地，距大陆最近处约15公里，面积109平方公里，东北可至日本，南可至东南亚，是我国南海和东南亚地区前往日本航路上的重要据点。明代中期，著名的武装海商集团首领许栋、许朝光、张琏、吴平、曾一本、林道乾、林凤，都曾以这里为基地称霸一方。

走马溪，可泊商船50余艘，来自东番、澎湖的商船，必于此收泊。

梅岭，位于诏安东南，以半岛姿态伸入诏安湾，与铜山、南澳遥相呼应，凭借地理优势成为明代漳潮海外民间贸易区极重要的一环。数十年间，上万家庭从事海外贸易。如今，田、林、傅，那些当日的海外贸易家族，依然人丁兴旺。

这一时期，漳州航海势力以漳州河口为基地，以闽南方言为纽带，联合潮州饶平人和泉州同安人形成一个个海上群体、海上宗族。

在聚结起一支支由数十艘船组成的船队、搭载上千名乘员后，正如伊阿宋带领古希腊的英雄们去寻找传说中的金羊毛那样，他们出发了。

海，给漳州人一个更为宽广的空间；船，给漳州人一个更为开阔的视野。

闽越人的航海基因，孕育出敢为天下先的海商群体。

他们扯起风帆，成为大海的主人。

▲ 漳州河入海口

我们可以从一本叫《顺风相送》的针路抄本中大致读到漳州航海势力的海上行走路线，它的来源是 15 世纪的一个古本，这里记录的月港前往西洋针路有 7 条，比如浯屿到柬埔寨，浯屿到大泥（今泰国北大年 Patani）、吉兰丹（今马来西亚 KotaBaru），太武到彭坑（今马来西亚彭亨州北干 Peken），浯屿到杜板（今印度尼西亚东爪哇厨闽 Tuban）。往东洋针路 3 条，即太武到吕宋（今马尼拉），浯屿至麻里吕（今马尼拉北部 Marilao），太武到琉球（今日本冲绳县那霸）。另外，从福州出发的西洋线路 2 条，也途经漳州海面太武山、浯屿。

这几条航线基本覆盖了马六甲海峡以东传统的东亚贸易网络。

实际上，漳州海商的航程远比《顺风相送》记录的遥远。

2008 年，英国牛津大学鲍德林图书馆（Bodleian Library）的工作人员在清理馆藏室时，意外发现了一幅古老的航海图。这幅绘制于 16 世纪末到 17 世纪初的中国明代绢本彩绘地图，大约在 1654 年被英国律师约翰·雪尔登（John Selden）收购，5 年后，又成为鲍德林图书馆藏品，故被称为《雪尔登中国地图》（The Selden Map of China）。《雪尔登中国地图》长 158cm，宽 96cm，绘制地域北起西伯利亚，南至印度尼西亚爪哇岛和马鲁古群岛，东达北部的日本群岛和南部菲律宾群岛，西抵缅甸和印度古里（即郑和故去的那个地方）。图上标出了 6 条东洋航路和 12 条西洋航路，他们的始发地都是漳州月港。

这幅航海图的专业性和精确性令人刮目相看。这，是中国第一幅标出罗盘与比例尺的古代航海图和第一幅实测式的远洋实用航海图，也是中国第一幅准确表现中国与东亚地区关系的航海图，还是第一幅明确绘出南海四岛和澎、台准确位置与基本图形的航海图。

在这幅明显带有中东或欧洲绘图风格的明代航海图上，天朝大图不再恒定于世界中央，中国与东南亚按自己实际的地理位置融为一体。

我们不知道，是谁，作了这幅图，但我们相信，这是一个生活在

▲ 诏安梅岭宫口港

月港的航海人，也许，就是一个心地聪慧的月港子弟，曾经见识过阿拉伯人和欧洲人，到了两鬓斑白的时候，开始用这种方式，记录自己的漫漫人生，用家乡话的记音，记录自己所经历的那些港口、那些往事，最后，把那个时代的隐秘记进图画。

这幅月港鼎盛时期的航海图提供给后人诸多猜测与想象，而一种显而易见的事实是，在葡萄牙人东进亚洲之前，漳州河口地区和诏安湾地区的漳州海商，实际上主导着整个东亚贸易网络，并带动漳州进入一个前所未有的发展周期。

海洋交通贸易随着新航路的发展而打破洲际阻隔，海洋世界的经济互动突破局部模式，开始带有全球意义。

16 世纪，葡萄牙的文件和航海图上，开始频频出现一个叫"漳州"的地理名词。那些刚刚与东方接触的航海人通常把福建沿海叫"漳州"，因为这个区域有一个叫这个名字的港口城市，事实上，这个港口城市并不是漳州府城，而是 50 里外的月港。

关于这港口城市的具体位置，曾是这个世纪航海史的一桩公案。葡萄牙人在他们的历史文献里曾经反复提到，在 16 世纪上半叶，葡萄牙航海者在一个叫 Chincheo 的地方持续进行了 30 余年的隐藏式贸易。在海洋世界里，这是一个与 Lianpo（宁波，实指双屿）齐名的国际走私贸易中心。葡萄牙人在 Chincheo 的活动是西方东进亚洲水域一个极其重要的环节。当年，这里是繁华之地，财富所焕发出来的光彩如艳妇般令人心醉。后来因为相同原因，西班牙人、荷兰人、英国人先后寻踪到达这个区域，力图垄断中国贸易，围绕着这片区域所属的台湾海峡，各个航海国家在这儿争相角逐。

Chincheo 是闽南话记音，但是在当时葡萄牙文字记载中并没有详细的地理位置。而今天在我们所能寻找到的古航海图中，也只能大致标识其所在的海湾位置。

20 世纪下半叶，在 Chincheo 被学者最终确认为是漳州的闽南话记音之前，它有时被认为是相邻的另一个城市——泉州，在宋元时期，这个城市拥有东方第一大港——刺桐港；有时它被认为是漳泉间这么一个模棱两可的区域。西方的航海者则往往十分笼统地把这地方所属的省份福建叫 Chincheo。

早在 15 世纪 40 年代，漳州月港就已经成为漳州河口海湾地区对外贸易中心，东连日本、琉球，南通彭亨诸国，是一个商业活动十分活跃的外向型海滨城市。

1517 年，仅仅这一年，便有 13 艘葡萄牙商船驶入月港。

最早进入漳州的有记载的西方人，很可能是一个叫乔治·马斯卡尼亚斯的葡萄牙人，他在 1518 年驾船随返航的琉球船首次进入中国东南海域，来到漳州。由于错过季风，无法前往琉球，便在这里停留到 9 月。一位出生于那个时代的葡萄牙史家报道了这一事件："他和他们一起沿漳州海岸行驶，那里是齐整的，散布着很多城镇、村落。这次航行中他遇到许多驶往各地的船只……"

乔治·马斯卡尼亚斯到达的这个地方，虽还在明王朝的海禁时期，却已经是人烟辐辏、商贾咸集、拥有居民数万户的闽南一大都会。几乎每一天都帆樯如栉、货物浩瀚，市井繁华，管弦呕哑，充满了行乐的气息。

这个地方给他留下不错的印象，感觉上似乎比广州富有，人也友善，而且他们携带的胡椒引起漳州商人的兴趣，卖出了好价钱。

在乔治·马斯卡尼亚斯之后，越来越多的葡萄牙商船越洋而来，与漳州商人建立商务往来，九龙江口一跃成为东南沿海的对外贸易中心。

1541 年，有 500 多个葡萄牙商人滞留在这一带，他们带来了中国人最喜欢的墨西哥白银，也带来了劫掠与战争。

今天的浯屿，看起来一片宁静平和。500 年前，这里是海商的天下。在这儿停靠的葡萄牙商船，掀动过数十年不间断的海外民间贸易潮。

在海洋利益的驱动下，九龙江口海湾地区、诏安湾地区出现由农业经济向海洋经济转型的萌芽，经商是所有人都知道的最好的职业，下海贸易只当作一回远游，回家了邻里乡亲都争先前来庆贺，满载而归的商人将受到英雄般的追捧。当人们厌倦了贫穷、悲苦、没有梦想的生活，便搭条船走向大海。这种风气，延续数百年之久。

有人论及漳州府时说："府民原有三等，上等者以贩洋为事业，下等者以出海采捕、驾船、挑脚为生计，唯中等者力农度日，故各属不患米贵，只患无米。"

如同西方冒险家热衷于投资航海业一样，当地豪族及士大夫阶层纷纷成为大船主，在他们身边则形成由社会不同阶层组成的利益集团。这些带有资本主义萌芽状态的利益集团凭借着那一块块飘浮的陆地，随着季风四处游荡，不断探索财富增值的空间。

1458 年，漳州海商严启盛到达广东香山海域，吸引东南亚商人前来贸易，成为澳门最早的开发者。

1471 年，漳州商人邓獠联合新安商人许氏兄弟诱使葡萄牙人到宁波，带动浙海贸易。

1542 年，漳州海商陈贵率领 26 艘商船到达琉球。

同年，漳州人领航葡萄牙船从澳门经漳州、琉球航线探航日本，于次年到达九州。

1544 年，一场莫名其妙的风暴将一艘漳州商船推向日本沿海，当船上的商品以数倍价格在当地售出后，成群漳州商船浮海而来……

同样在嘉靖年间，漳州商人水手引日本夷船数十艘抵泉州，这是最早抵达泉州的日本走私船……

漳州府城"尚书府"，是明朝南京礼部尚书、琉球册封使潘荣的故宅。在长达数个世纪里，作为藩属，琉球与中国良好的关系，也是漳州商人群起而至的原因。

1494 年，达·伽马抵达印度古里时，或许他们已经遭遇到中国商船，因为季风，可以把这些船从另一端送到这里。

　　葡萄牙人与中国海商最早接触应该是 1509 年，当葡萄牙人在这一年抵达满剌加（马六甲）时，他们遇到了 3 艘中国船。

　　当时情形是：一个中国商船的船长乘一条小船向葡萄牙船队的旗舰驶来，和他一起的还有一个看起来颇为体面的人，葡萄牙人以音乐和礼炮，隆重地迎接他们，在一名懂华语的当地人的帮助下，两个国家的船长兴致不错地讨论了许多问题，相信双方最感兴趣的是彼此的国家和君主的情况，或者还有一些商业方面的信息，比如胡椒的价格、瓷器的出处，等等，后来葡萄牙的船长们又应邀到中国商船赴宴，在宴会的几个小时后，酒足饭饱的葡萄牙船长在中国船长的护送下回到自己的船上。

　　1511 年，葡萄牙人在对马六甲发动进攻前，在它的港外，遇见了中国的帆船，不知出于什么原因，中国商人用自己的船接应葡萄牙先头部队登岸。

　　1513 年，葡萄牙的马六甲首任城防司令伊德·布里托·帕塔林在致马六甲总督的信中，特别提到他接待了一名叫 Cheilata 的中国商人，后来在另一封致葡萄牙王的信中又提到一个叫乔治·阿尔瓦瑞斯的代理商和一位文书首航中国的事情，那时，葡萄牙商船常常以"附舶"的形式，跟随漳州商船在南中国海航行。这一次，他们到达广东外海的屯门，在这片海域有许多熟悉航路和各种语言的漳州舵手、译员。

　　至今，人们始终无法弄清这些葡萄牙人首次接触的中国海商的身份，不过，大约在那个时期，每年有 4 艘左右的漳州商船运载金银生丝到马六甲，然后换取印度的东西回国。

　　而初到马六甲的葡萄牙人，似乎也弄不清中国和一个叫 Chincheo 的地方的关系。或许，是他们见到的更多的是漳州海商的缘故。一个叫托梅·皮里士的来自马六甲商栈的职员解释说："在马六甲市政厅，他们设置 4 个沙班达尔管理各国贸易帆船，其中 1 个沙班达尔管理中国、琉球、Chincheo 和占婆商人。"

　　种种迹象提供给人们的推测是：葡萄牙人初入东亚和东南亚水域，遭遇到的中国人，应该是漳州商人。

　　这个时期，漳州商船是这片水域的主宰。

　　许多年以前，那些仿佛天赋异禀的知名或不知名的漳州商人，和那些绕过好望角而来的航海者一样，朝向前方未知的水域，规划一条条新的航路时，他们一定拥有一种认知：贸易，是能够快速获取财富与荣誉的最有效的途径。

　　在无序而充满机遇的海洋世界竞争中，迫于生存压力、追求荣誉的商人群体往往以迎接挑战证实自己的实力。他们的强悍就像自然界的神奇力量，可以抗击任何风险；他们的坚韧使他们像那些工艺精良的船，可以在数个世纪时间里不知疲倦地穿梭奔忙；而他们的精明，为旺盛的欲望驱使，一艘艘漳州商船所到处，呈现的不是风暴过后的荒芜，而是机遇，这一点使他们和那些来自西方的贸易伙伴或者对手有所不同。

　　漳州，曾经是中国比较落后的地区，现在，有了中国最富裕的一群人。

　　传统农业社会男耕女织的理想景象仿佛一夜之间消失了。在等待季风的日子里，这群不事农耕的人和他们的妻儿们住在深宅大院，穿绮丽的衣裳，品美味佳肴，享受着来自伊比利亚半岛的葡萄美酒带来的微醉，在柔软的音乐中轻歌曼舞的有时候可能是美丽胡姬……这是被复原了的500年前的漳州商人的生活，这些细节来自当年的巡抚朱纨、名将俞大猷等士大夫阶层的文字记录，他们的复杂心情，并没有妨碍那个时代的海洋气息，它以一种华丽的背影，遗世独立，成为农业文明天幕下的一道奇特的风景。

　　海外贸易的勃兴，使漳州成为几种文化的交汇点。1601年，天主教多明我会进入漳州，他们的影响延续至今。今天，散落在漳州的山涧水滨的印度耆那教、摩尼教遗址，依然弥散着一股异域的韵味；而老城区那洋溢着海洋气息的历史建筑，透过岁月雾障，让我们看到商业文明留给漳州人精神生活的深刻印痕。

随着漳州海岸地带局部区域社会海洋化，一种崭新的海洋意识，开始突破农业文明的禁锢而在那个遥远的年代焕出异彩。吴朴，生活在诏安湾地区的一个学者，嘉靖年间大明王朝安南远征军毛伯温部队中的一个参谋人员，在自己编写的中国第一本水路针簿《渡海方程》里发出一种声音：派遣海外都护，保护商人利益。

这声音来自 1537 年。

这是航海时代的胸襟。

曾经，大汉帝国以这种方式经略西域，成就了一条令人遐想的"丝绸之路"。

几百年后，中国舰队才终于出现在亚丁湾，为自己的商船护航。

而这个时候，葡萄牙已经在马六甲建立他们的殖民地机构，探索东方的西班牙船队也将启航，大明帝国的皇家秩序仍然是海禁。

让我们把视线重新拉回风云变幻的 1433 年，这一年，郑和在古里逝世。

郑和之死并不意味着一个伟大的航海时代的落幕。

1434 年，当一个和郑和一起同为正使五下西洋的叫王景弘的漳州人，率领那支仍然是世界上最强大的舰队在漫天云霞中进行第八次远航的时候，他大约已经看到：他的家乡，有一个与当时的主流意识若即若离的群体，因为始终与海上强国葡萄牙一样扬帆万里，而将创造出灿烂的海洋商业传奇。

这个群体，我们叫它漳州海商。

南岛语族

今天，越来越多的学者倾向于一种令人浮想联翩的观点：南岛语族起源于中国大陆东南地区，被季风送到台湾、东南亚诸岛，然后像飘蓬一样在太平洋上渐渐扩散。他们的迁徙路线是我们在后几篇所要细细说来的漳州人传统的下南洋路线，那是一条由季风洋流铺成的海上商路。

▲ 南岛语族航海船原图

在历史的长河中，我们有时十分惊讶于漳州人成群结伙下西洋的那种不可遏制的热情。即使这个地方曾经沐浴过盛唐的光辉、两宋的温润，农耕文明无可阻挡地覆盖这里的山川草木，儒家传统贯穿人们的日常生活，来自岁月深处的那些彰显荣耀的石牌坊在 21 世纪的日光下面仍然散发出人文魅力。

但是，海洋潮汐牵引着人们近乎天性地奔向大海，日月星辰将为他们在云雾中指示方向，那里才是他们的家园。

当我们放眼辽阔的海洋的时候，我们常常联想到一个被忽视的古老的航海族群，在大航海时代来临前，这也许是世界上最伟大的航海族群，一个比地中海地区的腓尼基人和北欧海盗维京人毫不逊色的航海民族——南岛语族。

这个庞大的族群并不是传统意义上的单一民族，今天的毛利人、印度尼西亚人、马来人、菲律宾人、夏威夷人……都属于这个族群。

人类学者为人们勾勒出南岛语族分布的广阔范围，从非洲东岸的马达加斯加岛，越过半个地球，到达南美洲的复活节岛，从北半球的台湾岛和夏威夷群岛跨过赤道，到南半球的新西兰岛。

在占据地球三分之二面积的海洋中，那星星点点孤悬海上的岛屿，相隔万里、看似毫无关联的近三亿人，彼此之间冥冥之中传递着一条生命与文化的信息，以至几个世纪前，当西方航海者进入太平洋水域时，船上那些细心的人往往会发现，他们每到达一个岛屿，每发现一处土著人生活的痕迹，都可以找到这些人在语言或者风俗习惯上超乎想象的相似之处。

今天，越来越多的学者倾向于一种令人浮想联翩的观点：南岛语族起源于中国大陆东南地区，被季风送到台湾、东南亚诸岛，然后像飘蓬一样在太平洋上渐渐扩散。

他们的迁徙路线是我们在后几篇所要细细说来的漳州人传统的下南洋路线，那是一条由季风洋流铺成的海上商路。漳州东山岛，大明朝的江夏侯周德兴建造的铜山城和那颗在城里飘摇了无数个世纪的风动石，现在成了一个国家 AAAA 级风景区的招牌景点，昔日铜山水寨猎猎旗风早已隐没在大海的烟波里头，与倭寇数十年交锋的壮怀激烈也变成零零星星的传说。

在岛内陈城镇大茂村东北约一公里的大帽山东南坡密林处，2002年11月的一次史前文明的考古发掘让学者们浮想联翩。从这里出土的大部分石锛的原材料，来自澎湖列岛。而大批红色的陶片，即使被埋藏 5000 年之久，依然嫣红鲜艳，如万里之外的新喀里多尼亚岛西海岸的拉皮塔居民所使用的"红陶"的颜色。那种陶器存在的年代约在公元前 1500 至公元前 500 年，是南岛语族在大洋洲最早的文化表象。

对一个 5000 年前就可以舟楫往来于海峡两岸的古老族群来说，还有什么比这种关联更令人心驰神往呢？

或者，在人类知性还没完全觉醒时，季风洋流已经把中国人带到了他们意想不到的地方。

那是一些令人难以置信的远航，没有罗盘，没有牵引，苍茫一叶天海间，但是渐渐地，季风、洋流、太阳、月亮、星星、海泥颜色和海水的味道，将成为耐心的导航和寂寞时光中可以倾诉的伙伴。不同季节太阳出水的位置和星辰的出没规律，将引导人们走出迷失的方向和时间。北极星，指示正北；南斗星，代表正南；正东方，是孤星；正西方，有长庚星。

人们随波逐流，风将人们送到台湾海峡，送到菲律宾，甚至送到遥远的印度洋。

当人们还不具备泛舟四海的雄心时，季风和洋流，已经把人们送到比想象更遥远的地方。

联想有时候是美妙的！当那些散发着太阳光泽的塔希提少女、新西兰岛彪悍壮硕的毛利武士与福建南部海洋那些被尖锐的海风蚀刻过的船夫，幻化成一组色彩斑斓的生命画卷时，我们意识到，视野还没到达的时候，季风洋流已经到达了；想象力还没做到的时候，大自然已经做到了。

今天，在漳州河口，浮宫似的连家船依然是一道景观，生活在这船上的，是和古越人生活颇为相似的一群人，他们的祖先是中国古代一个非常优秀的航海族群——疍民。在历史上，他们以海为家，粗衣葛服，篷风席雨，春夏秋冬，生老病死，系于一舟，终身漂泊，不离不弃，来往于台湾海峡之间，过着微贱而自由的海上生活。

在漳州人扬帆大海的时候，这些人身上的航海基因，那种追波逐浪、一往无前的天性是越洋船上最强劲的动力。

岁月流逝，这群人隐藏到历史的暗角，祖先驱舟泛海的日子仿佛还是昨日的事情。

当夜幕降临、华灯初上，漳州河口的连家船渐渐平静下来，幽微的灯光和船民粗声粗气吸烟的声音，使水上的生活充满暖意。

我们不知道，那些劳碌了一天的人们相聚船头凝望大海时，他们的眼神和太平洋深处某个岛屿的那些土著船夫有什么不同？

河流的走向

> 远离王朝统治中心的漳州河口，孕育出自己的海洋文化。在经历宋元宽松的海洋政策以后，整个中国东南海的新月地带：宁波的甬江、台州的椒江、温州的瓯江、福州的闽江、泉州的晋江和潮州的韩江，那些独流入海的河流所哺育的区域，开始不约而同地进入苏醒期。

让我们重新注视这条福建省第二大河——漳州河（九龙江）。

漳州河（九龙江）由发源于龙岩山区的北溪干流和西溪支流汇聚而成。另一条发源于平和的南溪自河口注入，三流合一后经厦门湾进入台湾海峡。

这是一条流程较短的河，主干河道仅仅 258 公里，支流河道更短，分别为 172 公里和 66 公里，流域面积不到黄河的 1/42，但它是丰水带河流，当它从西部山区向东部沿海奔流而去时，主干流的年流量超过黄河 1/6。

河流较短、流域近海是它的特征。每天，因为季节变化而在不同的时候段，大量的潮汐自河口涌入，商船可深入到流域腹地，追随潮汐而来。而构成流域骨架的近 30 条支流，可以把深藏在深山老林的外销瓷或向往幸福生活的山里人经月港送往世界各地。

地理条件使然！这个早先蛮荒之地，天生就与海洋世界有缘。

这条河流经的大部分地区是丘陵地带，层层叠叠的山峦把它分割成无数几乎不通往来的区域。1000 年前，丰沛的降水滋生出亚热带茂林，这里虎豹横行。这片流域里的南靖县热带雨林还原生态地保留着当年的状态，大树参天，藤萝密布，动物在落叶上奔窜，群鸟在幽暗里乱鸣。

　　这片土地的开发比岭南还迟。在历史记载里，它是一块烟瘴之地，人口稀少，不为人注意，是朝廷官员的畏途和犯官流放地。从1200多年前建州时的1000来户人口看来，除了驻军和土著人，这里基本上就是一个无人地带。早先，这里是闽越国的辖地，但是关于人类在这一带的活动语焉不详，历代王朝对这里的控制也常常流于形式，至少在经济方面少有建树。倒是那些莽莽苍苍的深山老林，为造船业提供了取之不尽的原材料。在宋代，它是全国著名的造船中心，源源不断地向皇家贡上船只。

　　它在下游河岸地带的冲积平原面积位居福建省第一，土地肥沃，水量丰沛，当地人自豪地声称："扁担插地都能发芽。"漳州府首善龙溪，作物种植一岁三收，粮食亩产一钟有余。当时，一钟为6.4石，在自然经济条件下，已是高产。总的来说，这块接近北回归线的区域，极好的自然条件使它成为典型的农业区域。

▲ 首善龙溪，岁月留痕

　　但是，在明朝中后期成为海内外贸易枢纽并以罕见的速度成长为经济发达地区以前，漳州并没有什么像样的商业，全府 6 县 11 个圩市，8 个集中在龙溪，其中就有因水运码头而形成的南市和北桥市。

　　因为扼漳州通广东的交通要道，南市繁荣了 1000 年，现在还保留着 20 世纪 20 年代的样子，像许多城市刻意保留的文化遗产那样，它成为历史街区的一部分并在若干年前为漳州市政府赢得联合国教科文组织物质文化遗产保护奖。至于现在成为市区中心的北桥市，原先赖以生存的内河码头，早已淹没在钢筋混凝土建筑下面，只有一些怀旧的人，才可能在梦里听到曾经的水声。而它本身则成了一个居民小区的一个面积不过数百平方米的菜市场，人们下班时提几根葱带几头蒜回家的情形，大约也和先前的没什么两样。

　　在群山环抱无以回旋的时候，滔滔江水给人们提供一种超越现实空间奔向蓝色水域的可能与需要。

远离王朝统治中心的漳州河口，孕育出自己的海洋文化。在经历宋元宽松的海洋政策以后，整个中国东南海的新月地带：宁波的甬江、台州的椒江、温州的瓯江、福州的闽江、泉州的晋江和潮州的韩江，那些独流入海的河流所哺育的区域，开始不约而同地进入苏醒期。

同时，作为莱茵河、罗纳河、多瑙河、波河等许多欧洲河流的发源地，由阿尔卑斯山淌出的水流，呈放射状注入地中海、亚得里亚海和里海，在这些河流入海口，形成一个个口岸城市，庇护那些蓄势待发的风帆，并最终滋生出繁荣昌盛的海洋文明。

欧洲西南角的伊比利亚半岛，那个拉丁语意为"温暖的港口"的国家葡萄牙，"大航海时代"将从那里拉开序幕。

在亚平宁半岛，亚平宁山脉流出的台伯河，400公里的短小河流，经罗马进入第勒尼安海，形成热那亚、那不勒斯、斯托兰、威尼斯等商业城市，而佛罗伦萨成为文艺复兴时期的文化中心。

生活在那里的人们自认为秉承巴尔干半岛的古希腊文明成果和斯堪的纳维亚半岛的维京人的风范，并由此拥有享有世界的无上雄心。在不久以后，来自地球两端的一些入海口孕育出来的航海人，将不约而同地出现在亚洲东部和东南部水域，他们所锻造出来的海洋商业辉煌，将翻开人类历史新的一页。

在中国东南沿海，漳州河的河口地带，川流不息的河水遭遇到宽阔的河口而缓下来，为之一宽的视野使这里拥有足够的吸纳能力。不错，这里并不具备第一流的港口条件，港道水浅，大船不能直接靠岸，货物进出有些费力。但是，它形如满月，吞吐潮汐，从港口算起，沿南港顺流往东，经海门岛，

▲ 漳州海岸线驶出的商船
掀起民间贸易热潮

到圭屿，再经厦门出海。

港道曲曲折折，凹凸连绵，一些河流的支流从不同的河口上潮到腹地，另外一些海湾和半岛围绕它展开，沿着海岸线还有一群群岛屿——海门、嘉禾屿、浯屿、铜山、南澳——和它相连，这个王朝统治鞭长莫及的地方，正是"通番"捷径。

当经过家门口的季风洋流，将满载着茶叶、瓷器和丝绸的商船，按照那条15世纪漳州人的古本所指示的针路一路顺风相送，从马六甲到印度洋，风帆过后，从遥远的欧洲到美洲新大陆，世界和原先不一样了。

第二章

皇家秩序

海禁，海禁

在流逝的岁月里，这些战功赫赫的城守护着传统的农耕生活，以花岗岩般严厉的面孔随时准备将外侮拒之门外。作为当时的一种主流意识形态，对祖先土地的信仰如此根深蒂固，以致当王朝统治者不得不面向浩瀚的大海时，下意识选择的，通常是城，而不是船。

15 世纪新航路被发现，揭开海洋时代的序幕。到 16 世纪，海洋贸易打破洲际阻碍，世界的经济互动开始打破传统模式而具有全球意义。东南沿海航海势力以漳州海商为主体，走到前台；欧洲航海势力——葡萄牙东进亚洲水域；同时，日本的航海势力扬帆南下。几股东西方航海势力在中国东南海洋区域奔突冲撞。烟波浩渺的洋面弥漫着战争的硝烟和银圆的脆响。

当最具有海洋精神的一群人推动着中国成为海洋大国的时候，中国却遭遇到最不具备海洋精神的时段。

来自内陆安徽凤阳的一个破产农民子弟、皇觉寺的托钵侣僧朱元璋带着同样来自内陆省份的亲兵取得了这个国家政权之后，宋元以来已形成的东南海洋社会经济圈遭遇到了前所未有的破坏。

这个时期，大明王朝的皇家秩序是海禁。

明朝立国之初，昔日割据一方的张士诚、方国珍残部遁入海岛，对王朝统治的威胁似乎依然存在；而东瀛岛国也进入混乱的战国时代，在 1392 年南北朝统一后失去领地的九州岛豪族开始以海为家，过四处劫掠的生活。15 世纪，他们越过洋面南下，侵扰中国与朝鲜沿海，这就是为祸大明王朝和朝鲜李朝的"倭寇"。这两股力量，往往合流，相互勾结，一路攻杀，自辽东、山东到闽、浙、粤的滨海地区，年年如此。对于一个大陆帝国而言，这些骚扰并不对王朝统治构成根本的威胁，但是，这群来自两淮的新王朝的统治者，对于这些来自海洋的骚乱，近乎本能地断然采取激烈的反应。

他们必须用管理陆地的方法，来管理海洋。

既然保甲制度圈住了潜在的竞争对手们跃跃欲试的雄心，那么维系王朝统治的方略必将延伸到海洋。

即便到了若干年后，朱元璋的儿子朱棣在夺取了这个国家的最高统治地位之后，他所派出的那支宣扬皇威的巨大的舰队，依然保留这个陆上强国的全部海洋理念。

当永乐皇帝朱棣向印度洋和太平洋派出强大的舰队时，他的舰队指挥官郑和突然面对的是空荡荡的大海，欧洲人还没到达这里，所以，他合理地错过了一次东西方的历史性遇合，因为，皇帝需要的是宏大的政治理想下的朝贡贸易。

洪武四年（1371年）十二月，朱元璋命令靖海侯吴桢籍、方国珍旧部和宁波兰山、秀山船户11万人，编入各卫军，严禁濒海民众私通外国。

洪武七年（1374年），明、泉、广市舶司悉数关闭。

洪武十七年（1384年）正月，信国公汤和巡视闽、浙，禁百姓入海捕鱼。自登、莱至浙沿海筑59城。

洪武二十年（1387年），江夏侯周德兴到福建，又筑16城。

洪武二十七年（1394年），

▲ 镇海卫城

朱元璋又下诏，禁止民间用番香、番货，限3个月内销尽。

今天，漳州沿海由北而南，镇海、六鳌、悬钟、铜山4座军事要塞——明王朝江夏侯在漳州滨海构筑的第一道军事防线，无言地在21世纪的阳光下展露那中国人无法回避的海洋之痛。

在侵临大海的突出部，黑色的玄武岩和花岗岩托举下，那一座座曾令泛海而来的贼寇闻风丧胆的卫城，壮硕、阳刚、傲岸，仿佛是一群军容严整的老兵，虽然风沙磨走了岁月的模样，却依然坚守在岁月长河里枕戈待旦。

在流逝的岁月里，这些战功赫赫的城守护着传统的农耕生活，以花岗岩般严厉的面孔随时准备将外侮拒之门外。作为当时的一种主流意识形态，对祖先土地的信仰如此根深蒂固，以致当王朝统治者不得不面向浩瀚的大海时，下意识选择的，通常是城，而不是船。

大明，这个秉承了前朝优秀的航海技术的帝国，统治者似乎天生与海无缘，帝国大得足够让一群马背英雄纵横驰骋。这种大陆思维主导的意识形态，至少持续到下一个王朝行将结束时，才开始改变。

大明律规定：凡将牛马、军需、铁货、铜钱、缎匹、丝锦私出外境货卖及下海者，杖一百……若将人口、军器出境及下海者，绞；因走漏事情者，斩……擅造二桅以上违式大船，将带违禁货物下海往番买卖，潜通海贼，同谋结聚，及为向导劫掠者，正犯处以极刑，全家发边远充军……

海禁，这是中国海洋政策的一个巨大变化，在此之前，中国的

▲ 六鳌古城里的旧兵营

政策是向海洋开放的，并在宋元时候迎来航海业的巅峰。

新主人大明王朝却似乎热衷于做一件泽被子孙的大事，在北方边境修一道长墙，在东南沿海也修一道长墙，把所有的人圈在其中，这一切和万世江山、子女玉帛，都是夸耀天下的财富。

而这一切的主人，就像一个步入暮年的家庭长者，身体壮旺，性格偏执，坐拥天下财富，警惕他人染指，包括那些和他一起打天下的儿时伙伴、逃往大漠的蒙元残余和令人不悦的海岛诸夷。

曾经欲望燃烧的洋面突然遭遇到严冬。

那些中国最了不起的航海发明：罗盘、尾舵、多重桅杆，因为超越秩序，只能留给欧洲人去做地理大发现的航行，让哥伦布登上了美洲大陆，让麦哲伦越过好望角，让欧洲人建立起庞大的殖民帝国。

为制止民间海外贸易，地方官员往往把奇思妙想发挥到极致。景泰四年（1453年），一个叫谢骞的漳州知府，下令在月港、海沧随地编甲，本地人户，五日一点校。所有违制大船，一律拆散。海面上漂荡的那些五尺以下小船也要由官府打烙印才可出航，朝出暮归，犹如农家。

成化七年（1471年），龙溪商人邱弘敏，前往满剌加和暹罗贸易，那是一次收获满满的旅程，船上甚至还载有暹罗王后赠送的珍宝。但是，不幸却发生在归航中，在家乡的门口，他们被官军捕获，除了他本人被当场杀死外，跟随邱弘敏的29个人被处斩。随着大人上船的3个孩子，因为年幼，充军到广西边卫。那个曾经随邱弘敏出入暹罗王宫、安享过富贵荣耀的妻子冯氏，成了大明功臣的奴仆，开始了她供人驱遣的日子。

成化八年（1472年），29个龙溪商人在海上遇风沉船，被官军捕获，除病死牢狱的外，14人被处斩。

15世纪，对于中国东南沿海世代以海为田的人们来说，似乎是一个前景黯淡的世纪。

这个世纪，北方长城以我们现在所能看到的姿势雄立，一个心怀远大的宦官率领上万赳赳武士，正在向海洋做告别演出，在整个东方，那色彩斑斓的舞台上上演的那一出海洋神话雄壮而近乎虚妄。

统治阶层的自高自大和对异族的疑惧与排斥，改写了一个秉承伟大文明的优秀民族的全部想象力和财富理念，那些经历过童年的饥饿与战争忧患而后渴望安享太平的帝国首领的潜意识，正在阉割一个走向开放的民族的灵魂并最终一点一滴地抹灭他们分享未来世界荣光的雄心。

16 世纪成了一个航海大国的拐点。

一个国家在走向全盛时期突然告别海洋世界舞台，在后世的一片愕然中留下一个巨大的悬念。

在郑和的航线上，那些充满未来的光荣与危难的道路，留给了民间商人英雄。

两个世纪以后，当中华帝国的大门被西方海洋国家的炮火轰开，人们开始意识到，海洋，对中华民族意味着什么。

16世纪的血色残阳

> 如果朝廷允许，他们乐意做一个体面的商人，用丰厚的奉献，换取一家的平安；如果君王寡恩，他们将泛海而去，追波逐浪本来就是他们的天性。当他们企望与朝廷建立一种比较和谐的关系时，他们所希望得到的往往不是乌纱、不是田地，而是贸易的自由。

并不是所有的贸易热情，都将在皇家秩序下窒息。

尽管在16世纪来临前，大明王朝正迎来它的盛世光芒。

在它的东面，是浩瀚的大海，这片海域上游弋的，只是一些小邦国的帆船；在西北，那是帖木儿的领地，它已经向明王朝朝贡；再往西，曾经辉煌的东罗马帝国已经崩溃，那个神话般壮丽的城市君士坦丁堡，成为土耳其人的新都；遥远的欧洲还没有走出中世纪的黑暗，宗教纷争和战乱，使它四分五裂，黑死病曾经夺去它的大半人口；而印度已经衰落千年，在那里，一些勤奋的商人正在营建一些离散社区，不久，它将沦为英国人的殖民地。

在新世纪曙光到来之前，整个世界似乎有些差强人意。

而亚欧大陆靠近太平洋的这块广阔的土地正在大明王朝的皇帝陛下和帝国精英的带领下，闪烁出农耕文明最耀眼的光芒，富庶、强大、势不可当，正如那支伟大的郑和船队的横空出世。

此时，皇家秩序因为强大，不容动摇。

令人惊讶的是，千百年来一直默默地生活在中华版图和王朝政治权力边缘的一群人，却在这个时候被国家权力阶层视为心腹大患。

　　横亘在这个国家从农业文明走向商业社会的那一道樊篱——皇家秩序，在漳州民间迎来前所未有的挑战。

　　当生活在欧洲的君主们因为窘迫的财政不得不更多地依赖商人，并且索性和这些人一起成为海外扩张的玩家的时候，大明王朝的统治者则因为拥有欧洲君主们无以比拟的威权和物质力量而使国家不知不觉间负担起闭关自守的代价。明初中国政府的海洋政策发生逆转给沿海人民造成巨大的压力，以封闭、内向的海禁政策对待外来问题无疑使强势的封建文化中最脆弱的一面暴露殆尽。

　　就在帝国统治最脆弱的地带，漳州海商冲破牢笼成为东亚海域的主人，实现了与世界贸易体系的连接，他们在谋求不利于生存的海洋环境下的经济的开拓与发展的时候，自然而然成为现行秩序的反抗力量。

　　明人郑晓这么评价漳州人："汀漳山广人稀，外寇内通，与南赣声势联络。海物利市，时起兵端。人悍嗜利、喜争，大抵漳州为劣……"

　　数个世纪以前，第一批被他们的国家流放到澳大利亚的英国人似乎也是这类人。

　　作为中原文明在滨海之地的移民城市，漳州是农耕文明与海洋文明互相渗透的一个中转站，它是农耕的汉民族和尚在游农阶段的山地民族相互融合的一个舞台。

　　汉族文化中的异质成分在这个远离政治中心的地方碰撞冲突，使这块海氛弥漫与山瘴氤氲的土地生机勃勃、充满变数。

　　唐朝，汉族与山地民族在这里交相碰撞。

　　宋代，这是流亡政府抵抗元政权的最后根据地。

　　元代，横扫亚欧大陆的蒙古铁骑在这里屡遭重创。

　　明初，世界上最强大的王朝军队在这里面临挑战。

　　这个时期，漳州民间与封建王朝的关系有些令人尴尬。

　　洪武十四年（1381 年）十月，漳州府南靖县民暴动。

洪武十四年十二月，漳州府龙岩县民暴动。

洪武十五年（1382年）二月，龙岩县民再次暴动。

洪武二十年（1387年）九月，龙岩县民江志贤聚众作乱。

永乐十五年（1417年）八月，龙溪县人佘马郎、龙岩县人樊承受与沙县、永春、德化人聚众作乱，抢劫龙溪银场。

宣德九年（1434年）三月，漳州府龙溪县强贼60余人往来龙溪、南靖劫掠。

正统十二年（1447年）闰四月，龙溪县池田敏等数百人四处抄掠。

与现代漳州人平和闲适的人文性格有所不同的是，数百年前，在民族融合的发展阶段，山地民族强悍的民风和蜑民来去自由的性格深刻地影响着漳州人的生活方式。这个群体在明代政治和社会生活中扮演着一个十分特殊的角色。

如果说，地形地貌、季风洋流决定了漳州海洋文化的走向，巨大的生存压力也使人们十分现实地把目光伸向更为辽阔的空间。

三面环山、一面临海的地理环境决定了在人类拥有机械化穿凿能力之前，海路将是漳州最现实的对外通道。

蜀道难，难于上青天。千百年来，唐诗巨大的感染力使人们几乎忽略了或者比蜀道更难的闽道，与赣南、粤北连绵成势的闽西南，曾经是人迹罕至的人间秘境。甚至在最近的40年前，这一带依然被层层山峦分割成数量庞大的分散居民点，万山环抱，四面阻塞，春种秋收、自给自足，桃花源式的理想生活在这儿完全不是一种奢侈。

闽省山多地少，海商的聚居地海门岛，居民80户，人口近400人，靠200亩地生存，最后田地被海水逐年侵蚀，再无产业。这400人，除了贩私就是掠劫，此外还能做什么？丰饶的冲积平原，实际上被挤压在河口地带。本地产粮不足以供应日渐庞大的人口，百姓口腹仰仗潮州、惠州、温州输入，粮船自浙江经海路进入漳州，可获利三倍，一年数百条的船运的规模，使粮食贸易成为一大产业。即使在本省，从漳泉两州贩货到省城，海运每 100 斤不过花费 3 分银子，如果被迫选择陆路，开支一下子增加 20 倍。海路，实际上是漳州的生命线。

明王朝在东南沿海实行海禁政策，对闽浙两省的影响是全然不同的。浙江一带，沿海百姓有鱼盐之利，海洋肃清，百姓一样可以聊生。而在漳泉一带，百姓口粮全仗外省供给，断了海路，米价暴涨，实际上是断了漳州人的活路。

正因为如此，朝廷三令五申与百姓铤而走险，成了明代社会生活的一道血色奇观。

人们成群结伙走向大海，最初或许仅仅是为了生存，但是，当人们从海洋贸易中转瞬获取十倍利润时，大海的诱惑力就更强大了。

嘉靖二十三年（1544 年）十二月至二十六年（1547 年）三月，三年多时间内，因为贩海贸易被飓风吹往朝鲜而被押解回国的福建人就达 1000 多人，其中漳州商人占了一大部分。

等待这些人的是什么，我们不得而知。

而更多的人正穿越风暴到达彼岸，依靠非法的营生，为自己和族人带来富足而危险的生活。

在漳州河口及周边地区，通番贸易成了家族性、区域性的一项重要的经济活动，它造就了无视禁令、追逐利润的海洋商业群体，也造就了当时中国最富有的一群人。

有人说，这些汉民族中的异质，有北方移民的进取心、山地民族的强悍和航海族群的自由秉性，在巨大的生存竞争压力下，这些人身体内部潜伏的不安的基因，正在发出耀眼的光芒。

如果朝廷允许，他们乐意做一个体面的商人，用丰厚的奉献，换取一家的平安；如果君王寡恩，他们将泛海而去，追波逐浪本来就是他们的天性。当他们企望与朝廷建立一种比较和谐的关系时，他们所希望得到的往往不是乌纱、不是田地，而是贸易的自由。

就这样，历史上所谓的海寇商人出现了。在西方舰队突入中国东南海域，并且把贸易推进到东南沿海的时候，民间海洋力量超越政府海军和那一条脆弱不堪的海洋防线，与西方航海者逐鹿海上。

贸易战争、合纵连横，海商们掀起了太平洋的惊涛骇浪以及数百年的是是非非。在强大而保守的主流意识的挤压下，这群当年中国最活跃的人彻底丧失话语权，在历史的暗角，漳州海商仿佛选择沉默，将是是非非留待他人评说。

这就是 16 世纪血色残阳下漳州海商的绮丽生涯。

洪迪珍之死

洪迪珍终于义无反顾地带着他的船队凌波而去，对朝廷而言，东南沿海又多了一个令人头疼不已的海盗商人集团，对洪迪珍和他的追随者来说，他们从此走上一条不归路，500 年后，他们的骂名与他们掀起的波澜如影随形。

嘉靖三十七年（1558 年），一个叫洪迪珍的漳州海商走到了他的人生拐点。

这一年，他和他的船队回到浯屿，在自己的家乡，像往常一样，他受到英雄般的礼遇，前来和他做生意的人络绎不绝，人们争着依附他，期望能够在下一次远航中改变自己的生活境遇。

正是在王朝海禁时期，官府禁令竟然被置若罔闻，这事的确令人有些不安。满载捕快的八桨快船一路赶来，但是，走漏了的风声比船来得还快，洪迪珍一下子消失得无影无踪。这是在他自己家乡，海洋和陆地，对他来讲一样熟悉。

像往常一样，洪迪珍大约期望在外躲过风声后，再回家做他的生意。因为在家乡，有他贩海十几年积累下来的巨大财富、豪宅、如花美眷、乡人的尊崇和来去自由的快感。

但是，这一次官府没有就此罢手，船队的一些解官被逮捕了，接下来，他的家眷们也下了狱。皇家禁令永远是悬在海商头上的利剑，它的寒光甚至超过了大海深处掀起的波澜，这种波澜往往使出海贸易者仅存二三，铤而走险便是这些人的做派。

洪迪珍终于义无反顾地带着他的船队凌波而去，对朝廷而言，东南沿海又多了一个令人头疼不已的海盗商人集团，对洪迪珍和他的追随者来说，他们从此走上一条不归路，500 年后，他们的骂名与他们掀起的波澜如影随形。

在乡人眼里，洪迪珍是一个成功的商人，口碑不错，侠心义肠，在外遇到被海盗掳掠的中国人，他总是用随船携带的货物将他们赎回，送他们回国。这些人如果没有遇到洪迪珍，他们将作为奴隶，充当海盗船上的划桨手，或者修筑殖民地城堡的苦工，最终悲惨地死去，哪怕他们在家乡原也是娇生惯养的豪门子弟。所以，人们尊称他为"洪老"，《漳州府志》对这个人的评价也很客观。

事实上，洪迪珍算得上是漳州与日本贸易早期的开拓者。

因为倭寇活动猖獗，通倭是被严禁的，漳州人对这一衣带水的岛国一向并不熟悉，人们对这个域外荒蛮也缺乏兴趣。只是到了明朝时，因为发现了大型金银矿，日本成了东亚最大的黄金产地，漳州商人开始像潮水一样涌进日本。就像漳州海商陈贵，一次带去 26 艘商船，这样的贸易规模，数倍于欧洲的探险船队。

现在，漳州商人们显然更乐意开拓与日本的直接贸易，嘉靖二十三年（1544 年），一艘漳州商船被风吹到日本，人们带回令人心醉的银子。消息迅速传开，人们开始如潮水般涌入日本。最初还只是一些所谓"恶少无赖"之徒，但很快波及富家子弟和良民。原先只是一些沿海百姓驾船出洋，但是到后来，连住在山里的农夫也要拿着贷来的"子母钱"漂洋过海，一股脑儿做着发财梦。

《筹海图编》记载：丝，是日本朝会宴享必备，运到日本，其价十倍；水银，镀铜之用，其价十倍；其他丝锦布、锦绣、瓷器、古钱、书画，甚至铁锅、铁链、针、线，到日本都有极高的价格。大抵日本人所必需的生活用品，皆产自中国。

贩运硝磺是另一桩危险而赚钱的买卖，因为日本本土几乎不出产这种东西，由它们做成的火药是中国对世界的一项重要贡献，它们的出现改写了世界战争历史。一些年前，黑泽明在《影子武士》里所刻意渲染的那个时代，织田信长正是用这东西终结可怕的武田骑兵，当象征荣誉的"风林火山"军旗和残破的尸体漂浮在悲哀的河面，一个时代似乎就这样徐徐落下大幕。

这时候，黄金白银已经成为国际通行硬通货。因为发现金银矿，日本人已经有能力大量购进中国手工业品，中日贸易十分有利可图。

在漳州，他们通常以走马溪或浯屿做据点，这里汇集各路"神仙"，日本人、马来人、葡萄牙人……月港成了他们出货地点。这个口岸地理条件并不优良，地形也复杂，这时反而成了逃避官府追捕的良港。口岸汇集各国货物，勾栏酒肆林立，俨然一大都会。

在浩瀚的大海与官府玩捉迷藏游戏，并不是件难事。洪迪珍的船队，时集时分，往来飘忽。和那时的海商一样，有时他们会往广东造船，到浙江购货，然后在月港聚结出洋。那些追捕他的人，有一些是他的朋友，曾经仰慕他的为人，或者得过他的好处，现在乐意和他暗通信息。沿海诸多岛屿有他的耳目。船到口岸，早有人为他接济，食品、淡水以及接引客商均不成问题。他们似乎和官府有一种默契，货物出境时，往往贴上封条，还有衙役相送，声势浩大，船到海中，鼓角连鸣、相互呼应，不知者还以为是官船。

这些身份暧昧又拥有巨大财富和往来自由的商人，最初他们很可能只是为了抗拒官府追捕和西方殖民者欺压而武装起来，但是，在那时的无序的海洋世界里，当各方矛盾聚结成为焦点，南中国海海域无可避免地陷入血与火。

在月港豪民洪迪珍走上叛逆道路的时候，东南沿海已是一片混乱。沈南山、严山、谢策、许西池、林国显、吴平、曾一本，一个个漳州海商集团往来纵横，声势日显。一些本在底层的小商人也加入队伍，扯起大旗，居然也震慑一方。月港小海商张维24人聚资造一艘大船通番交易，在朝廷追捕下，演变成武装割据。他们据堡为巢，反抗朝廷。张维据九都城，吴川据八都城，黄隆据港口城，旬日之内，附近群起而效。

九都又有草尾城、征头寨，八都有谢仓城，六都、七都有槐浦寨，四都、五都有方田、溪头、浮宫、霞都四寨，城主号称二十八宿、三十六猛，继续他们的由来已久的贸易，也武装反抗追杀他们的朝廷。

沿海商民走上武装反抗之路，经历大抵相似。这些人往往以泛海贸易起家，因为朝廷追捕而入海为寇。做了海寇商人以后，往往又寄希望于朝廷的招抚，条件通常是他们所热爱的开海贸易。他们的痴心妄想，使他们为此付出代价。

和洪迪珍经历相似、后来成了他的合作伙伴的另一个海寇首领王直，这人是安徽歙县人，任侠使气，颇多智略，和日本、暹罗、西洋诸国做了五六年硝磺贸易，发了大财。

这个人和洪迪珍一样，最初并没有做海盗的想法，他纵横海上时，还给官府捎信，愿意带领自己的部属为官府扫荡海盗，条件是开放海禁。

然后，他果然——从他以往的经历证明并不是突发奇想——把部属留在海岛，自己跑去杭州谒见总督胡宗宪，因为胡宗宪是他的乡邻，而且似乎对他的投靠信誓旦旦。事后证明这是一个圈套，王直到杭州后随即被投入监狱，等待他的是斩首。

洪迪珍本人不过是一个商人，或许他从来没有想到与国家为敌，所以遭遇到政府军的追捕时，他的表现总是令人迷惑地摇摆不定，即使是在他的海寇商人的顶峰时期，这常常影响他的判断。

洪迪珍的船队还是在撤退途中展示了高超的航海技术，所以他们侥幸逃过一劫。但是，一战而挫，原先夺人的信心和意志顷刻间支离破碎。

当一群乌合之众一路奔逃到一个叫海山的岛屿时，或许，只有洪迪珍心里清楚，他和朝廷的战争结束了。

此时，洪迪珍还有三种选择：顽抗到底，直到彻底毁灭；带上财富，潜逃域外，隐姓埋名地过上逍遥日子；但是，他选择了第三条路，留下部众，自己跑到福建海道副使的衙门自首。

　　或许，他希望做最后一次赌博，他赌和他的老朋友不一样的命运。的确，他应该是一枚了不起的棋子。他通晓战情，熟悉水路，部属众多，曾经一呼百应，如果遇上一双慧眼，他或许可以保住性命，在家乡默默老死。如果幸运，或许还可以把余生奉献给总督、巡抚这样一些人，或者是这些人背后、那个对他们一再捕杀但似乎心存幻想的朝廷。这似乎是一个颇有胜算的筹码，所以他带上自己的儿子，在他刀口舔血的一生中，有过太多的赌博，正是这些赌博，为他赢回了足可以夸耀海内的巨大财富、声望和众多的部属。

　　但是，这一次他没能逃脱宿命。

　　洪迪珍随即被总督张桌下令处死。那颗价值连城的首级，一脸茫然地被示众数日，谁也不知道，在生命的最后时刻，那里面的念头是什么。曾经飞扬跋扈的脸，最终却无力挥走缠在眉间的一只苍蝇。

　　这是那时候许多海商的宿命。

巡抚朱纨的战争

朱纨的那一声叹息，似乎为王朝海禁之争做了一个脚注。在16世纪中叶，这场力量博弈，以王朝军队的节节胜利和军队首领的悲剧命运告终，让我们看到一个走向衰弱的王朝对海洋的态度和积蓄起来的全部能量。

嘉靖二十五年（1546年），朱纨擢右副都御史，巡抚南赣。次年，改提督浙、闽海防军务，巡抚浙江，防御倭寇。

这时，中国东南沿海已经出现混乱态势，私人海上贸易日益活跃，倭寇横行，葡萄牙人也赶来凑热闹，没有法律规范的民间贸易挑战政府权威。

当朱纨踌躇满志地来到闽浙，他大约没有意识到，这是一条不归路。

作为历史上的抗倭名臣和王朝海禁政策的忠实执行者，朱纨下车伊始便面对着闽浙朝臣和海商阶层的抵制。

那时，东南沿海正处无序状态，倭寇是国家的心腹大患，在前后20年间，东南沿海数十万人被杀，数十座城池被攻破，数十个倭寇便敢于大摇大摆地穿过数万大军把守的大城南京，在他们最终被歼灭前，至少屠杀了2000多平民百姓。

朱纨采取铁腕政策，厉行海禁，凡是双桅的航船一律销毁。

与此相反，官员士绅却主张让葡萄牙人通商合法化来消弭紧张局势。

朱纨报告皇帝说："治海中之寇不难，而难于治寇引接济之寇；治寇引接济之寇不难，而难于治豪侠把持之寇。"实际上，他已经十分清楚地意识到，一张铺开的大网正在等着他。这张网里有朝臣，有巨商，也有所谓的"狡民"。在全球经济"一体化"浪潮中，士与商、商与寇，他们之间有许多关联。

他直接向朝廷检举了一群参与走私活动的官宦的名字：许福光，同安县的养亲进士，与海寇联姻，家族由此富有；林希元，考察闲住佥事，一个主张通商并且身体力行的人，假借渡船之名，造了许多违制式大船，用来运输海贼赃物和走私货品……一时间，自宁波、定海到漳州月港，东南沿海一线，大凡与民间贸易有关的家族如临大敌。

对朱纨而言，为朝廷荡平东南沿海寇患、保护皇朝统治根本，是封疆大吏的职责所在。他和他的麾下戚继光、俞大猷由此名垂青史。对中国东南沿海世代以海为田的闽浙商人而言，朱纨的行动无疑是在断他们的生存依靠。

朱纨的到来终于使闽浙商民和皇家秩序由来已久的矛盾走向焦点。

那些从事海洋贸易的人，无论是中国人，还是欧洲人，或者别的什么地方的人，如果他们曾经是敌手的话，现在，他们有了共同的敌手。

这时，中国人和葡萄牙人、中国人和日本人之间因缺乏合理有序的民间贸易而引发的国际争端，使东南沿海财富积累的同时，危机四伏。

这个时候发生了三次中国军队与葡萄牙人的战争。一次在浙江的双屿，另外两次分别在漳州的浯屿和走马溪，这三次战斗直接改变了闽浙海上贸易的格局和朱纨的命运。

浙江定海双屿港（即今六横岛和佛渡岛），孤悬于海洋之中，离定海30公里，明初列为"国家驱逐弃地"，岛民内迁，荒芜一片。但其地势东西两山对峙，南北水口相通，外有小山如门障蔽，中间宽10公里，藏风聚气，是走私船的理想停泊地。

大约在嘉靖十九年（1540年），由王直、李光头和一些漳州海商在这里招引"佛郎机"和倭人开展贸易。现代日本学者称双屿是"16世纪的上海"，东西方的财富、商品在这里集散，这个时期，这地方似乎更像脱离皇朝监管的自由贸易区。

根据那个年代一个叫平托的葡萄牙人在《东洋纪事》一书中的记载，在 1540~1541 年，葡萄牙人在双屿建造了 1000 多所房屋。有些房屋造得极奢华，花费达三四千达卡银币，在那里居住 3000 多人，其中葡萄牙人 1200 人，另外一些是各国的基督教徒。他们在这里建立与日本的贸易往来，每年贸易额达 300 万两白银。

这个居留地有自己的"市政厅"，成员包括：1 个查账人、1 个死亡和孤儿监护人、1 位市政厅雇员、4 名起草合同契约的公证员、若干参议员和行政检查员，一些人成了警察和法庭审判员，比较值钱的职位是注册员，每个职位达 3000 达卡银币。市政厅的租金是一年 6000 达卡，另外配给两家医院和一家教堂每年达 30000 达卡银币的经费，以便可以在异国他乡随时照料那些疲惫的身体和灵魂。这是葡萄牙人在东方最繁华和富庶的据点。这些葡萄牙人似乎十分醉心于这块离家乡万里之遥的居留地，他们把商栈设在这儿，武装商船进进出出，全然忘记还需要认真面对那个王朝以及它的不可理喻的傲慢态度。

当这些葡萄牙人兴高采烈地把财富堆积在这儿，无论是贸易来的，还是掠夺的，他们最大的疏忽是，忘记了这是别人的国家，主人至少在这个时候比他们自己的国家强大若干倍。

当地人和商人似乎有过一段互惠互利的日子。尽管葡萄牙人把这儿弄得太像自己的家园。但是，中国人的地位似乎更重要些。不管怎么说，矛盾还是激化了，这一年是 1548 年，朱纨到任后的第二年，一个叫佩雷拉的葡萄牙人贷款数千金币给一个中国人，限期到后，中国人无力偿还，这本是一件简单的经济纠纷，但是佩雷拉纠集了 20 多个葡萄牙无赖，乘着夜色袭击距双屿 1 公里左右的一个村落，或许那个债务人的家就在那里，他们抢劫了 10 个农户，杀了 10 个人，掳走了农人的妻子，就像他们在非洲或者别的一些国家所犯下的罪行一样，并没有准备去承担什么后果。

这件事大大激起了民愤，也给了朱纨一个伸张正义的充分理由。

朱纨随即调发福建都指挥卢镗统督数百艘战船直捣双屿港。5 小时之间，繁华之地变成一片焦土，一些年后，再度路过这儿的葡萄牙人大约将为之落泪。

这是一个典型的以众击寡的战例，毕竟中国人在自己的家里调动军队要比葡萄牙人方便得多。据说，此役朱纨动用水陆大军 6 万，海寇商人巢穴悉数被毁，俘、斩、溺死者数百。战后，朱纨亲自督令士兵以木石堵塞双屿港。

这个中国早期的"全球化"贸易窗口，在海禁和因为海禁而日益无序的海洋世界纷争中灰飞烟灭。自此葡萄牙商船转而在漳州浯屿一带活动。这是他们在中国的第二个居留地。

大约在嘉靖二十六年（1547 年），葡萄牙人到达浯屿，开始从事贸易活动。

浯屿，即现漳州港尾浯屿岛，当年距漳州陆地岛尾 3 公里，是一座长 2.25 公里，宽 0.48 公里，面积 1.08 平方公里的小岛，浯屿首尾两门都可通船，浯屿澳在浯屿岛的西部，港湾平稳，周围水深，是天然避风港。

明初，朝廷曾在浯屿设水寨，由漳州卫军守护，控漳泉门户，后移驻嘉禾屿（厦门）。浯屿海道四通，又与陆地和附近海岛隔开，地方偏僻，撤防后便疏于监管，成了漳泉海商的走私据点。葡萄牙人到来后，买通浯屿水寨官员，在这儿建起了港口和防御工事，使它成为横跨欧亚的商业帝国的一个重要据点。他们在这儿泊船、搭棚、交易、存栈、过冬，第二年再随季风回航。

大约通过本地海商的关系，浯屿水寨指挥丁桐默认了这种非法交易的存在，在他后来接受都察院审问时承认，驻军官员按照延续多年的通用惯例接受了"买路砂金"。

比之于长途跋涉北上双屿去做交易，漳州海商似乎对这种做到家门口的生意更持欢迎态度，因为降低了商业成本与风险。最初大家也算相安无事，葡萄牙船上的香料、象牙、苏木甚至来自欧洲的番镜，开出价格颇合理。葡萄牙人通常也能通过从漳州商人那里弄到的瓷器、丝绸等获利，两边交易大体对等。另外，漳州人跟他们的习性也颇相似，一种本地土酿的淡米酒，有时让他们想起家乡的啤酒。

所以尽管法律严酷，并不妨碍本地人与他们交往和贸易。这样的人在大担，官府能掌握的就有百来个，都是一些在地面上有些能量的人物。

这段时间，葡萄牙人开始在浯屿建房子，那房子建得整齐、清雅，已经有市镇的规模，他们还用钱财交好地方官吏，据说有一个叫苏舍的，甚至还被推为所谓的"漳州总督"。

总之，一切进行得颇为顺利。但是，这一次，他们又犯了上一年在双屿的毛病。

一个亚美尼亚人在漳州待了六七个月，不知犯了什么毛病死了，身边没什么可靠的人，这对那些在外面漂泊的人来说不算稀奇。苏舍便将他的遗产查封起来代为保管，大约要等到一个合适的机会，再归还给他的家人，假如他还有家人的话。这本来就是一件颇为令人称道的行为，问题是，他得知有两个中国商人欠了这个死者的贷款还没还，大约有3000两白银，看起来也无力归还，于是，他尝试进一步行使了"总督"职权，把那两个人拘押起来，和他们一起被扣压的还有他们的商品。

这好像是一场国际经济纠纷，还涉及涉外法权问题，事情开始复杂起来。

地方政府随即下令停止一切和葡萄牙人的交易活动，违者处以极刑。按照《大明律》，本来就应该这样。只是巨大的利润让大家把这么严酷的刑律都遗忘了。

葡萄牙人粮食来源被切断，处境变得不妙起来，于是他们开始袭击村落。这是他们擅长的，也不需要什么道德底线，所以，骚乱爆发了。

接下来，就是朱纨的政府军和葡萄牙人的又一次战斗。

平托记载：在漳州港口，120 艘中国战船围住港内葡萄牙船，然后纵火焚烧，13 艘葡萄牙船全数被毁，500 多个葡萄牙人，活下来的大约 30 人。

这场战斗侥幸逃脱的 30 来个葡萄牙人，据说一口气跑到澳门以西30 公里处的浪白澳才登陆。

当地关于这场战斗的记载颇为简单，万历《漳州府志》卷三十《海澄县·杂志·兵乱》载："有佛郎机船载货泊于浯屿，月港恶少群往接济，后被军门朱纨获接济之人，戮之，夷船方去。"

平托所说的漳州港，对于远道而来的人来说，似乎是一个大的地理名词，无论这场战斗是发生在漳州月港，还是在诏安走马溪，或者传说中的浯屿，都不重要了，因为随之而来的另一场战斗，使葡萄牙人在漳州的活动，基本上宣告结束。

这场战斗发生在 1549 年，也就是嘉靖二十八年，和双屿之战一样的起因，同样是以众击寡，结果也一样没有悬念。

现在，走马溪一片平静，看起来不过是入海的一条溪流。

但是，在明朝，按俞大猷的描述，这地方"两山如门，四时风不为患，去县及各水寨颇远，接济者，旦夕往来，无所忌避，天与猾贼一逋蔽所也，诸番自彭亨而上者，可数十日程，水米俱竭，必泊此储备，而后敢去。日本自宁波而下者，亦可数十日程，其须泊而取备亦如之，故此澳乃寇必经之处，非如他澳则患风水防追捕不得久住"，全然就是一个天然的走私港。

一些葡萄牙船于 1549 年的 2 月 21 日泊于此处，被都指挥卢镗、福建海道柯乔的军队团团围住，两艘葡萄牙船、一艘哨船和四艘马来船被击沉，政府军活捉了葡萄牙人、非洲人及海寇商人李光头等 112 名，擒斩 239 名。

朱纨的战争，使闽浙沿海短时间内呈现出难得的宁静，但是这似乎仅仅是一种假象，海面下的风暴很快就翻卷上来。

当朱纨和他们的将士们还在为大捷欢欣鼓舞的时候，在朝廷，一场由中国军队创造的胜利被迅速描绘成主事者滥杀无辜的闹剧。这场战斗的最高统帅朱纨和前线指挥官卢镗、柯乔被免职待罪。

钦差的调查和关押在福州的葡国战俘的证词对朱纨不利。

克路士——那个时代的葡萄牙人，在《中国志》里记载了大明皇帝对走马溪之战的最终审判，被围歼的葡萄牙人最终被确认为和平商人，而不是海盗。朱纨及卢镗等人因为贪求葡萄牙人财物，行为不端，事发后私隐消息，滥杀无辜，犯下欺君之罪。挑起事端杀死中国人的葡萄牙人被判死刑；被俘的 51 名葡萄牙人及奴仆，被充军广西。

朱纨大约做梦也没想到，自己忠实执行的王朝海禁政策最终葬送了自己的一生。这个硬骨头的江苏长洲人，在走到自己生命终点的一声叹息，透彻悲凉："纵天子不死我，大臣且死我；纵大臣不死我，闽浙人必死我。"

朱纨触到了一张网，这张网的上端是那些也许直接受益于海弛的士大夫同僚，网的下端是无数的以海为生的闽浙人。朱纨纵使是一只鹰，有无比强健的精神，那也是一只暴风中的鹰。何况他仅仅是一个人，一个荣耀于体制，终于又被体制绞杀的人，一个充满理想甘愿为那个时代牺牲的大明官员。

朱纨的那一声叹息，似乎为王朝海禁之争做了一个脚注。在 16 世纪中叶，这场力量博弈，以王朝军队的节节胜利和军队首领的悲剧命运告终，让我们看到一个走向衰弱的王朝对海洋的态度和积蓄起来的全部能量。

朱纨死了，一场酝酿中的政治危机似乎化解于无形。在朝廷，主事者不再声言海禁；在地方，不再有浙江巡抚这一职务。

海洋又回到了无序的状态，倭寇依然在闽浙长驱直入，国家防务与民间商务被卡在一个节点上。

在走马溪被击沉的葡萄牙船只，无论是海盗船还是和平商船，成了历史悬案。朱纨在儒家语境里，是一个屈死的忠臣，在葡萄牙人的文献里，是贪赃枉法的弄臣。

在朱纨的战争中死去的那些人，那些中国人、葡萄牙人、马来人、非洲人，那些军人、平民、商人、海盗，也很快被那片海洋遗忘，因为越来越多的商船，将弊洋而来，弊洋而去。

朱纨死了，接下来，东南沿海将发生什么？让朱纨走向不归路的漳州，将发生什么？

白帆远去的时候

在整个明代，中国有着广泛的海外贸易的机会和实力，当全球性航海贸易体系建立之后，美洲白银和中国手工业品在交易中所产生的十倍的利润，让国富民强在这个时候不会仅仅是个概念性的问题。这是中国历史发展的一个节点。

白帆远去的时候，我们有时间坐下来，继续讨论我们的海洋话题。

在最近的这 500 年里，我们眼前的这一片海洋，在承载整个人类近代文明进程的过程中，积累了太多的社会财富和矛盾。这种错综复杂的海洋关系，使我们常常感到时间背后的迷惑，比如海商与朝廷的关系、明清时期漳州百姓与朝廷的关系，等等。有时候，我们往往忽略一些细节，这个细节与另一个朝代有关。

中国历代王朝对偏居东南一隅的漳州的管理始终持审慎乐观的态度，或许他们本来没把这地方太放在心上，或许这一带以海为生的百姓和中原人有许多不同，至少在盛唐的光辉照耀这里之前，这一带的海边居民的生活习性常常被后来的研究者联想到太平洋岛国上的那些居民。王朝强盛时，主流意识形态和这里总是保持一种若即若离的关系，倒是到了文弱的宋朝，尽管它的统治中心开封距福建数千里之遥，这并不妨碍这一带百姓成为王朝忠实的合作者。在王朝全盛时，他们向国家提供财源；在王朝倾覆时，它向王室提供最后的避难所。

1279 年，宋室崖山败亡，与陆秀夫一起赴难的还有漳州人——都统张达和海舟监簿陈格，他们在宋室江山大势已去时率领家乡子弟加入流亡政府，大海成了他们灵魂的归宿。另一个漳州人——提督岭南海路兵马陈植率残存舰队突围后回到家乡继续那场无望的战斗，这支队伍或许是宋王朝最后的抵抗力量。而在海洋的一片悲歌中，张达全族从此灰飞烟灭。

文弱的朝廷面对汹涌的大海舒展自己并不宽广的胸怀，同时也为自己找到最后的归宿。

也许，这正是主张开海贸易的宋王朝到了大厦倾覆时还得到东南沿海子民拥戴的原因。

当明王朝穿过战争的硝烟而来时，强大的皇家秩序却使它失去在自己的东南海域有效管理的行政基础。

就一般性规律而言，任何一个地区总是同时存在现行秩序的拥戴者和抗拒者，当现行秩序的拥护力量压倒反现行秩序力量时，这是一个安定的社会，人类的天性使秩序下的社会群体成为王朝顺民。但是，明王朝的海禁政策阻碍了东南沿海百姓用合法手段实现自己的利益时，社会力量对比开始失衡，人民走向反抗现行秩序的道路。

漳州人反抗现行秩序仅仅是因为这种秩序剥夺了他们的生存的空间，海洋是东南沿海百姓世代为生的田园。失去了田园，接下来，还有什么事情不能做的呢。

在东南沿海人民特别是漳州海商与朝廷激烈对抗的时候，大明朝的主事唐枢说了这样一段话："寇与商同是人也，市通则寇转而为商，市禁则商转而为寇，始之禁禁商，后之禁禁寇。"

不是东南百姓出了问题，而是王朝海禁政策出了问题。

既不能顺应民意，又不能一手遮天，当狂热的海外贸易超越现行秩序，混乱加剧了。

这是航海人的不幸，也是国家的不幸。

当史册以惯有的风格勾勒这段历史时，英雄与叛逆，一开始便走向各自的宿命。

大明王朝的皇帝这个时候或许拥有世界上最庞大的军队，上百万的陆军，比欧洲所有国王们的军队加起来还要多，但是，面对自己统治下的东南沿海百姓的反抗，王朝表现出前所未有的懦弱，因为人们背靠的是无垠的大海，这种虚弱使他们在戚继光之前，未能体面地打一场战斗。

海商们在做困兽之斗，官府被庞大的军费开支拖得疲惫不堪，事情的发展令所有人感到愤怒：和平贸易变成追捕，追捕变成厮杀，厮杀结果是两败俱伤。

这或许是中国历史上最尴尬的时段，海禁最忠实的执行人死了，热心的反海禁者也死了，在东南沿海一片混乱中，西方的船舰正在扬帆东方的海面。他们打着王国的旗号，驾几只破船，却对所经过的海域和土地及其财富满怀野心。

这个时候，对于曾经拥有郑和船队的大明王朝而言，西方人的数量和装备是那么微不足道，但是，这一切将很快颠倒过来。

15 世纪开始，中国的海上力量实际上已经分化成官府水师和海商武装集团，这两股力量与西方航海势力相互博弈，让远东水域在以后数百年间，呈现异常复杂的国际态势。

在整个明代，中国有着广泛的海外贸易的机会和实力，当全球性航海贸易体系建立之后，美洲白银和中国手工业品在交易中所产生的十倍的利润，让国富民强在这个时候不会仅仅是个概念性的问题。

这是中国历史发展的一个节点。

但是，王朝依然以统治陆地的理念来规划海洋，以统治陆地的方式去管理海域。辽阔的大陆，足够让皇帝和他的甲士们放马驰骋。那几个充当藩属的小邦土酋的栖身地，对集天下财富于一身的王朝来说乏善可陈。

最初，他们可以允许郑和船队作为弘扬一种宏大的政治理想的存在。但是这种气魄也仅仅是昙花一现，他们决不允许一种经济力量以这样激进的方式存在于自己的眼皮底下，因为害怕动荡，所以他们愿意关起门来，他们不可能意识到，被拒绝在门外的机会，对这个国家未来是多么重要。他们所忽视的正是决定日后世界格局的，那就是对于海洋的权力。因为这个时候，正是世界历史由陆地转向海洋的重要时段。

对西方航海者而言，他们所期望的是一个开放的门户而不是一个天朝大国的威仪。他们的利益观将决定他们的行为法则，拥有巨大财富的天朝大国的海洋理念是那么不可接受，以致需要兵戎相见来解决问题。但他们似乎也没有意识到，一个在海禁的背影下存在的帝国，对他们的崛起，本来就是一个多么珍贵的机会。如果王朝有足够的胸襟，面对海洋世界的变化，集东南数省的资源傲视大海，那些野心勃勃的西方舰船将那么微不足道。

但是 1433 年之后，整个王朝的海外联系绝大部分只能依靠走私商人和海寇。当整个帝国的上层热衷于子曰诗云的声音、温文尔雅的算计和无上荣耀的仕途的时候，一个民族的想象力走到了顶点。皇帝对剿灭海商集团的兴趣，远远超过那些西方国家的国王们与海盗分享利润的兴趣。

所以人们不难理解，为什么葡萄牙这么一个遥远的国家会始终热衷于去占领双屿、浯屿或澳门，而大明王朝最优秀的士大夫和军队指挥将官则把在这些据点恢复皇家秩序作为己任。

充满风险的海洋，锻造出充满冒险精神的漳州海商性格。

在一些明代的记载里，漳州人被描绘成像佛郎机人、日本人一样嗜利与且充满冒险精神。

他们不同于儒家精神里所演绎的那种温柔、敦厚、驯良、恭顺的角色。在没有财富的时候，他们拼却了性命去追求财富；当他们拥有财富时，他们追求得更多，挥霍有时是他们的生存动力和弱点；当头顶高悬着夺命刀剑，又有谁会责备那些来去匆匆的欢愉呢？"片板不许下海，艨艟巨舰反蔽江而来；寸货不许入番，子女玉帛恒满载而去"，叛逆性格使他们敢冒杀头风险去博取利益。

若干年后，在明王朝行将就灭的时候，我们还是看到，海寇商人的尊严、荣誉、财富以及他们的冒险精神，还是融入华夏精神的深处，在反清复明的旗帜下为明王朝唱响最后一曲挽歌，就像那个时代同样生于这片海滨之地的文化巨子黄道周一样。

海洋与海洋冒险，使漳州海商在某种意义上更接近于航海民族的性格。

这种性格曾经使古希腊建立起数十个城邦，曾经使维京人狂风般扫遍欧洲大陆，曾经使阿拉伯人和他们的三角帆飘扬在地中海各个港口，曾经使几个弹丸小国开启近代海洋文明并影响和决定未来世界的格局，也使我们这个曾经拥有世界一流的航海技术的东方古国此后充满了对海洋的忧患意识。

如果王朝给予海商的远航以国家的名义。

▲ 西方的航海者

如果海商们怀揣的是那些足以荣耀后世的国家契约，就像西方的航海者一样。

如果他们的背后，有着强大的国家意志支撑着那些遥远的航程。

那么今天的海洋世界又将如何？

海商们始终没有夺取国家权力的欲望，他们对于遥远的紫禁城的皇帝宝座和发生在宝座边上的腥风血雨、尔虞我诈缺乏了解，但这不能成为质疑他们的理由，在农耕社会里，他们有足够的实力去组织一次像样的市民起义吗？就像在遥远的欧洲城市发生过无数次的那样。他们关心的只是自由的贸易和贸易带来的自由。即使他们和朝廷兵戎相见，他们要求的也不过如此。

第三章

东方月港

隆庆元年 | 这个时候，中国万里海疆，仅有两个港口对外开放：一个是广州，但那是内向型港口，只许外国人进入贸易；另一个是漳州月港，这是外向型港口，许本地商人外出贸易。漳州商人实际上掌握了中国对外贸易。

明隆庆元年（1567 年），一道圣旨让漳州商人欣喜若狂。明政府在月港开放"洋市"，准许商船从这里前往东西二洋贸易，月港成为当时中国唯一合法的商人出海贸易港。经历了一个多世纪朱明王朝的

▲ 宴海楼

海禁高压后，漳州海商第一次以合法商人的身份出现在他们历代经营的港口。

这一天，对所有的月港商人来讲必定是一个阳光明媚的日子。最先知道这个消息的，自然是福建巡抚都御史涂泽民，我们无法推测这位巡抚面对自己力争而来的这道圣旨是否曾产生过瞬间的茫然；漳州航海势力迎来壮大的一天，对仍沉醉在男耕女织理想图景的农业文明预示着什么？历史迎来它的变数。

对于月港商人来说，这道姗姗来迟的圣旨也不是朝廷的特别恩赐，这仅仅是他们用了一个多世纪的抗争最终以月港成为一大都会而得到的朝廷的有限认可。事实上，主流群体仍然以质疑的眼光看着九龙江口这一片土地的成长变化，因为它的繁荣而设置的靖海馆、海澄县，依然从名称上标志着王朝海禁基本政策不曾动摇。所以，月港是一个繁华的商港，海澄依然是个军事要塞，那些高昂在城墙上的炮口和邻近海岸的卫所没有什么两样；至今仍沐浴在夕阳海风中的晏海楼所代表的并不是诗意岁月，而是那个时代对海的警觉。

但是，曾经是灾难的海禁政策在这个时候对漳州商人来说似乎预示着一种机遇，明朝皇帝在福建东南画下的这一道圈，使漳州商人在法律和秩序的框架下，成为撬动中国东南沿海海洋贸易的支点。

这一年，对于中国历史和世界历史都有极其重要的意义。

大明王朝选择在这个时候开放海禁，无疑是基于对时势的理性判断，因为海禁而形成的庞大的走私力量，游荡于秩序之外，在海澄设县前十年，海寇破卫一处，破所两处，破府一处，破县六处，破堡二十余处，让朝廷上下苦恼不堪。

当年，听选官李英在建议设县治于月港时，他给朝廷的上书描绘了一幅十分可怕的情景："屠城则百里无烟，焚舍而穷年烽火，人号鬼哭，星月无光，草野呻吟。"

与此同时，那些本就不太争气的政府军也疲于奔命。福建省防除内地军卫外，增置边海四卫 13 所，修筑海防城垣 50 余处，全省驻兵 10 万，费粮百万，军费开支一年 58000 两银子，对于边患四起、根基动摇的大明王朝而言，财政状况出现崩溃前的乱象。

这个时候开海贸易，除了可能缓解东南沿海民间与朝廷的对立情绪并结束无序管理状态之外，开源节流也是一个目的。既然广州市舶司一直采取对外国商船抽分的做法，朝廷在月港片收税饷充当军饷，也是有例可循的事情。

一些年后，月港的纳税人每年向朝廷上缴饷银高达六万两白银，占全省税收一半，足可供养福建一省驻军。

因为这个数字，"天子南库"的赞誉也就显得恰如其分。

海澄设县是开海贸易的一个先兆。

月港的走私贸易在明初已经非常繁荣。《海澄县志》对设县前的记录是："风回帆转，宝贿填舟，家家赛神，钟鼓响答，东北巨贾，竞骛争驰。"成化、弘治之际，月港被称作"小苏杭"。

这个时候，漳州人心态上的微妙变化开始影响他们与朝廷的关系。如果说漳州海商曾经选择抗衡现行秩序，而且至少，他们部分成功了，他们因此成了中国最富有的一群人。那么现在，他们需要重归秩序，以确保他们的成功能够在法律的框架下得以延续。

嘉靖四十四年（1565 年）的海澄置县本来就是商民请求和朝廷认可的结果。它实现的象征意义在于：唐宋以来，漳州反抗朝廷的历史行将结束，东南沿海百姓与朝廷的对立关系开始发生逆转。

主流意识与边缘群体之间需要一个结合点，以缓解彼此之间的紧张关系，这就是开海贸易。

王朝统治与商人利益之间需要一个结合点，以重建失落的秩序，这就是月港。

现在，海商们可以随心所欲地做他们最擅长的事了。

月港成为时代的宠儿似乎拜它那有些尴尬的身份所赐。

按照港口条件，开海贸易的口岸似乎应该选择在历史悠久的广州港，因为这个港口自宋元以来，就是世界贸易大港。但是，在朝贡贸易体系下，广州一般只允许外国商船进入贸易，而葡萄牙人这个时候已踞澳门，开始造成威胁，至于当地官员和驻军，看起来颇为无奈；另一个可供选择的地方应该是宁波，但是，那里离日本太近，倭寇的攻击是这样令人望而生畏，也放弃了；然后是福州，不过这儿是一省的枢纽所在，不便轻举妄动；邻近的泉州刺桐港，那个令马可·波罗惊叹不已的大港，现在已近淤塞；最后，命运之神眷顾月港，这里的民间海外贸易竟然在朝廷的眼皮底下，隐藏进行了数十年，现在它已经由无名小港成为东南一大都会，许多后来的欧洲著名城市还没有它的规模。

而且，它离权力中心那么遥远，地方原先也不见得富庶，当地人还有些"前科"，在一个看起来形似鸡肋的地方做个实验，不论结果如何，都值得一试。支持月港成为开放口岸的另一个理由，可能是技术性的。月港就一内河港口，它的出海口在厦门。商船从月港出发，沿南港顺流向东，经过海门岛，一个潮水工夫可以到达九龙江口的圭屿，再经半个潮水，可以到达厦门。在厦门，他们受到严格的盘查，然后就在曾厝垵候风，二更航程，船进入大担和浯屿之间的航道，再有半更航程，到达太武山镇海卫城，冗长乏味的内港航程才算告一段落，东西洋针路就在这里分开。

港务官员在厦门岛设一验船处，就可以很悠闲地候着，等待季风送来的银饷。

这段航程带来的另外一个可取之处是：一旦海面出现倭寇警报，尚可以从容转移商船。如果敌船沿着曲折的河道深入港区，完全可能在沿途节节抵抗下丧失锐气。

事实上，稍后建成的县城也证实了这种防御思想。这座城池的周长 522 丈，高 2.1 丈，外加 4 个铳城，连成一气。每隔一两丈，就有 1

个炮口。全城数百门铳炮虎视眈眈，令人胆寒。城外船只必经的海滩又起了一座东西 120 米长的炮台，13 门大铳炮可以把威慑直接送到数里外的敌船。

当海商们在这些炮口的目视下出行、回航，心情和一些年前的月黑风高，想必有了许多不同。

即便如此，主流意识形态内部交锋，并没有因为海澄置县而停止，月港开禁后，筑塞港口之争依然热闹了一阵子。

一种观点基于农耕需要，建议把港口筑塞起来。县治临海，涨潮时，海寇乘潮而入，威胁不小。因此，在下游狭隘处填塞河道，让商船经海沧而上，横过福河，到达港口，既可以制约海盗船只，又可以淡化土地形成良田，颇像一件惠民工程。

另一种观点是基于商业考虑，认为月港其地临海，潮汐吞吐，舟楫流动，才形成商贾辐辏的气象。如果填塞河道，原来已经曲折的水道更为迂回漫长，造成县治地方货物不通，刚刚兴起的城市必然衰落。而且填塞一港的另一种可能预见的后果是：下游河段因为壅阻而形成新的水患。

筑塞港口的争议热闹过一阵子之后，幸运地被搁置下来。朱纨时代双屿港的命运没有重演。

不管怎么说，在隆庆元年（1567 年），漳州商人终于取得了对外贸易的权力，除了日本，漳州人可以航行到东亚任何一个港口，如果愿意，他们甚至可以走得更远。

这个时候，中国万里海疆，仅有两个港口对外开放：一个是广州，但那是内向型港口，只许外国人进入贸易；另一个是漳州月港，这是外向型港口，只许本地商人外出贸易。

漳州商人实际上掌握了中国对外贸易。中国最富冒险精神的一群人，使一个次等港口，成为中国东南沿海海外贸易中心，并由此成为中国最富有的一群人。

此后 30 年，月港进入了它健康成长的阶段，海商们终于得到了他们想要的，流了那么多年的血，漳州海商和朝廷之间，似乎可以这样和解了。

在新的时代，商人们需要考虑的是：如何建立起一种新的游戏规则来应对变幻莫测的海外贸易潮。

就这样，中国最初的资本主义萌芽在这个港口诞生了。

月港从此堂而皇之地登上 16 世纪的全球化舞台。

月港驶出的商船

对于那些随船牧师、科学家、旅行者以及雇员，福船似乎是东方海洋留给他们的优美印象。在这片水域，它们是洁白轻盈的灵魂，没有它们，这片优美的水域将像失去羽毛的鸟儿一样没精打采。

月港开放这一年，是 1567 年。

4 年后，西班牙航海势力从太平洋进入亚洲。

29 年后，荷兰人也进入这片水域。

海洋世界几股航海势力相逢在这充满危险的黄金水域，互为伙伴和对手，月港驶出的商船在这场实力较量中脱颖而出。

那是波涛汹涌的海洋交响，弥漫着香料的芬芳、白银悦耳的声响以及呛人的硝烟。漳州商人以及他们留待评说的是是非非，演绎了变幻莫测的海上人生。

在海洋世界里，船的类型将决定谁是海洋主宰。

月港商船一般是指那些经常被当成外交使船的福船。

当年，中国的海洋木帆船大约分为三大体系。沙船因为平底，难以劈波斩浪，只适于在北洋——我们今天称之为渤海和黄

▲ 福船

海的海面行驶。这种船对为上海的开埠，立下汗马功劳，上海的市徽依然有着这种船的标志。但在风高浪猛的南洋，沙船没有用武之地。

广船，这种船在南越国时期已经出现，曾经远航到印度洋，因此造就广州港唐宋以来的繁荣。这种船首尖体长，吃水较深，尾脊高耸，船体坚固，适宜深水航行。但是，它底腹尖瘠，见风即斜，操作有些不便。而福船，同样是尖底船，却未如广船典型，反而更具抗浪性，因为船只采用普通杉木，不同于广船采用木质坚硬的粤西铁栗木，材料奇缺，反而限制了自身的发展。

所以，自宋代以来，中国历代重大海事活动，几乎都以福船为主体，它的身影贯穿宋元以来中国的航海史。

郑和下西洋的船只大部分采用福船。在郑和船队中，它们和闽人一样，作为骨干支撑起遥远的航程。

一些年前，护送蒙古帝国的阔阔真公主远嫁波斯的那 14 艘洋船，也是这种类型。

在南中国海，身形高大的福船的冲犁，曾经使倭寇退避三舍。

那些东来的欧洲人，在东方水域最先看到的，并且给他们留下深刻印象的，应该就是这种大帆船，就像他们最先遇到的中国人，应该是来自福建的商人一样。

在欧洲，中国帆船早已成为一个专有名词。16 世纪初，葡萄牙人把他们见到的中国帆船，称为"Junco"，这种发音和闽南话"船"的发音极为相似。可以想象，那时候从月港出发的福船，一定是海洋世界的骄子，引领着中国的风帆时代，在南太平洋的惊涛骇浪中，与葡萄牙人傲然相遇。以后，"Junco"又演变成荷兰语"junk"、法语的"jongue"和英语的"junk"，它的名称的演变，贯穿了西方人东进亚洲水域的整个过程，见证了海洋世界 500 年的风云变幻。

实际上，在照相术还没有发明以前，对于那些善于用图像记录历史的欧洲人，对于那些随船牧师、科学家、旅行者以及雇员，福船似

▲ 1644 年的大员（位于今台湾台南）港区

乎是东方海洋留给他们的优美印象。在这片水域，它们是洁白轻盈的灵魂，没有它们，这片优美的水域将像失去羽毛的鸟儿一样没精打采。

荷兰西菲士博物馆，一幅绘于 1644 年的大员（今台湾台南）港区图分外引人注目：在一片泛金的天光里，一艘轻盈的双桅福船，正在晨风中缓缓驶出港口，它的身后，二十来艘欧洲人的折桅帆船正悠闲地泊着。前方，三艘行驶中的欧洲商船，似乎渐渐和它拉近距离，热兰遮城好像还在睡梦中。城外海滨是一片整齐的聚落，红色的屋顶远远望去，和月港看到的没什么两样，仿佛是个宁静的礼拜天，一些小艇在把船员送往岸边。岸上，几个穿着民族服饰的人正在交谈……

我们所熟悉的东方，在西方人的彩绘里忽然显现出一种异国情调。

一些年后，当福船退出海外航线，我们依然看到一种缩微版的船型，被装上动力，保持着它优美的外形，游走在台湾海峡或者内河水道，曾经的梦留给了远洋巨轮。

在漫长的航海生涯中，漳州海商拥有了一系列相应严密的组织和工艺精良的船舶。

福建海岸线曲折连绵，岛屿星罗棋布，台湾海峡寒暖流在这里交错，风向、风力变幻莫测，夏秋季节，台风肆虐，由此被视为世界十大恶水，海峡里两个浪峰之间一般在 20 米左右，这就意味着航行在这一带的是在 25 米以上的大型坚固的木帆船。

所以，月港商船正如史料记录的那样，船身通常长达十余丈，宽三丈五尺，载重 200 吨~500 吨，载员 200~400 人，到 17 世纪，前往马尼拉的商船载重实际上往往超过 800 吨，船上搭载 500 名乘客，规模超过以往任何时候。一次寻常的出航往往乘员上千。船长有时会让妻妾同行以消遣寂寞，水手有时会带上儿子以锻炼他们的意志。人们有时还会用一些简陋的木容器种上葱、姜以调理口味。造这样一条船大约花费 1000 两银子，有时可能达到 2500 两，造价是当年漳州总兵俞大猷战船的 3 倍以上，一年的维修费用又花去五六百两银子。船员已经有了精细的分工，除舶主外，有：财副，掌管货物、钱财；总捍，协调船上事件；火长，掌管更漏及针路；亚班，舵工；大缭和二缭，管理缭索；头碇和二碇，司碇；一迁、二迁、三迁，司桅索；押工，修理船中器物；择库，清理船舱；香公，负责祭祀；总销，管理伙食；另有水手数十名。他们必须齐心协力才能走完危险的旅程。

这个时候，人们泛舟大海不再仅仅依靠季风规律。

最迟在南宋，指南针已经成为主要的导航定位工具，火长——商船的引航员——昼夜守候它，毫厘的差错，在茫茫碧波中都将引人走向不归路。水手们从出发地漂向目的地的时候，掌握了转向规律，由此发明一种叫"针位点"的技术，凭着这种技术，人们找到指示方向的"针路"，从此，大海有了航海人自己的"路"。平衡舵，另一项中国人的杰出发明。在宋代，安装了平衡舵的商船，已经穿梭在《清明上河图》里花团锦簇一般的汴梁。文人逸士喜欢的竹子启发了工匠，他们发明水密封舱，让今天所有航行在大洋中的船还保留着他们的奇思妙想。如果 1628 年瑞典那艘威武的"瓦萨号"战舰能够采用中国人的这项发明，那么，它的首航就不会成为灾难之旅，而人们也就不可能于 380 年后在它当年的沉没地点找到它那威武的骨架。

风帆作为远洋航行的动力工具，它的技术改进提升了航速。为了支撑庞大的船身，一条远洋商船往往要配备 30 多米的主桅，头桅有时高达二十几米，如果不够，还有尾桅。大桅顶端，有时还加 10 幅小帆，人们称之为野狐帆。顺风时，船张开大帆，遮天蔽日般地在洋面徐徐滑行；风息时，就用野狐帆；而风偏时，利蓬——一种安装在蒲帆或篾帆的帆面的硬帆，像鸟儿的翅膀一样张开，顺着风势推动船只轻盈地滑翔。

经过宋元的宽松的海洋政策，中国的航海技术有了一个飞跃性的发展，运输能力的提升使大宗海外贸易成为可能。而航速和机动性的改善使远洋商船更易于冲破致命的风暴和避开幽灵般出没的海盗船。缩短物流时间的结果，不仅减轻漫长而枯燥的旅程带来的苦恼，重要的是资金的周转加快了，海商们借此在世界贸易中抢占了先机。

在漫长的海上丝路，这些不知疲倦的商船把中国东南沿海带进了它的海洋时代。

大明海商

这时期的贸易活动带着早期的资本主义气质，在不长的时间内，冲动、紧张的月港商船把一个个港口，甚至停泊点，变成中国商人的市场。豪商可以耐心地等待下一个季风来临，在此之前，他们有时间把握时机，以便在回程中赚取十倍的利润。

▲ 大明海商

每年风起的时候，大明朝的海商或者他们的雇员开始搭乘贸易船出洋，数以万计的人从月港出发，加入庞大的海外贸易队伍。

这支年复一年穿梭在太平洋的庞大的商人队伍，包括这么几种人：绅商、舶主、散商。他们要么把财富和荣耀带回家，要么把自己留在海里。

绅商，他们可能不是职业商人，他们一般不出海，但有钱。他们可以把船或者货物交给商人出海贸易，自己坐在家慢慢享受惬意的午间茶，等别人来和他分享利润。有时候，他们也把钱交给那些随船的人，依航程长短说好报酬，然后，他们会订下一个契约：如果航程顺利，他们将按合同获得利益；如果贸易失败，债务人只好将家里的东西拿来抵押，如果东西不够，则要赔上他们的妻小；万一这条船途中失事，无人生还，那么绅商只能向这些船的残片哀悼……

舶主，他们要么以豪族为依靠，要么本身就是豪绅宦族。他们依靠财富，借助地方官员力量，交好驻军首领或港务官，一般商人要依靠他们出海。出发时，每人要交给引费数十金，返航时，销引费又数十金，买卖提成，一般是十课一，回航验货纳饷，还有常例，也出自一般商人。

有时候，不甘受人摆布的散商聚集在一条船上，他们干脆推举其中的一个豪强做自己的首领。人们像蚂蚁一样集结成团，由蚁王带领着不知疲倦地四处迁徙。他们的船装满各式各样的东西：纱罗、绸绢、茶叶、瓷器、干果、梳子、毡袜、针线、纸张……海那边的人喜欢什么，他们就装上什么。

一艘这样的商船一般可以吸附数以百计的散商，而大舶主动辄拥有商船数十艘，有如近代商业会社。

这种由不同社会阶层组成的新的经济联合体，在进行资本重组的同时，也确定了早期资本主义性质的雇佣关系，最终以强大的集团合力抗击来自社会与自然的种种风险。

那个时候，达·伽马刚刚进入东方水域，他的整个舰队成员加起来是 160 人，最大舰载 120 吨。

月港出现了自给自足的小农经济社会非常特殊的一种现象，一个叫何乔远的闽南人在《闽书》里这样记录："吴甲治海舟，商乙以市外番……甲造舟而未尝番市，乙番市而舟非此制。"一个叫陈锳的，在编写《海澄县志》时以非常简洁的语句概括了这种现象："富者以财，贫者以躯，输中华之产，驰异域之邦。"

在何乔远和陈锳挑着 16 世纪的寒夜西窗孤油灯，捻笔书写到鸡鸣霜止的时候，一种后来被称为资本主义萌芽的经济模式诞生了。

商业合同作为商业信用的象征在月港已经普遍使用。这种文书不局限于海外投资，有时也直接用于商业交易。比如，一个来自苏州府长洲县的年轻人，就是那个巡抚朱纨的老乡，假定他叫文若虚，在海外意外获取了一种眠床大小的龟壳，因为稀奇，在福建地方被一个叫冯宝哈的波斯人看中，如果冯宝哈愿意出若干两银子的价格，那么，他们可以先订一个合同，在证人的帮助下公平交易。尽管大家都是四方萍聚之宾，但是，并不特别当心什么商业欺诈。这样的情节被留在类似《二刻拍案惊奇》这样的小说里，那些印在线装书上的字，湿润如玉，却抵不住一股 16 世纪的市井气息。

另外，一种看起来算是商业贷款的模式。在没有银行、钱庄的 16 世纪的漳州十分流行，人们叫它"子母钱"。操作这种金融业务的人，我们在莎士比亚的《威尼斯商人》中有所领教，就是因高风险的海外投资产生的高利贷者。尽管地中海地区的银行家——他们或许是世界上最早的资本家，早就通过对西班牙帝国的海外冒险放贷获取巨额利息。

在 16 世纪中期的基督教社会，高利贷才刚刚被认为是可以适度接受的商业行为，来自法国或者英伦三岛的学者们正在谨慎地讨论：土地假设没有钱的投入以及人的勤奋，是不会平白结出果实的；钱也是如此，即使是借的日后终须归还，但是，在此期间，人的勤奋会生出更多。漳州海商似乎不需要经历这种痛苦的道德拷问过程，因为人们或许早就明白，他们的借贷投入会比贸易产出多得多。

1622 年，一艘倒霉的中国商船被英国殖民者俘获时，船长发现，这条船挤满了借债贸易的商人。

一种可以预见的结果是：当带着"子母钱"的那些来自漳州龙溪的商人、诏安的船主、平和的工匠、漳浦的水手、南靖的农夫与来自安特卫普的银行家、约克郡的破落贵族、阿姆斯特丹的丝商、墨西哥的殖民地官员、萨格勒布的传教士、罗马教廷的使者不约而同地出现在亚洲海域，世界小了，富人多了，生活变了。

　　这时期的贸易活动带着早期的资本主义气质，在不长的时间内，冲动、紧张的月港商船把一个个港口，甚至停泊点，变成中国商人的市场。豪商可以耐心地等待下一个季风来临，在此之前，他们有时间把握时机，以便在回程中赚取十倍的利润。而那些向豪商贷来"子母钱"的债务人，因为必须按时还债，他们必须赶在季风转换之前做完生意，以减少过冬的耗费以及国内利息的成倍递增。

　　1615年冬天的万丹，迎来一个令人沮丧的贸易季节。荷兰人和英国人手中都缺乏现金，急于回家的散商们开始将手中的丝绸廉价抛售。最初，以低于市场三分之一的价格，最后，甚至是上年价的一半，瓷器更是便宜。这种债务压力下的商品倾销，是否曾经在万丹引起经济波动，不得而知。不过，国内白银的价差，还是使散商们得以从中获得不菲的利润。

　　当时，一个叫杨·彼得逊·昆的巴达维亚总督发现了一种特殊现象，来自中国的散商往往是靠在国内借贷来万丹或北大年进行贸易，如此旺盛而不计后果的贸易欲望使这个荷兰东印度公司的总督忧心忡忡地考虑，如果要垄断对华贸易的话，就必须用暴力手段制止这些人前往马尼拉。

　　因为中国商人在地区经济巨大的影响力，正在迅速渗透到那里西方人的殖民地，攻击或者与他们合作，是西方人争夺地区贸易主导权的战略性举措。

　　1623年6月20日，杨·彼得逊·昆在向自己的上司荷兰东印度公司17人委员会报告时，对于漳州海商美妙的财富遐想而言，噩梦正降临。

　　杨·彼得逊·昆说："按照我的看法，既然阁下送十万里亚尔或者更多给中国的皇帝或者总督作为礼物，也不会得到什么东西。这不是因为他们祖宗的规则，而主要是我们为了堵住马尼拉贸易给他们造成的损失不够大，马尼拉贸易是中国皇帝的主要贸易，中国人说，贸易损失的危险，不会使他们放弃马尼拉贸易。如果我们要阻止他们去马尼拉贸易，必须把我们捕获的人全部监禁或杀掉，以使这些商人对丢失生命财产的恐惧胜于对获取利润的欲望。"

尽管这个荷兰总督对中国人和中国纠结的海洋政策的理解似乎有些雾里看花，但是，他已经意识到：月港富有的商人阶层有着巨大而不竭的经济动力。在海外贸易中不断增值的财富使这些人拥有继续扩大海外投资的能力和欲望，只要在前方的商人视死如归，那些在幕后操盘的富商就不会停止驱动这种炽热的财富冒险。

无论如何，月港商船还是以不可阻拦之势在东亚水域扬帆迈进，交趾（今越南境内）、占城（今越南境内）、暹罗（今泰国）、柬埔寨、大泥（今泰国南部）、吉兰丹（今马来半岛境内）、丁机宜（今马来半岛境内）、彭亨（今马来半岛境内）、柔佛（今马来半岛境内）、马六甲（今马来半岛境内）、旧港（今苏门答腊境内）、阿齐（今苏门答腊境内）、吉思地闷（今帝汶岛）、大港（今菲律宾境内）、彭家施兰（今菲律宾境内）、吕宋（今菲律宾境内）、三颜宝（今菲律宾境内）、棉兰老（今菲律宾境内）、苏禄（今菲律宾境内）、民都洛（今菲律宾境内）、美洛居（今马鲁古群岛）、渤泥（今加里曼丹岛北部）、文莱（今加里曼丹岛北部）……他们用瓷器和茶叶，充满那些他们所到达的口岸。

然后，他们用自己充满那些地方。

月港香尘

16 世纪，月港已经成了一个令人迷醉的港，日光浮动着异国的芳香，空气散发出财富的味道。五方商贾分市东西路。十三行里，通事和牙商是最忙碌的一群人。人们用番银交易，议价时讲的是不同国家的语言。

月港的街市满是香尘。来自东西二洋的香料在还没被运走之前，从库房一直堆到街上，异国韵味使得 3 万户人家的城市的上空多了几分妖娆。

月港的贸易规模已经超过了马可·波罗时代的"东方第一大港"——泉州刺桐港。

每年从月港出发的商船，按照史料记载，多则200艘，少则七八十艘，17 世纪初，达到300 来艘。一些欧洲折桅船穿梭其间，使港区更加繁忙。月港出港货物一年数万吨，在风帆时代，这是十分惊人的贸易量。

张燮，万历二十一年（1593 年）的龙溪举人，《东西洋考》是他应海澄县令陶镕和漳州督饷王起宗邀请编写的一部关于月港和东西洋各国的通商指南。这本书对现代社会的一项重要贡献是，书中涉及西沙群岛、南沙群岛的历史记载，后来成了我国对这片蓝色国土宣示主权的一项重要依据。

按照张燮的记载，漳州商人足迹遍及三十几个国家，与月港有贸易往来的则多达47个，包括今天的印度支那半岛、南洋各国和朝鲜半岛、日本。

如今，月港码头早已风华不再，昔日商船结队出航的盛况，消逝在大海浩渺的烟波里，只有九龙江的潮汐，日复一日地拍打着坚硬的垒石，似乎还带着深邃的回响，而那依然守候着风帆的庙宇的香火，穿透数个世纪的雾障，芬芳依旧……

月港繁荣时，北方的药材、苏杭的丝绸、四川的蜀锦、顺昌的纸张、武夷的茶叶以及本地山区的外销瓷，源源不断地运抵这儿。它们和来自海外的香料、珠宝、皮货、矿产，一起等待聚散。

月港实际上已经成了国际商品的中转站。从万历年的纳税清单上看，在进口的商品或奢侈品中，胡椒、苏木、象牙、檀香、犀角、沉香是最令人赏心悦目的东西。

胡椒，一年运进大约 5 万袋，重 2000 吨，占印度尼西亚产量的 5/6；苏木，大约两三百吨；进口香料堆积在月港，"香尘载道，玉屑盈衢"。

其他一些零零碎碎的生活用品也很受欢迎。暹罗红纱、番被、竹布、交趾绢、西洋布、东京乌布，工艺不算上乘，倒也充满异国风韵；极为便宜的番米，一船装上五六百石，纳他五六十两税银后就流入市场。对一向缺米的漳州，这是天赐食物。另外一些原料，铜、铅、锡、磺土，市场的需求量也极大。铜输入月港后被制成铜钱，又随船到达原产坧，居然也成了那里的硬通货；来自印加帝国的黄金被拿来交易，在每两纳完二分之一分银子后，装饰妇人的发髻，也装饰钱商的梦；数量很大的动物毛皮，獐、獭、马、牛、蛇、猿、虎、豹、鲨鱼、锦鲈鱼乃至叫不出名字的，从炎热的南方海洋运抵月港后，通常以百张为单位，在多雪的北部中国，找到合适的买主；芦荟，这种现在沿海地区广为种植的东西，那时也是价格不菲的进口食品。

月港的商品交易迅速打破原产地局限而带有全球意义。

如果你恰好被邀请到万历年间月港豆巷一个富商比如叫吴一官的家里做客，大约会遇到这样的情形：主人身穿胡绸，手摇倭扇，把你迎到缅甸红木装点的厅堂，一面西洋番镜映出跟着来的女眷娇好的脸。待坐定，便有人奉茶，那茶是武夷产的，制法却是本地人发明的。至少要等到下一个年度，尊贵的英国国王及王后，才可能在午后的王宫后花园，品味到那种香醇。几件不错的青花可能博来一笑，那是本地产的外销瓷，和上个年度在阿姆斯特丹拍卖会上的一模一样。几根暹罗孔雀毛疏落有致地插在瓷瓶里，还好不算附庸风雅。燃上一根安息香，听一对苏门答腊的虎皮鹦鹉嘀嘀咕咕地说话，一个披着暹罗红纱的侍女开始舞蹈，其间进来一个说马来语的和主人寒暄，彼此腔调都像鸟语。午饭时，吕宋香米和大员鹿肉是开胃美食，爪哇燕窝和文莱椰子是待客妙物，不过大家可能比较喜欢一种用佛郎机人的玻璃瓶装的葡萄酒，那味醇厚，过了几百年，现在大家还喜欢。如果主人认你是玩家，说不定拿出来斟酒的，是非洲犀角杯，那工艺却是本地的，极精良。

这些东西都在今天我们还能看到的纳税清单上，它们来历清白，通过正当的途径进了百姓生活。

16世纪，月港已经成了一个令人迷醉的港，日光浮动着异国的芳香，空气散发出财富的味道。五方商贾分市东西路。十三行里，通事和牙商是最忙碌的一群人。人们用番银交易，议价时讲的是不同国家的语言，50里外的府城成了繁忙的加工厂，来自欧洲的自鸣钟和来自日本的天鹅绒迅速被仿制。

来自美洲的经济作物由月港传入中国。

烟草，美洲印第安人气味芬香的消闲物，在让全世界上瘾前的1600年左右，开始在漳州种植，此后，为这个国家财政带来巨大的税收。

漳州长泰县枋洋镇内枋村内枋溪畔那栋建于1800年的清代建筑泰芳楼是闻名于海峡两岸的银山烟行的旧地。那些水井、仓库、石磨、石碓散落在迟滞的光阴里，而那个有过布政使衔的烟行主人蔡长安和他的烟工以及他的那支披星戴月穿梭于浩渺烟波里的船队，早已消逝在山间的朗朗清风、啾啾鸟鸣中。隔着内枋溪，那座暮光中的清代建筑，如花褪残红，与时间留下一段悠长的距离。

番薯，正如土豆拯救中世纪陷于饥荒的普鲁士一样，深藏于地下的丰富产量弥补因为战争或者天灾导致的食物短缺，而为拓荒岁月提供合格的劳动力。

《龙溪县志》记载，那时的府城"百工鳞集，纱绒之利，不胫而走；机杼声声，轧轧相闻，非尽出女子之手"。漳州手工业，已由家庭副业向专营作坊发展。漳州地区的经济和生产活动开始呈现专业化、商业化、跨国化倾向。

瓷器，是支撑海外贸易入超的大宗商品。

▲ 克拉克瓷

在西方人眼里，高贵、优雅的中国瓷器曾经代表着古老、神秘的东方大国的最初印象。

以后在国际市场上蒙着神秘面纱达 400 年之久的"克拉克瓷"，也是在这时候从漳州的深山老林，经由月港最终成为欧洲上流社会对遥远的东方之国的最初想象。

1602 年，也就是天主教多明我会进入漳州第二年，荷兰东印度公司俘获一艘装有 10 万件中国青花瓷的葡萄牙商船"克拉克号"，在次年阿姆斯特丹拍卖会上，这批青花瓷成了法国亨利四世、英王詹姆斯一世及欧洲权贵争相追逐的目标。由于产地不明，这批构图对称、风格写意的青花瓷被命名为"克拉克瓷"，葡萄牙、荷兰、德国、英国、波斯纷纷仿制这种产品。今天，在东亚、西亚、北美、北部非洲、南部非洲沉船考古挖掘中仍然有大量历史遗存。20 世纪 90 年代，"克拉克瓷"最终被证实为世界十大名瓷之一的"漳瓷"。

广东南澳岛，旧日漳州辖地。2010 年 5 月 10~20 日，中央电视台现场直播明代商船"南澳一号"的水下考古发掘，这被国家水下文化遗产保护中心列为 2010 年的"一号工程"，过去 3 年，人们从这艘至少 25.5 米长、7 米宽的古沉船上打捞出上千件青花瓷器。经过专家鉴定，它们大多是漳州民窑产品。

平和中山公园，临江的两棵古榕指示着旧日的码头，这里的水连着花山溪，当年的窑口就在花山溪支流两岸。按国外订单制作的青花就在那儿装船，顺江流而下直达月港。那两棵古榕不远，是平和县博物馆，上万件"克拉克瓷"冶残片在数百年后被收藏在那儿，还带着当日的土腥气。

平和现在是中国闻名的蜜柚产地，每年春季，雪白柚子花开满山野，果农上山时，脚下浅草淹没的地方，常常是几百年前积压下来的碎瓷发出的沙沙响。

今天，平和、华安、南靖、诏安、云霄、漳浦等县，那些星星点点隐藏在深山老林间的古老窑址，依然让人联想起许多年前昼夜不停地赶制外销瓷的熊熊炉火。

欧洲人钟情于中国瓷器，不仅是那种优雅的釉彩发出妇人美目般令人心醉的光泽，比之于从维京海盗一路使用过来的木容器，中国瓷器因为能够有效减少食物霉变引发的疾病而被赋予另外一层医学意义。

1614年，荷兰首都阿姆斯特丹普通市民的家庭聚会上，中国瓷器已经装点着女主人精心布置的宴会桌面。

而仅仅在一个世纪前，奥斯曼土耳其的皇宫，那些从埃及人手中夺取的中国青花，被小心翼翼地收藏在库房，登记造册，只有重要的日子才拿出来使用。

因为景德镇的原材料供应适时地陷入危机，荷兰东印度公司开始把目光转向漳州，因为这个地方生产能力强劲，那些靠近月港的深山老林的窑口，可以源源不断地把外销瓷通过漳州河的支流送到港口，交给等在那里的商船。

这里的窑工有极强的模仿天分，珠光瓷、龙泉青瓷、景德镇白瓷、青花瓷，一到漳州工匠手里，就可以做出几可乱真的东西。

好像天生注定，这些心灵手巧的人，不去做贸易，就去做工匠；不是死在异国他乡，就是把财富带回家园。

胃口极大的荷兰人不太可能满足于在中国商船常走的地方，比如巴达维亚、北大年（今泰国境内）、会安（今越南境内）采购中国瓷器。他们的商船还会直接到漳州河口游弋，有时贸易，有时掠夺。

1626 年，"希达姆"号商船从巴达维亚启程到达阿姆斯特丹，在它的货物清单里，最重要的一项商品是 12814 件瓷器，全部来自漳州河。

1627 年，"德尔夫特"号商船到达自己的家乡荷兰德尔夫特，这一次，它带回 9440 件瓷器，有一部分来自漳州河。那是它攻击一条中国商船的收获。

1632 年，"西伯格"号和"格鲁坦布"号直接把船开入港口，他们带走的瓷器是 4400 件。

荷兰人似乎天生乐意和任何人从事商业往来，哪怕是敌人，漳州海商也是这样。尽管在台湾海峡，荷兰人和中国人是竞争对手，但是在商业活动中，利益是最高法则，所以，拳来脚去的间歇，荷兰人仍然是中国人的大客户。

荷兰东印度公司运往欧洲各地的瓷器与日俱增。在 1602~1657 年这 50 多年时间里，荷兰东印度公司把 300 万件中国瓷器运到欧洲。这些东西从漳州河出发后，销到欧洲各地，除了没有标注"中国制造"以外，它们的纹样和特征，都证明那是抹不走的中国血统。

17 世纪，世界各地好像到处都是来自漳州河的杯子和茶壶。

丝绸是另一大宗海外贸易产品。

许心素，一个漳州河口地区的著名船商。据说，有一次他一下子用 5 艘船运载生丝，荷兰东印度公司为此预付了 10000 荷盾的购丝款。他与这个公司有着颇为有利的生意往来，每年两家生丝交易约 800 担，这个数字相当于全部中国商船全年运到万丹的生丝总量的 2~2.5 倍。

另外一个叫王山的（可能仅仅是一个欧洲人记载的姓名音译）提出交付 1500 担的生丝，总价值为 20 万 ~30 万里亚尔。这个数字是荷兰东印度公司总资产的 10%。

这完全是一桩令人垂涎的交易。

丝织品是欧洲人挥之不去的中国情结。

潞州的绸缎、日本的天鹅绒、吴中的纱及绫罗，一到漳州工匠手里，就被仿制，一转眼成了海外市场极受欢迎的漳纱、漳缎、漳绒、漳绢。

贝扎——当年一个驻马尼拉的主教——在传教时，关注他的派驻地的买卖，商人们的捐献或税赋是他绝大部分经费来源，他告诉别人说：每年有 30~40 艘商船从马尼拉运走 150 万 ~300 万里亚尔白银，这些白银主要是用来支付购买中国生丝和丝织品的费用。

就这一点来说，上帝应该赐福那些因为制造和贩卖丝绸而使生活华美的人们。

通常情况下，来自漳州河的商船会把生丝和丝绸交给荷兰人，然后由他们运到令这些东西身价骤增的欧洲。

1619 年，荷兰东印度公司在欧洲生丝总销售量 600 担，中国丝织品每年出口到印度尼西亚的数量约一两万匹，通过荷兰东印度公司，又有数千匹转运到欧洲。

中国的丝织品以价格优势覆盖欧洲市场，这样的消息引起了国王们的不安似乎不是没有理由。于是他们熟练使用贸易壁垒。

稍后，另外一种让欧洲人魂牵梦萦的饮料——茶，也从皇室贡品变成外销产品。

大约在 17 世纪初，茶叶往往通过漳州河的商船运抵巴达维亚，被那里的荷兰人卖到欧洲。最初，茶只是上流社会的奢侈品，皇室贵族午餐后的甘醇饮料。但是短时间内，它迅速地流入民间，在英国以及它的殖民地引领时尚。最后，在北美殖民地，这种小小的植物叶片几乎酿成政治危机，十几个茶叶商人制造的波士顿倾茶事件，成了北美殖民地独立的导火线，战争结果直接波及今日世界的格局。

茶，从它登陆欧洲那一刻起，已经在不知不觉中改变了那里的生活习惯。

今天，伴随着 9000 亿杯的年消费量，优雅的红茶贯穿西方文明史。

当 Tea——茶的英文拼写，被人们不经意间脱口而出时，它的闽南韵味，依然清晰可见。

一份 16 世纪末的关于漳州河口商船的货物清单，可以看到欧洲人的胃口是怎样被中国人吊起来的。不知什么原因，摩加，这位1596~1598 年的马尼拉总督在自己面向大海的那间办公室，写了这份清单，把食物、用具，乃至家禽家畜一股脑儿罗列进去了。

"成捆的生丝、两股的精丝和其他精丝，绕成一束的优质白丝和各种色丝；大量的天鹅绒，有素色的、有绣着各种人物的、有带颜色的和时髦的，还有用金线刺绣的；织上各种颜色、各式各样的金丝银丝的呢绒和花缎；大量绕成束的金银线；锦缎、缎子、塔夫绸和其他颜色的布；亚麻布以及不同种类、不同数量的白棉布。他们也带来了麝香、安息香和象牙。许多床上的装饰物悬挂物、床罩和刺绣的天鹅绒花毯；锦缎和颜色深浅不同的红色花毯；桌布、垫子和地毯；用玻璃和小粒珍珠绣成的马饰，珍珠和红宝石，蓝宝石和水晶；金属盆、铜水壶和其他铜锅、铸铁锅；大量各种型号的钉子、铁皮、锡和铅；硝石和黑色火药。他们供给西班牙人小麦粉、橘皮酱、桃子、梨子、豆蔻、生姜和其他中国水果；腌猪肉和其他腌制的水果和各种橘子、

▲月港溪

栗子、胡桃……他们带来了家用水牛、呆头鹅、马和一些骡和驴，甚至会说话、会唱歌、能变无数戏法的笼鸟。中国人提供了无数不值钱，但很受西班牙人珍重的其他小玩意儿和装饰品，各种好的陶器、制服、珠子、宝石、胡椒和其他香料，以及我谈不完的各种稀罕东西。"

这些琐碎而又新鲜的小玩意儿，让殖民地总督大人摩加像账房先生一样十分用心地记录在案，全然不顾窗外的椰风和土著少女的歌声如何诱人。在季风到来后的这一段时间的生活，摩加大约会因为这些东西而平添无数快乐。

而我们，至少也部分地知道了那个时期普通人家的日常生活。

在这种眼花缭乱的生活中，月港成为亚欧贸易体系的一个传奇港口。

今天，月港溪尾不足 1000 米的海岸，就有 7 个古码头遗址，它们承载过历史，又曾经被历史忽略……

容川码头泊着幻境般的晚风夕阳，那段流金岁月，如同它的捐建者月港海商蔡志发一样杳如云烟，只有那通往水面的石阶，似乎还回荡着遥远的回响，日复一日，年复一年。

无论是士大夫还是商人都已经看到，海商崛起改变了宋元以来白银外流、海外贸易入超的现象。这一改变一直延续到 1840 年，终于引发影响中国历史进程的鸦片战争。

从万历二十年（1592 年）起，每年从马尼拉流入中国的白银 200万两，贵金属白银日益加入流通领域，促进了商业资本的发展。明朝中叶，漳州只有 6 个县 11 个市镇，到明晚期，漳州已有 10 个县 72 个市镇，府城拥有 32 条街道，成为福建著名的商业城市。

在海洋社会，航海就是一种获利丰厚的商业活动，一个追求最大限度利润的商人法则。航海行为成为一种自觉。当月港的商船在辽阔的大洋上从一个港口驶向另一个港口的时候，海商所期望的，绝不是郑和时代那种宏阔的政治理想下的朝贡贸易，而是 8~10 倍的航海利润。

月港的繁荣改变了中国对外贸易一直以外国人来华贸易为主的格局。以后几个世纪，漳州商人尽显风骚。当下一个王朝来临时，人们将看到他们在广州十三行十分活跃的身影。

随着月港商船的起锚，漳州历史文化中的那种无法抹去的海商情结，就像那座为了纪念一位著名的将军而屹立近400年的岳口石牌坊，岁月风沙蚀去了石头要讲的故事，而刻在石头上的那个留着山羊胡子的欧洲商人面目清晰如初。

整个中国，海洋气息和古典精神如此完美地相互融会的石牌坊，仅此一座。

饷馆码头的日光

在经历太多的流血后，朝廷与漳州海商的和解，最终以一种双方都能接受的方式——税收来实现。朝廷官员最终要学习的是一种全新的交际技巧——如何与雄心勃勃的海商保持一种利益谋求上的默契。而对历史而言，向商人征税可以看作是文明的进步。

饷馆码头的日光过了 400 年，还是那样耀眼。尽管时间过处留下一副模棱两可的面孔和平庸淡漠的表情，但是，旧日的喧嚣总是适时地随着潮汐的起伏翻涌不止。

饷馆码头存在的现实意义，在于它见证了一个划时代的变革。中国近代海关的雏形就诞生在这儿，另外，它目睹了漳州海商阶层在商品经济中的成长。

月港开洋后的头五年，可能是漳州海商的幸福时光。

夏季，上百条商船像候鸟一样陆陆续续从中南半岛、马来半岛、苏门答腊、爪哇、南婆罗洲、菲律宾群岛、马鲁古群岛、苏禄群岛和北婆罗洲回到漳州海面。在耀眼的日光和飞翔的海鸥中，一些名字奇怪的国家——猫里务、呐哗唪、美洛居、文莱等的货物被簇拥进港。

大体上，这一年度的财富梦想，因为商人们回家而暂告一段落。

月港商人成为真正意义上的纳税人，是隆庆六年（1572 年）的事。

这一年，漳州知府罗青霄显然意识到，最富裕的商人阶层没有为捉襟见肘的政府财政出点力，几乎是一种疏忽。因为开洋放禁，海商在海外贸易活动中有了更精彩的表现。现在，国家需要他们为自己的

▲ 饷馆码头

成功买单。

隆庆六年（1572年），海商向财政支付税收是3000两银子，这恐怕只是象征性的表示。万历三年（1575年），增加到6000两；万历四年（1576年），又增加到10000两；万历十一年（1583年），这个数字变成20000两；万历二十一年（1593年），又骤增至29000两。

美洲白银也在这时候成了支撑中国市场的硬通货。

这一年，月港设立督饷馆。

饷馆码头——月港黄金岁月的一个见证。当督饷馆的税务官们向泊岸的商船征收税银时，他们似乎没有意识到，他们正经历着中国海外贸易史上关税制度的一次重大的改革。

督饷馆在我国海外贸易上有着重要的地位。它标志着我国历史上征收海外贸易税已从实物抽分制度转向货币税饷制。事实上，督饷馆所制定的各种饷税制度已经是近代关税的雏形，为厦门海关的设置开了先声，它直接影响着广州和澳门的进出口税收征收。

在广州，官府开始改变沿袭数个世纪的抽分制，与月港实行的水饷制一样，根据船只大小确定税额，称丈抽制。在澳门，明政府的市舶司也采用类似的方法。

作为纳税人，海商需要了解自己应缴的几个税种，这是确保他们成为正当商人的代价。"引税"，一种获准出洋的许可证税。东西洋引税是银子三两，鸡笼、淡水只要一两。后来这个数字翻了一番。"水饷"，一种船舶税，这种税由船商支付，以船的梁头尺寸为标准。一般情况下，在漳州，十月是修船季节，税官会亲自到达船坞，实际丈量船的宽度。西洋船船体最大，面阔一丈六尺以上者，每尺征饷五两，多加一尺，再加五钱。一条万历三年的西洋船，如果面阔二丈六尺，缴纳水饷应是 260 两银子。稍小一点的东洋船，另减三成。鸡笼、淡水船型最小，面阔一尺，征税五钱。"陆饷"，就是进口关税，由铺商支付，税率大约是 2%。"加增饷"，到吕宋贸易商船还要交的一种附加税，大约 150 两。这种船在通常情况下，除了携带价值高的墨西哥银圆之外，很少带别的东西。

月港发船是有数量限定的。万历十七年（1589 年），福建巡抚周寀核定为每年 88 艘，东西洋各 44 艘。东洋方面，吕宋最多，定额 16 艘，其他地方各为 2~3 艘。

这种情况显然满足不了民间贸易的热情，以后又增加到 110 艘，加上前往鸡笼、淡水、占城、交趾的，共 117 艘。等到万历二十五年（1597 年）再增 20 艘。

137 艘，这是官方准许的月港商船每年出海最高限额，如果不考虑吨位，它几乎就是一支西班牙的无敌舰队的数量。

不断攀升的海外贸易收入，使原先不太在意的朝廷开始关注自己在这里的利益。恰好这个时候，泉州方面也提出分享饷税的要求。漳州河出海口厦门在泉州辖区。同安，海商聚集处，也是漳州河海外贸易活动的辐射范围。泉州在海防军费方面的压力使这种要求尤为迫切。

不过，这种可能引起管理混乱的提议很快遭到朝廷否决。

万历二十一年（1593 年），月港海防馆改为督饷馆。

随着这个朝廷常设机构军事使命的结束，一种基于利益均衡考虑的全新职能——督饷开始发挥作用。

在经历太多的流血后，朝廷与漳州海商的和解，最终以一种双方都能接受的方式——税收来实现。朝廷官员最终要学习的是一种全新的交际技巧——如何与雄心勃勃的海商保持一种利益谋求上的默契。而对历史而言，向商人征税可以看作是文明的进步。

督饷馆的职责除了发放商引、征收饷税外，还负责对进出口商船的检验。

每年秋冬之间，商船扬帆出海，督饷馆官员都亲赴厦门，检验每艘船后，让它们移驻曾家澳，候风开驾。

春夏之际，商船陆续归航。在经过南澳、浯屿、铜山、海门时，巡司要随时将商船情况通报督饷馆，一路相送，直到白花花的银子进入督饷馆的库房。

因为饷税，一种被认为比较宽松的管理制度在月港成为通用规则。

当时，到西洋各地的航程比较遥远。比如到万丹，一般要走20天左右；到巴达维亚更长，要花费四十几天时间，商船走得就比较少。所以，一些领取西洋文引的商人，他们出海时向西洋航行，一出官府视线，立马转身折入东洋，吕宋才是他们喜欢的地方。

一些没有取得商引的，有时也会假借买谷、捕鱼，向县衙拿个引票，出海掉个头，径向目的地驶去。有的干脆一声不吭，一走了之。

督饷馆的税务官，对类似的情况比较明智地采取默认态度。

万历二十一年（1593年），因为日本侵略朝鲜，东南沿海实行一年海禁。但是，胡台、谢楠等很多海商还是照常行走海外。当时巡抚中丞许孚远也不过让人传话让这些人回来纳税了事。结果，一下子就回来了24条商船。

这一年，月港饷税上升到29000两。

万历四十二年（1614年），停在家门口待验的商船及数十万两价值的洋货，因为突如其来的台风损失殆尽。王起宗，那个邀请张燮写《东西洋考》的颇有远见的税官，在万历四十五年（1617年）的时候，正以督粮通判的身份署饷。为此，王起宗干脆简化征饷手续，商船一进港，随即验货，风雨无阻。这种本不该发生的损失也就免了。他实行了一套"便商六法"，给月港商民带来好处。比如对被荷兰人拦截的商船，根据损失情况减半征税。因为海难全舟覆没的，不再征饷。

总的来讲，官员们看起来还算通情达理，海商们也知道如何在官府面前保持谦恭的态度，以便使自己能够放心去做一个正当体面的生意人。

从事吕宋贸易的商人陈升，是一个非常聪明的人，他非常技巧地绕过陷阱，而不去缴那些他不想缴纳的饷税。比如他从吕宋返航时，因为携带银子，不得不支付150两的附加税。不过，他另外带回的五六百石价格极廉的番米，借口随船食用，在免交每石一分二厘的税银时，又转手发卖从中赚一笔。这种明代版的合理避税法，在月港颇为典型。

从情况上看，朝廷和海商谨慎地保持一种微妙的平衡，彼此不触及对方的底线。这样，月港在开洋后，又保持了将近一个世纪的繁荣。这种繁荣直接影响了当年世界贸易的格局。

但是，并不是任何时候，海商都甘做顺民。一次意外证明了这一点。事件的起因是一个叫高寀的御马监监丞出任福建税监，即为了弥补国库空虚而由皇帝派遣的税务宦官。

这人一到任就表现出皇帝宠信太监的一切不良秉性。

对金银的变态迷恋使他每年名正言顺地从海澄刮出数万财富——天晓得是否进入皇家库房，他所比较喜欢的另一种敛财方式是以个人投资的名义，用少量的金钱，从海商身上提取十倍的回报，或者，干脆取走货物，一走了之。受害的商铺在海澄有几百家，涉及数额几万两，以致几千名愤怒的海商包围了税署。

他的恶劣行为最终在万历三十年（1602年）不被月港忍受。当一群商船在清爽的海风中徐徐进入月港，满心欢喜的海商们被堵在船上，在没有履行冗长的检验手续之前，一律不许上岸。结果，人们还是上岸了，但上岸的人们在街上成群结伙被追捕。这一次，商人们又一次表现出惯常的做派。人们扬言，要把高寀杀了，把他的爪牙扔到大海喂鱼。一片喊杀声中，高寀立即做了他应该做的——连夜走人。随后高寀在南靖的爪牙邱九成也被驱逐出境。

然而这个人的流氓行径并没有为此收敛，他为害福建地方还得继续13年，直至撤职回京，不知所终。但是，他从此再也不敢跨进海澄一步。

较之发生在天启六年（1626年）苏州民众反抗缇骑的义举，戏剧性收尾的海澄商民的反抗斗争，人们似乎选择忽略不计。或许，因为他们正在强大，并且适时适度地表现出他们的强大。

所以，饷馆码头的日光，过了400年，还是那样耀眼。

白银时代

因为吕宋贸易，中国丝绸、瓷器出口，改变了宋元以来白银外流、海外贸易入超的现象。大量的白银流入，一直持续到1840年。不甘心的欧洲人开始尝试用鸦片和武力，来改变这一现象。那时，中国因为对外贸易的成功，已经拥有世界一半以上的白银储备，成了名副其实的白银帝国。

从月港开始，中国迎来一个真正意义上的白银时代。

随着海外贸易的发展，一种更适合于担任一般等价物的贵金属——白银，日益加入流通领域，并逐步替代宝钞、铜钱的地位，成为大明王朝的国家货币。

对原先不怎么出产白银的中国，这是新出现的一种奇特现象。

隆庆元年（1567年），穆宗皇帝颁布命令：凡买卖货物，值银一钱以上的，银钱兼使；一钱以下的只许用钱。这是明朝第一次以国家法令的形式确定白银为合法货币。到了万历年间，张居正执掌朝政，在全国推行"一条鞭"法，赋役折银，白银最终成为国家税收和储备货币。

随着白银迅速渗透到整个中国社会，社会各个阶层对白银的需求量日益增长，有限的国内白银开采无法满足市场需求，商人们进而把视线投向海外，私人海外贸易勃兴已是大势所趋。

对于当时的东西方世界而言，新航线开辟以后，洲际贸易已形成互动格局。在亚洲水域，最初为香料而来的西方人遭遇为白银而来的中国商人。东方商品开始大量涌入西欧市场，同时，西方市场发生的一系列变化，对中国商品的出口，变得十分有利。

哥伦布发现新大陆的经济价值，在经过数十年时间后，这时开始逐步显现出来。欧洲人在美洲的经营获得巨大的成功，西班牙人在那里发现了巨大金银矿，1545~1548年间，在墨西哥和秘鲁，金银开采量占世界的2/3。因为大量采用印第安奴隶劳动，成本十分低廉，金银价格一路下滑，以致大量金银不可控制地走向市场，开始引起欧洲市场的动荡，这是欧洲历史上著名的"价格革命"。

在吕宋，最初到达那里的漳州海商，时常会有惊喜不已的发现，比如：一个来自漳州山间的柑橘，不过中等大小，在家乡，可能因为无人采摘而落地成泥，但是，仅仅经过十几天的航程，当然，这还是在它的保鲜期内，到了马尼拉以后，可以换一银圆。在当年，这并不是天方夜谭。

低贱如泥的产品还能卖出好价钱，那些让人心醉的东西，如丝绸、瓷器、茶叶便不用说了。

在欧洲，丝绸是一种令人愉悦的消费品。当生丝价格开始变得极为昂贵的时候，一个商人在欧洲市场上的生产性投资，已远不如直接从中国的月港出口商那里购买划算，这使中国丝绸在欧洲市场成为最畅销的消费品。

在美洲，用价格极为低廉的金银换取中国商品，被认为是世界上最有利的贸易。法国里昂生产的亚麻布，从欧洲运抵美洲，售价每码50便士，但是从中国——在那儿被称作纻布——运抵美洲时，仅售5便士。

当已经丧失家园的印第安人，也有可能穿上来自中国的衣料，与古罗马时期的恺撒大帝一样时，同中国的贸易已是难以拒绝的最重要的生意。

尽管绕过好望角进入太平洋的航程是世界上最艰难的旅程，风暴和坏血病使幸运者寥寥无几。但是，西班牙人无论如何，每年都要确保几艘船到达东方进行这类贸易。

那些西班牙商船在几十年时间内持续不断地运走中国的商品，也给中国带来源源不断的白银。

白银作为硬通货在市场上被普遍使用，是中国东南沿海经济发展中展示出来的一种重要现象。与美洲白银涌入欧洲市场造成白银贬值相反，中国银价开始出现不断上涨的趋势，在 1560 年的欧洲，金银比价是 1:11，墨西哥是 1:13，而中国是 1:4，一块同等重量的墨西哥银圆，经帆船运抵月港后，身价翻了三番。

当来自海外的白银成为中国社会白银的主要来源时，中国国家经济日益融入美洲白银主导的世界贸易体系。

西班牙人占领下的马尼拉，这个时候成为一个巨大的市场，当一船船墨西哥银圆迫不及待地涌入这里，立即得到价格低廉的中国商品的积极响应。同时，来自月港的商人完全可能用低于成本的价格抛售这些来自家乡的商品，因为仅仅靠两地的白银差价，就可以赚回一笔不菲的利润。

月港，似乎正在成为能量巨大的吸银器。

1586 年，一个叫罗杰斯的西班牙传教士报告他们的国王菲利普二世："每年有 30 万比索银圆从这里流往中国，而今年超过 50 万比索。"

1589 年，另一个西班牙传教士特洛在致菲利普二世的信中提到："来这里贸易的中国人，每年带走 80 万比索银元，有时超过 100 万比索。"

镭，闽南人关于"钱"的通用称谓，尽管时间隐藏了所有的历史

▲ 番银

事实，我们已经无从查考它的来源，但是，当人们把它和"里耳"或者"里亚尔"联系在一起的时候，我们仿佛看到一双神奇的手清点后，番银"哗啦哗啦"地流进漳州商人的钱袋。

马尼拉，那个时候人们称它为吕宋，是漳州商人最乐意去的地方，在那儿从事贸易的海澄商人达到 3 万。

没有人会真正掩饰一种需求，那就是银子和更多的银子，所以，像蚂蚁一样，商人们不知疲倦地把船开到马尼拉，放下船上的东西，然后把银子一船一船地搬回月港。

按照马尼拉主教估计，一般年份，漳州商人至少搬回 150 万 ~300 万里亚尔，在马尼拉，中国丝织品一项关税是 50 万里亚尔，这些关税已经可以维持一支防卫舰队。16 世纪后 30 年，也就是大帆船贸易的头 30 年，大约有 630 艘漳州商船到达马尼拉。这个时期参与吕宋贸易的回航船上，除了墨西哥银元，极少有别的东西。

的确，对中国人来说，这个时候的欧洲，除了白银，没有什么特别令人感兴趣的东西。

因为吕宋贸易，中国丝绸、瓷器出口，改变了宋元以来白银外流、海外贸易入超的现象。大量的白银流入，一直持续到 1840 年。不甘心的欧洲人开始尝试用鸦片和武力来改变这一现象。那时，中国因为对外贸易的成功，已经拥有世界一半以上的白银储备，成了名副其实的白银帝国。

中国由此迈入白银时代，在以后的数百年时间里，它是主宰中国市场的硬通货。至于 17 世纪国际白银市场波动的"蝴蝶效应"是否终将冲击王朝统治，则是现代经济学者的另一个有趣的话题了。

万历二十八年（1600 年）以后，西班牙人每年要运白银 200 万 ~300 万两到马尼拉贸易。这种状况，一直持续到明末，估计从海外流向中国的白银达一亿银元以上。

17 世纪，通过另一个主要国家——日本的贸易，又有 14000 万两白银，从长崎经月港和澳门进入中国。因为在岩见等地发现新银矿，使日本黄金需求量大增，大约在 17 世纪 20 年代，日本金银比价是 1:13，而中国是 1:8，很少超过 1:10。把中国货物销往日本，一般可获利两三倍，而把货物换成白银运回中国又可升值一倍左右，所以，从事吕宋贸易的漳州商船常常折往日本。

吕宋，位于中国东南方向，离月港最近，来自月港的商船只要乘北风南下，十来个昼夜即可到达马尼拉港，待南风起时再北上月港，已是盆满钵满。

无论是对中国人还是西班牙人，马尼拉贸易一直是对外贸易中最有利的部分。这是当年海上贸易利润最高的一条航线。

无论是中国还是西班牙殖民地当局都明白，对美洲白银的需求是刺激吕宋贸易勃发的最直接的动因。

当时的福建巡抚徐学聚就直截了当地说："我贩吕宋，以有佛郎机银钱之故。"

对漳州商人来说，有什么东西比银子发出的声响更令人愉悦的呢？

1576 年 6 月 7 日，马尼拉的第三任总督桑德在给罗马教皇的信上提到相类似的观点："我只是相信，中国人对我们的贸易感兴趣，主要是因为墨西哥银元和当地的黄金。"

白银作为"世界货币"的地位一经确定，它在全球经济一体化的进程中的历史性作用便被充分显示出来，从 17 世纪下半叶起，一张真正意义上的世界贸易网络开始确立，由它营造的世界市场为未来人类社会发展提供无限遐想的空间。

因为白银的诱惑，大量中国的生丝和丝织品经由马尼拉倾销拉美市场，它对西班牙丝织品市场的冲击几乎是灾难性的。同时，因为购买这些中国丝织品，造成大量白银流入中国，西班牙王室的收入开始缩水。

当那些勤奋的中国商人不顾死活地向马尼拉进军，不安的气氛从马尼拉到墨西哥，一直波及宗主国西班牙。那时的马尼拉总督，无论是桑德或者达斯马里纳斯，以及墨西哥总督维曼里奎，尽管仍然从这些国际贸易中获利——中国瓷器的拥有数量是他们身份和财富的象征——但是，已经从大帆船带来的气息中，意识到中国商品冲击正对宗主国的工业和商业起着实质性的威胁。

中国商船的贸易冲击，已经牵动欧美市场的神经，当从东方出口到美洲的商品超过宗主国西班牙的出口的货物，格拉纳达、穆尔西亚、巴伦西亚，那些地方的皇家纳税人，请求他们的总督，而总督请求国王，制订一系列类似于反倾销的措施。菲利普二世，那个眼睁睁看着无敌舰队灰飞烟灭的倒霉国王果然这样做了。1587 年，国王禁止墨西哥或南美其他殖民地同中国或马尼拉直接贸易，1593 年，限制墨西哥与菲律宾之间的贸易额，每年从马尼拉前往墨西哥阿卡普尔科港的商船，限量两艘，载重不超过 300 吨，所载货物不超过 25 万比索，回航时不超过 50 万比索。

然后，国王命令，不准西班牙人到中国或者同中国人进行贸易。

不过，这些措辞严厉的禁令，看起来仅仅是一纸空文。更多的马尼拉商船，还是载着月港的商品到达拉美。刻有西班牙国王头像的墨西哥银元，还是源源不断地涌入月港商人的钱袋，以致许多个世纪以后的今天，这类银币在遥远的漳州地面，仅仅是一种不算难求的收藏。

毕竟，已经拥有数千年文明史的中国人生产的手工业品，因为工艺精良，早已是世界上商人追逐的对象，没有中国丝绸和瓷器相伴的日子，西班牙或者墨西哥上流社会的华美时光显然有些索然无味。

另外马尼拉，甚至整个殖民地地区曾经如此依赖中国商人，失去中国商人，这个地方的财政大约将面临破产。

这就是环球航海贸易体系给月港带来的机遇。

大帆船贸易

随着1571年西班牙海洋势力从太平洋西进亚洲占领吕宋，一条以马尼拉为中转，联结月港和墨西哥西南港口城市阿卡普尔科的航线，使亚洲东部的海洋社会经济圈和拉丁美洲市场迎面交汇，著名的大帆船贸易由此产生，月港商船每年运载着成千上万的漳州商人跨越那片黄金水域。

西班牙人占领马尼拉，最初并没有获得他们所期望的利益，他们只发现了一种对他们有利的香料——肉桂。这东西曾经风靡整个欧洲，仅此而已。

数年后，这种情况因为一次意外而改观。一个叫卡里翁的西班牙船长救起一条失事的漳州商船，并且很和善地对待被救起的船员。这条船携带了很多珍贵的中国手工艺品。这一次意外，使人们发现了一桩可以令大家满意的贸易。

当成群结伙的漳州商船越洋而来时，殖民地的总督们发现，他们的前景豁然开朗。

差不多在同一时候，一艘前往墨西哥的马尼拉商船，因为飓风，被吹到漳州，洛佩帕拉乔斯船长和他的船员及3个神父受到厚待。

一向彼此不怎么了解的两个国家的人们，开始有了进一步增进了解的可能。

不管怎么说，因为最初善意的结果，使大帆船贸易有了实现的基础。

这种贸易一旦启动，就是两个半世纪。

因为中国人能够生产世界上最好的产品，而西班牙人握有中国人渴望的白银。还有什么力量能够阻止这种两情相悦的贸易呢？

为了使在福建的中国商人运载到马尼拉的货物迅速转运到南美殖民地，西班牙人开辟了大帆船贸易航线。航线的一端在马尼拉，另一端在墨西哥的阿卡普尔科。

1565 年，第一艘大帆船从墨西哥越过太平洋，意味着大帆船贸易的正式开始。到 1815 年最后一艘大帆船到达菲律宾，总共有 100 多艘大帆船经历这段漫长的航程。

在两个半世纪的时间里，大帆船年复一年地在马尼拉和阿卡普尔科这条漫长而孤独的航线上航行，没有任何一条航线能持续如此之久，也没有一条航线像它一样危险。在 250 年的时间里，这条航线承载了 100 多艘商船、成千上万人和数百万财物。

在远东的所有港口城市里，马尼拉在自然和经济地理上无疑是东方贸易的最好的中心点，来自北方大国——中国的丝织品及来自南方的香料，都比较容易地汇集到这里，然后再运往美洲殖民地和欧洲。以马尼拉为中心，形成一个巨大的半圆形贸易圈，中国、日本、东印度王国和从马来半岛东南到马鲁古的一系列岛屿的商人都在这儿贸易。

来自月港的中国商人是这个市场最强劲的动力。

每年二三月，大约有两艘大型帆船从阿卡普尔科出发，沿着巴拿马的纬度向西航行，经过马绍尔群岛、加罗林群岛，到达比萨扬群岛中部的宿雾海峡，一个航程通常两三个月。

基本上说，到达马尼拉的大帆船搭载的，就是一个大型的采购匡：免费旅行的牧师最多时达 80 个人，武装士兵有时候达 4 个连。尽管载有大量的高级官员、家属以及商人——都是一些需要特别批准的乘客——使它显得拥挤不堪，它的三四个甲板还是给贵人们提供观赏太平洋落日的机会。

这使那些陪伴着漫长旅程的仓鼠和坏死病显得不那么可怕。

这种船只受到欢迎，是因为它所携带的大量的墨西哥银元，除了给马尼拉市政当局提供一笔巨大的税收（通常几十万里亚尔）外，等在那里的漳州商人们，也将用交易得来的墨西哥银元在自己的家乡赚取数倍的利润。当然，一些佛兰芒做的花边将装点他们所喜欢的女人的衣袖，而美洲巧克力正好可以陪伴他们在家乡度过一个漫长的假期。

　　欧洲人与月港贸易的另一件收获，是认识了一个武财神，他们根据闽南话语音，把关公称为"关爷"，他们由此了解中国商人的商业精神，并以此和这些人打交道。在欧洲人的绘画里，手持青龙偃月刀的周仓，

▲ 西班牙大帆船

威风凛凛地站在"关衙"身后，和我们现在在漳州民间看到的没什么两样。

因为与中国人贸易带来许多好处，所以西班牙人最初持十分欢迎的态度。

每当中国商船出现在马尼拉港的时候，等候在马里韦莱斯的观察员，天晓得是叫桑丘，或者别的什么名字，马上就上船布置警卫，并且放火把信息报告马尼拉当局。船到港后，皇家税务官上船检查，然后征收 3% 的货物进口税和每船 500 比索的停泊税。

1592 年，西班牙人从中获得三四万比索，而到 1620 年，这个数字变成 8 万。

另外一项收入是：如果中国人不随船返航，那么需要另外支付 8 比索的许可证费用（约 64 里亚尔）、5 里亚尔贡礼、12 里亚尔房屋税。

这些税收，支撑着马尼拉殖民当局。

如果中国人不来贸易，马尼拉市政当局看来只能破产。

墨西哥商船到达的时间大约是五六月份，来自月港的商船已在此前到达这里。在以后两三个月的时间里，马尼拉进入贸易旺季。

马尼拉街头，这个时候对骤然增加的几万异乡客——中国人、西班牙人、印度人、波斯人习以为常。这个港口城市风光旖旎，已经具备了 16 世纪国际城市的各种特征：拥挤、喧闹、吸金，充满商业气质。太平洋清晨的和风是缓解宿醉的一剂良药。

在将近三个月的时间里，堆积如山的中国货物被小心翼翼地打包、装船。就像魔法师作怪，一个海员的箱子，有时被装进 8 万只梳子，天晓得是怎么做到的。而一件丝货包，在被装进近 15000 双袜子后，又被装进了绉绸、罗纱、天鹅绒、花边、厚缎、斗篷、长袍……仿佛前来这里的西班牙人，人人都有一个疯狂购物的计划。

维兹凯诺，一个西班牙海员，也不知道来自西班牙的哪个省份，从阿卡普尔科启程前，估计还是个穷小子，带了大约 200 达卡的货物，到达马尼拉，卖到 1400 达卡，当他带着丝织品到达墨西哥，这个数字变成 2500 达卡。如果不是一包丝绸被海水浸泡，得到的还会更多。他的老爹，大概是一个错过时光的西班牙港口的退休老海员，听到这个消息会怎么想？

许多年前，当成千上万的中国商人乘着月港商船到达马尼拉时，他们未必知道，他们的到来会如此深刻地影响到南美殖民地及欧洲的社会生活。

回程的大帆船运载太多的中国货物，以至西班牙人把这种船叫作"中国船"，那条波涛汹涌的航线被称作"海上丝银之路"，而在墨西哥，运载中国商品的马车走的一条由普韦布拉、奥里萨巴到韦腊克鲁斯的道路，被称作"中国路"。马尼拉贸易给墨西哥的西班牙人带来这么多的利益，以至菲律宾有时被稀里糊涂地称为中华帝国的一个行省。

17 世纪的南美殖民地，从阿卡普尔科到利马、从智利到巴拿马，中国丝绸已经十分流行。以至一些流浪者和贫穷的印第安人也穿上这种美妙的天赐之物。

而在充满响板声音的西班牙的安达卢西亚平原，女人们用鲜花和头饰装饰自己的发髻，垂着流苏、绣着花的中国披肩，懒懒地在腰间打个结，在弗莱明戈舞曲中，她们高高举起漂亮的裸臂和自己的情人一起旋转，藏在扇子后面的眼神风情万种。

在美洲西北沿海地区，大帆船到达的消息是当地报纸头条。

官方会提前向墨西哥当局管辖下的城市公布交易日期，成千上万的人，国王的官员、大商人、士兵、小贩、修士、脚夫、搬运夫，沿着"中国路"在滚滚烟尘中涌向阿卡普尔科。

阿卡普尔科原先几乎是一个被遗忘的角落，城镇破烂不堪，没什么商业，淡水要从很远的地方运来，但是贸易季节来临时，来自菲律宾和拉斯加的海员、中国人以及由莫桑比克经果阿到马尼拉再到这儿的卡夫尔斯人加入滚滚烟尘中。

　　吉梅利·卡尔里，一个欧洲旅行者，他的描述让人们联想到这种情景：大多数的殖民地官员和商人，带着准备购足中国丝绸的银元，或者多达 200 万里亚尔，搭乘秘鲁船沿岸航行，仿佛去赴一场期待已久的盛会。相信他们乐意穿上华丽的衣裳，并且有漂亮的太太小姐陪伴。

　　1697 年 1 月 25 日，星期五，这一天，阿卡普尔科从一个荒凉的乡村变成一个人口密集的城市，原先印第安人居住的小屋挤满了西班牙人，酒和女人让这里混乱不堪。

　　1 月 26 日，星期六，一大群墨西哥商人，带着大量的里亚尔和商品抵达这里。

　　1 月 27 日，星期天，大量的商品和粮食源源不断地运来，供应这些人数众多几近疯狂的异乡客。

　　在地球的另一端，从事吕宋贸易的月港海商，正在结束数个月的假期，他们所携带的墨西哥银元，可以保证他们这一年度过上十分舒服的日子，并采购到下个贸易季节所需要的全部货物。

　　16 世纪下半叶，随着月港开市，九龙江口海湾地区的海商以合法身份参与亚洲海洋竞争，并完全显示出它的区位优势。随着 1571 年西班牙海洋势力从太平洋西进亚洲占领吕宋，一条以马尼拉为中转，联结月港和墨西哥西南港口城市阿卡普尔科的航线，使亚洲东部的海洋社会经济圈和拉丁美洲市场迎面交汇，著名的大帆船贸易由此产生，月港商船每年运载着成千上万的漳州商人跨越那片黄金水域；吕宋有近 30000 名漳州商人在那里从事贸易活动；而在更为遥远的墨西哥，大约有 18000 人从事丝织品制造，其原料很大一部分来自漳州。当经过漳州工人的手摩挲过的如肌肤般柔软的丝绸，在万里之外的欧洲上流社会仕女身上随风婆娑的时候，美洲的白银带着悦耳的音响开始源源不断地流入中国商人的钱库。

　　从明朝中叶到明朝后期，漳州商人扬帆于亚洲水域各个港口，以激流勇进的姿态，迎来他们的黄金岁月。

海 赋　海商们以超乎前辈的通达追求和持有财富。而他们在航海生涯中锻造的开放、拼搏、冒险、自信，让欧洲人看到一个充满海洋精神的福建，并由此形成对完美大气的中华帝国的最初想象。

> 维青土之广斥兮，达舟楫乎淮扬。
> 跨闽越于岭表兮，抗都会于清漳。
> 尔清漳之错壤兮，旁大海以为乡。
> 屹圭屿于柱砥兮，跻二担而望洋。
> 浩荡渺而无际兮，汗漫汛而弥茫。
> 天连水而倚镜兮，万顷漾其汪汪。
> 浩瀚骇其恢廓兮，日景指乎扶桑。

——（明）郑怀魁《海赋》

这是明代漳州诗人郑怀魁眼中的大海，气势磅礴，如日之升。一泻千里的浩瀚铺排出东方大港无与伦比的辉煌。那种南走交广、北涉京师、东望普陀、西企海市、一揽东西二洋的胸怀，使海商们的出航如同帝王仪仗般规模浩大，遮天蔽日的樯帆之上是招揽天下财富、吐纳四海珍奇的雄心。当如梦似幻的海市胜景在金鼓棹歌的推动之下，徐徐扫过 16 世纪的汪洋，来自漳州海滨的士大夫郑怀魁开始了他如痴如醉的咏唱。他咏唱海商的"捐亿万，驾艨艟，植参天之高桅，悬迷日之大篷，约千寻之修缆"的霸气、"触翻天之巨浪，犯朝日之蜃楼"的豪情和"持筹握算，其利十倍，出不盈箧，归必捆载"的欣然。那是一个士大夫以对阿房宫一般的景仰对一贯被自己视作末流的商人阶层所创造的商业奇迹的咏叹。

16世纪，中国的海商们终于等到有人愿意为他们前仆后继投身海外贸易的热情进行毫无掩饰的讴歌，士大夫们从蜂拥而入的海洋之利带来的乾坤旋转，认识到海商们无畏的人性尊严，并且对他们在冒险生涯中所追求的感官愉悦也持认可的态度："南薰兮日希，束装兮言曰。回樯兮心嬉，反棹兮乡闾。海不扬兮魂飞，入门庭兮释衣。于是著轻绡、跃骏马、缛文茵、拥娇冶……"

海外贸易的合法化使人们对财富的拥有持通达的态度。

这种态度甚至影响了城市的风气，使它更具有开放色彩。漳州，正在成为一座繁忙的生产基地和富裕的消费城市。

城内百工鳞集，机杼炉锤交响。建筑也极尽华丽，甲第连云，朱甍画梁，负妍争丽。人们用巨大的石头作材料，精工精琢，追求尽善尽美。有时你刚走进一片穷街陋巷，忽然有漂亮的大厝的屋脊，如燕子一样飞出矮墙败屋之间，使一个平凡的春天充满了灿烂的颜色。

士大夫们或许还把自己的生活想象成明代家具那样简洁流畅，满是书卷气。而海商们追求的是富丽热闹，就像他们为自己建造的违制大厝。

海外贸易使漳州到了晚明时期成为中国最重要的进出口港市，月港成为中国海上贸易中心和海外产品输入中国的中心。

因为明末漳州建立起广泛的市场联系，经济作物的种植和手工业获得前所未有的发展：制糖业，在国内地位举足轻重；烟草，来自美洲的作物，传入中国后广为种植，又成为一项出口产业；茶叶，虽出产不多，却是武夷茶新制法的发源地；自己不产象牙，但是，牙雕是世界级制作中心与销售中心；外销瓷，拥有广阔的海外市场，形成前工业化时代的标准化、批量化生产基地；船舶，造得比官船还坚固。

善于模仿是漳州开放性的一种表现。苏绸、潞绸、安达卢西亚的花布，都能在漳州被仿制。细腻柔滑的天鹅绒——安徒生童话里国王与公主们的饰物，在中国，它的本土化名字是"漳绒"。奢华成为一种风气，各种精致的工艺品正在改变人们的生活品质。牙雕、铜器、锡器、枕、描金漆杯、纱灯、木屐、玻璃、五彩石、假山石、水晶器……极尽淫巧。强大的物质创造力使漳州成为著名产业集中地，其利润取自天下。

16 世纪，这座中国最富裕的城市，如此靡丽，如此生机勃勃，就像那时的流行戏剧和市井小说，或者《十日谈》描绘的世俗乐园。人们开始用马可·波罗似的笔调来描绘月港：商贾们来自遥远的吴会，华夏最美好的货物汇聚到这里，珠玑象犀，家阗户溢，鱼盐粟米，泉涌川流。

财富的快速增值改变了人们对原有生活的理解。白花花的里亚尔，不再用来作窖藏，以等待不时之需，而是用来修饰自己的生活和梦想。市民少了一些贵贱之分，人们衣着华美，言行透着自信，一些华胄贵人，反而是低调了许多。而道路上冠盖相望，你已经分不清是谁家子弟。当人们穿着质地良好的棉布或丝绸做的长袍，走在马尼拉的街上，无论男女，外表轻松、态度诚实谦虚、言行机敏干练，绝不会靠几瓶烧酒、一串玻璃项链

▲ 漳州商业古街

▲ 漳州商业古街

就想换取人家土地。他们是那里最值得信任的一群人。

这种平等的气氛营造出公平交易的商业环境,贵人、士绅、平民开始淡化彼此之间的森严等级,而财富成了勾连彼此关系的链条。至于享乐,仅仅是一种嗜好,并不算陋习。音乐和美酒可以消磨美好的时光。

致富不再通过省吃俭用、子孙传承的积累,而是依靠借贷这种融资方式去海外市场博利。千金散尽还复来,还有谁不眷恋五花马、千金裘的快意时光呢。所以,那些公子少爷斗鸡走马、吹竹鸣丝、联手醉欢,虽然游手好闲,不过在士大夫们看来,也只是鼓吹盛世、点缀丰年的一些寻常举动,一笑而已。

所以,人们生来必须去做贸易。他们通常作为商人离开家乡,而不是士兵,或者政客。如果不是商人,那么至少在为做一个合格的商人而努力。当中国大多数人还一辈子生活在乡村,城市只是遥远的梦,而漳州商人却已经像希腊人、迦太基人或罗马人那样泛舟海外,从财富中嗅取荣耀的气息。

在这样朝气蓬勃的环境里,商人阶层崛起了。

财富是奇妙的润滑剂,让人们在与权力打交道时游刃有余。封疆大使朱纨就是这样在漳州踏上不归路,朝廷税监高寀就是这样在海澄丧失胆气。但是,这并不意味着他们只是一群追逐利益的商人。1626年,为了解救在苏州身陷囹圄的同乡周起元,三日之内,他们捐资十万两白银。当时，大明王朝二品尚书的年俸不过 152 两，而任过十年首辅的张居正也凑不足这个数。

天晓得，他们和那个决心赴死的东林党人是否沾亲带故。

文化精英和商人阶层仿佛同生同荣。从明万历元年（1573 年）起至明亡这 77 年时间，漳州产生进士是全国平均值的 3 倍多，这是漳州历史上绝无仅有的一道景观。

财富让士大夫们的观念迅速发生变化。并不是只有郑怀魁在独自咏叹，张燮、蒋孟育等，那个时代最负盛名的"漳州七才子"，无一例外地发出来自肺腑的赞叹。

袁业泗，《漳州府志》的作者，毫不掩饰对花钱如流水的行为的欣赏。在他看来，生活奢华只是将商业利润还之于民。消费，那是对社会的贡献。一家繁费，十家取之，损有余而补不足，这是天道。他丢开秃笔质问：那些将社会资源尽数收藏任其发霉的土财主，对世人有何益处？

商业文明塑造出一种有别于中庸之道的人文性情。王世懋在《闽书疏》里这样评价：

> 漳穷海徼，其人以业文为不赀，以舶海为恒产，故文则扬葩吐藻，几埒三吴；武则轻生而健斗，雄于东南夷，无事不令畏人也。

海商们以超乎前辈的通达追求和持有财富。他们泛舟四海、吐纳财富，显出《海赋》所描写的那般纡徐大气。每年数百万两价值的国内产品和上百万比索的墨西哥白银，经过他们的船流进流出，使他们能够在拼却性命博取财富后安然享受生活的欢愉。而他们在航海生涯中锻造的开放、拼搏、冒险、自信的形象，让欧洲人看到一个充满海洋精神的福建，并由此形成对完美大气的中华帝国的最初想象。

第四章

海峡烟云

国际博弈

> 这个时期，从漳州河口走出去的商人，令人期待，又令人疑忌。在国际博弈中，这是一支分量很重的力量。当他们决定与谁合作，天平将向谁倾斜。这种状况将使他们遭遇少有的麻烦，以致屡屡成为别人追杀的猎物。

晚明时期，台湾海峡成了东亚最重要的国际通道。月港是中国唯一允许商人出海贸易的口岸。控制月港对外通道，就意味着控制中国对外贸易主动权；从月港至马尼拉，是中国与西班牙贸易的主航线，切断这一条线路，等于重创昔日的海上商业强国西班牙；葡萄牙人控制下的澳门是中国、日本、马尼拉贸易的中介，也是东西方贸易中最具活力的城市，它的航线要经过台湾海峡；而日本与东亚诸国贸易，台湾海峡也是必经水路。

迟来的荷兰人在这一区域争夺海上霸权，它的战略意图是：通过军事手段控制台湾海峡，击败在这片区域的强大的竞争对手——漳泉商人、葡萄牙商人以及西班牙商人，从而完全掌握东亚贸易的主动权。贸易、战争以及多国外交掀起千层波浪，使这个地方充满战争硝烟和白银的悦耳响声。

让我们重新检索国际贸易战中几个主要的竞争对手的实力消长。

葡萄牙，因为1578年意外地失去了它的国王赛巴斯蒂安，也意外地失去了它的独立，成为西班牙国王菲利普二世的领地，随着一起失去的，还有它们的商业帝国地位和庞大的海外资产。在它重新独立前，葡萄牙人和西班牙人的恩恩怨怨还将纠缠数十年。有迹象表明，在西班牙人建立稳固的马尼拉贸易之前，他们不得不通过葡萄牙人与中国发生商务往来。

　　不过，在葡萄牙人退出漳州后的若干年，他们把澳门——一个由漳州商人严启盛最早经营的小渔村建成东亚的贸易中心。16 世纪的最后 25 年，日本出产的白银有一半以上输出国外，其中，大部分被葡萄牙人带走。而 1599~1737 年，葡萄牙船只从日本又运走 58000 箱白银，一箱白银标准的装载是 1000 两。这些银子大部分也通过澳门进入中国。它与福建方面的贸易如此重要，以至一个数万人口的港口城市里，福建商人就多达两三万。其中，又以漳州商人人数最多。漳州人在那里建立了自己的神庙——妈祖阁，作为首批进入中国的葡萄牙人登陆点，它的名字成了澳门的葡语音译。今天，它和葡萄牙人留下来的大三巴牌坊，几乎成了世界各地游客必访的景点。

　　西班牙，这个被上帝眷顾的国家，一夜之间强大到取代了老牌商业帝国的国际地位。但是不过十年，那个幸运的菲利普，又非常不幸地眼睁睁看着整个西班牙信心和荣誉象征的无敌船队被英国人毫不留情地击碎。不过，因为最初，他们和中国商人建立的还算对等的商务往来，使他们建立起长达两个多世纪的大帆船贸易。这一点很大程度上弥补了它在欧洲的损失。当然，他们也为此支付了一亿以上的墨西哥银元给中国商人。另外，也因为这种令人眼热的贸易关系，他们成了其他国家的海上猎物。

　　西班牙的另一个损失是，它在 1582 年失去尼德兰（包括现在的荷兰和比利时）。17 世纪初，尼德兰建立起庞大的商业王国。16 万艘商船，占欧洲商船总吨位的 3/4，支持了它的资本主义体系。一个正在强大的新兴国家不会接受前任宗主国的国际贸易地位。在亚洲，它从早先的宗主国那里夺取了巴达维亚。在它确信无法建立一条从中国月港到那里的直接贸易往来后，开始大规模攻击漳州河口以及在马尼拉贸易线上的中国商船，以达到击垮昔日的宗主国的目的。

　　还有英国，它显然已经看到了远东贸易的巨大利益，在英国印度公司服务的约翰·萨雷斯船长在太平洋航行时，看到奇异的景象：来自漳州的商船，通常几艘、十几艘漂到马尼拉，好像事先约定似的。不过这个时候，它的贸易重点还在印度。但是，作为西班牙传统意义的竞争对手，他和荷兰人在和中国的贸易问题上，一定程度地形成攻守同盟。

因为彼此利益关系，在对待西班牙关系上，英国、荷兰、葡萄牙之间有一定程度上的默契。但是，在1633年，一支属于福建的中国舰队在击败一支荷兰舰队后，从被俘的军舰上发现了早先被荷兰人俘虏的16名葡萄牙士兵。

实际上，他们的家乡欧洲战争正闹得不可开交：荷兰人与西班牙人、英国人与荷兰人、英国人与西班牙人、西班牙人与法国人、荷兰人与葡萄牙人，还有普鲁士、瑞士、丹麦……结盟、背叛，背叛、结盟……这时，我们就明白，人们为什么会广为传颂那么一句话——没有永恒的朋友，只有永恒的利益。

另外需要提一下的国家是日本，它的人口已将近2000万，和欧洲国家一样稠密。一方面，它发动朝鲜战争，与明朝援军在前线作战；另一方面，它又渴望恢复由于倭患而被中止的与中国的海上贸易。从1603年起，幕府将军德川家康开始试图通过外交渠道——与中国往来密切的琉球和朝鲜——要求建立直接的贸易往来。中国海商在日本行动相对自由，一些人甚至持有仅发给日本海商的特许经营证书——朱印状。因为宗教原因，葡萄牙人的贸易活动被限制在长崎，荷兰人与西班牙人则被限制在平户。

对日本的贸易禁令也没有完全阻止漳州商船继续驶往这个岛国。

1612年7月25日，26艘从事吕宋贸易的商船开进长崎港，其中有一些是漳州商船，它们像白云一样突然覆盖长崎港。

1613年6月5日，又有6艘漳州商船到达长崎。26日，又是两艘。这种船，大量装载的是漳州自产的砂糖、生丝。中国生丝在日本市场有时被当成现款，就像 1 世纪的罗马人把昂贵的东方胡椒当成货币一样。

1639 年，抵达长崎的中国商船达 93 艘。

1643 年是 97 艘。

1608 年的长崎已是一个逐渐繁华的港。4 月，樱花会像雪片一样飘落，让所有的人迷乱、感伤。海湾里，蓝色的水浮着白色的帆，普契尼的蝴蝶夫人还没有在海湾的山坡上等待丈夫的归航。

中国船来时，市民们常常划着小船前来迎接，把船员们揽到自己的家里，用自己的清酒和寿司、热腾腾的木桶浴招待他们。

生活在这儿的中国人，这时不过二十几个，十年后，已经达到两三千人，而在整个日本，大约有两三万人。

1635 年，住在长崎的中国人，有人被任命为“唐年行司”，掌管中国人自己的公事和诉讼。漳州的船主们则在一个叫欧阳华宇的商人带领下，修建了自己的寺庙——福泽寺，它的另一个名称是漳州寺。人们在寺中供养那些漂泊异乡的亡魂，并且为自己的平安祈祷。长崎的墓地埋葬着几个世纪以来在这里逝去的外国人：葡萄牙人、西班牙人、荷兰人、中国人……让他们的灵魂不至于四处飘移。

种种迹象表明，这个时期的日本已有染指中国的意图，它的舰船往往出没于台澎海面。1616 年，13 艘战舰组成的日本舰队试图攻掠台湾。在这一年，肥前州大名村山等安的儿子秋安带了 11 艘战舰进入中国水域，随即被福建水师击败，残部在沿海各地流劫。到年末，寻踪而来的村山大名的武士桃烟门又触礁失事，在东涌岛登陆后成了福建水师参将沈有容的囚徒。

大体上来讲，这个时期的日本海上力量雄心勃勃，不过樱花武士的慷慨悲歌总是在海洋飓风的摧残中草草收场。

至于中国，大抵上还是保持一个老大帝国的资格。尽管郑和之后再也没有产生过一支能够与之相媲美的舰队，不过，它的武装力量丕是有能力在南太平洋上巡航。有时，它的将领还带着一支规模不大的舰队，驻扎在西班牙人占领的马尼拉，为了清剿在这一带活动的中国海寇。当然，西班牙人提供这一方便的同时，作为交换，他们的总督希望在中国沿海某个地方，比如漳州的南太武取得一个贸易据点。中国舰队的存在永远令西班牙人侧目。在马尼拉，通常情况下不过留居数百个西班牙人，这点人数还包括所有雇佣军人。各种迹象表明，巨大的商业税收并没有给这些下层的军人带来太多好处，以致他们在马尼拉的生活形同乞丐。看起来，让几百个人——他们中的大部分还是穷人——去管理数量比他们大几十倍的漳州商人，的确有些麻烦。更何况，这些中国商人天生对金银有特别的嗜好。所以1602年，一个叫王时和的海澄县令、一个叫干一城的百户在听到吕宋易机山拥有巨大黄金矿藏的时候，据说是出于对中国皇帝——这个时候，正为困难不堪的财政困扰——的忠心，带着船队到达这里。随后，西班牙人看来给吓坏了，开始对中国商人进行屠杀，顺带又抢劫了一下，他们一下子杀了24000人，他们绝大部分是海澄人，一时间海澄一片哭声。

西班牙人害怕的是中国皇帝会派出军队对他们实施毁灭性报复。可是令他们感到奇怪的是，皇帝并没有这么做，这使他们有兴趣在以后每隔几十年，在中国商人足够强大时，再屠杀一些。

这个时期，从漳州河口走出去的商人，令人期待，又令人疑忌。在国际博弈中，这是一支分量很重的力量。当他们决定与谁合作，天平将向谁倾斜。这种状况将使他们遭遇少有的麻烦，以致屡屡成为别人追杀的猎物。

至于中国，所有的欧洲国家都想同它做生意。他们想方设法到中国来，或者希望中国人到他们那儿去，还有，尽可能阻止其他人和中国人进行商务往来。

阿姆斯特丹拍卖会上的漳州瓷

现在，冷静下来的荷兰人终于有心情去品味和中国海商和平贸易的妙处了，色彩优雅的漳州外销瓷除了让他们在阿姆斯特丹或者巴达维亚赢得梦寐以求的财富外，或许还有茶香四溢时的瞬间平和吧。

　　荷兰人似乎是天生的商业狂。他们的行为有点类似于任性的青春期少年，抓住你，你就必须和他们做点什么，如果你不同意，他们可能会对你施以拳脚。在没有建立一个正当的游戏规则之前，那时的欧洲人大抵如此。

　　荷兰人以令人惊讶的执着想方设法接近中国，如果他们以这种热情向一位淑女求婚，他们一定会达到目的。

　　但是，中国不是。

　　荷兰人对中国的生丝和瓷器贸易的兴趣，完全是因为他们对欧洲老乡——葡萄牙的一连串抢劫。

　　1602 年，他们在大西洋的圣赫勒拿岛外俘获了一艘葡萄牙商船"圣地亚哥"号，在这艘船上，荷兰人发现了大量的中国青花瓷。

　　1603 年 2 月 25 日，荷兰东印度公司的希姆斯柯克船长在柔佛港外劫掠了一艘 1500 吨的"圣·凯瑟琳娜"号葡萄牙船。这艘船上装了 1200 捆价值约 225 万荷盾的中国生丝，以及 60 吨约 10 万件的中国青花瓷——后来证明它来自漳州河。8 月，这批生丝在阿姆斯特丹公开售卖时正如人们所预期的那样被一抢而光，差不多整个欧洲的丝商都会聚这里，好像来赴一场盛会。自此，阿姆斯特丹成为欧洲最重要的丝市之一。另外，那批瓷器也拍出了很高的价钱。

荷兰东印度公司显然发现了中国贸易的重要性，这个成立于 1602 年 3 月 20 日的贸易机构，根据荷兰共和国颁布的《荷兰联合东印度公司宪章》规定，它拥有自非洲好望角到麦哲伦海峡间的贸易专断权，并且有权对敌对国政府和地区宣战，被允许在区域范围内拥有武装力量，占领被他们认为重要的地方，公司由此拥有国家所赋予的政治、经济以至战争权利。欧洲其他国家在此以后不久，纷纷出于国际商业竞争与政治考量借鉴这种模式。

东印度公司派遣一个叫韦麻郎的率领一支舰队从本国出发抵达澳门，但是因为无法打开中国贸易之门而返回万丹。

不过，荷兰人在澳门海域顺带袭击了一艘开往日本的葡萄牙船，这一次，他们的收获是 2800 捆生丝，价值 140 万荷盾。

荷兰人的海上冒险早早奠定阿姆斯特丹的地位。从 15 世纪起，阿姆斯特丹就是欧洲的股票和期货中心；荷兰东印度公司的船只从东方带回的香料、生丝和瓷器，造就最早的一批投机商人，也牵扯出一段它与漳州河的故事。

这是一个活在风景油画里的城市，因为低于海平面而滋润、多雨。夏日的阿姆斯特丹甚至还可以清清楚楚地看到春天的背影，海水那么蓝、那么纯，像可以把人带到梦中。

▲ 漳州河口的一次海战

对荷兰人来说，掠夺是他们的造梦手段，这种国家赋予的行政手段使他们快速获取财富和提升地位。他们用劫掠来的钱重新装饰14世纪的哥特式教堂，让它们拥有文艺复兴时期的纹饰。当教堂的穹隆和墙壁因为安装了光影迷离的玻璃和彩色图画而庄严，荷兰人的城市因此也一天比一天华美。

同样在这一年，荷兰人又派出几艘船组成的舰队到远东，由一个叫哈根的司令率领。艾特森——荷兰派往中国的使者，也在这支舰队里。荷兰的首领奥兰治亲王让艾特森给中国皇帝送去礼物和一封书信，要求在中国取得自由贸易的权利，或者在沿海取得一个地方，以便就近和中国进行贸易。这个计划因为北大年的荷兰人认为不合时宜而中止。

1604年7月，韦麻郎前往澳门，但舰队却被风吹到澎湖，在那里，他们同中国福建的官员艰难地谈判到12月，在没有达成协议的情况下被迫离开。可以确定的一点是，那个靠唇枪舌剑击退荷兰人的福建水师的将领就是后来智擒日本武士桃烟门的沈有容。

1605年，又一个叫琼奇的人率领11艘船到达东印度，又带了一封奥兰治亲王给中国皇帝的信。另外，他们还请求暹罗国王从中斡旋，同样也没有结果。

于是，荷兰人只好设法与邻近中国并且有贸易往来的地区建立关系，比如北大年、万丹和马鲁古。因为他们正忙于建立香料群岛和爪哇岛的霸权，在那里他们可以更随心所欲一些，所以无力顾及他们所渴望的东亚贸易。不过，这并不意味着他放弃这方面的努力。

1620年，英国和荷兰——两个刚刚达成协议的贸易伙伴国组成了联合舰队向北航行，试图再次寻求时机占领澳门。

荷兰人对和中国贸易前景持有一种奇怪的乐观。在1620年第一艘漳州商船抵达巴达维亚时，他们的总督觉得，中国商船每年有可能送来大约100吨的黄金与荷兰人交易，而不需要他们的投资。但是，这块馅饼最终没有从天上掉下来，除了路途遥远，那些富裕的中国海商根本不相信他们是正直的商人，从他们的行为来看，他们更像是掠夺者。

这就是那个时候的荷兰商人，他们吵吵闹闹地来到亚洲城市。他们的表情也许和他们那个时代的画家伦勃朗的《夜巡》中的士兵一样，在黑暗中手持武器和甲仗，挤成一团，眺望，指点，议论纷纷，跃跃欲试，那个传布命令的鼓手，紧张地等待面部绷紧的队长的一声令下，好敲出那种令人振奋的声音。

但是，只习惯和自己的藩属贸易的中国对这种热情没有心理准备。

所以，荷兰人终于又忍不住了。

1622年，巴达维亚的总督杨·彼得逊·昆命令他的一名手下雷耶佐恩率领一支舰队，包括12艘船和800名士兵进攻澳门，结果在损失了1/3的士兵后无功而返。但是，随后他们占领了澎湖。

荷兰人的战略意图是，占据澳门，或是在另一个更合适的地方，比如广州，或者漳州，在那里建立一个据点，以便在中国沿海为它的舰队提供后勤补给。不过，澎湖岛也是一个绝好的战略观察点。作为基地，它们可以吸引中国人从月港出发去同他们贸易，或者攻击过路的商船，封锁海外贸易重镇月港。

在这片水域，荷兰人发动了一连串攻击行动，抢夺了600多条中国船，他们掠走商品，把船员当成修建城堡的奴隶，有1300多人被奴役致死。活下来的人，在城堡完工之后也被当成商品卖到巴达维亚，继续他们的奴隶生活。

他们的行为建立在一种看起来很奇怪的逻辑上——攻击中国，让中国政府屈服并准许同他们贸易。这种风格，完全与维京海盗没有什么区别。

因此，1622年10月，5艘从澎湖出发的舰船开始实施这个计划。他们的第一个目标是六鳌。那座到现在还保存得相当不错的军事要塞——六鳌城发挥了重要作用。在那儿，巡海道程再伊顽强抵抗，荷兰人因此损失了一条船和十几个士兵。然后，他们抛泊于浯屿，沿漳州河道一路骚扰，结果，又遇到福建总兵徐一鸣的堵截，只好撤离。

1623年秋天，荷兰舰队又一次攻击厦门，结果又损失了3艘战舰。其余船只在漳州沿海一带游弋，又被烧掉十余艘甲板船。到10月24日，荷兰舰队回到浯屿，已经有些灰心丧气。这天夜里，福建总兵谢隆仪摸黑组织了一次近乎完美的突袭，一把火烧掉了荷兰人的船只，这一次，他们的损失更大些，大约六十几个人做了中国的俘虏。

最终，中国军队和荷兰人在台湾海峡爆发了一场战争。巴达维亚方面出动了5艘战舰前来增援。而福建方面，巡抚南居益组织5000多名精锐士兵列舰海面。正月初二，这是漳州女婿陪太太回丈母娘家的日子，中国船队攻入澎湖岛镇海港，荷兰人竖起白旗求和，然后撤出澎湖。他们中的某个人或许有过什么浪漫的念头，不过，他们从此失去了做中国女婿的机会。

没有把荷兰人彻底清除干净，不是中国人犯的一个错误。荷兰人的战舰长达30余丈，五桅，三层，四周安置的铜铳大约长达两丈，一发炮丸足以击穿城石，强大的火力完全可以和拥有数量优势的福建水师抗衡。

福建方面好像和荷兰人有了默契。

荷兰人撤出澎湖，他们的下一个据点是台湾南部。在一片沙洲上，他们建起一个城堡，取名"奥兰治"。

一些年后，这个地方成了漳州移民的聚居区。

1627年，当荷兰战舰"热兰遮"号把首任总督松克送到这个风景迷人的岛屿时，它成了"热兰遮"城。

需要顺带提一下的是松克，在继雷耶佐恩出任澎湖司令后，这个人目睹了荷兰人撤离的整个过程。或许，在那些被欲望烧红双眼的荷兰人中，这人还算拥有能够冷静思考的大脑。他在一份给东印度公司的报告中提到："我们在中国沿海使用的手段，使所有中国人都反对我们，把我们看成杀人犯、侵略者和海盗。我们用来对付中国人的办法的确野蛮残忍，依我看法，这样做永远也无法与中国建立贸易……我们现在必须改正这些错误做法，并赎还一切罪恶，使他们把这些忘掉，公司才有可能获得渴望已久的高贵的中国贸易。"

过了差不多300年，变得平和的荷兰人让人们把国际法庭建在他们的首都海牙。他们把漂亮的"和平宫"捐给了这个法庭，以让法官们有一个庄严的空间来审判那些犯有战争罪行的人。法庭里曾经陈列着中国人送来的景泰蓝大壶和日本人的勒丝画，淡淡的日光照着这座宫殿，让人们心中充满对和平的向往。

荷兰人还是找到了他们十分渴望的立足点，他们因此有更多机会和中国人建立贸易关系，也可以十分有效地干扰他们的劲敌——依靠月港商人赚足税收的在马尼拉的西班牙人。

现在，马尼拉当局不无恐惧地意识到，除非他们也去占领台湾，否则将无法挽救他们失去的地位。

所以，在荷兰人占领台湾的第二年，西班牙占领了鸡笼和淡水，不过，过了16年，他们得到的还是被荷兰人夺走。

台湾岛，从现在的情形看，就像一艘泊在太平洋中的航母，向西只要一昼夜，乘帆船可以到达中国，向南到菲律宾，向北到日本。因为它如此恰到好处地处在这些国际贸易的主航线上，荷兰人控制这个岛屿，在菲律宾的西班牙人的噩梦也就到来了。

只要有机会，荷兰人将袭击所有驶往马尼拉的商船，以此切断漳州河与马尼拉的贸易。

漳州河口一带的港口和村落也成了他们攻击的目标。

没有护航的中国商船，开始显露出极其脆弱的一面。有时候，两艘荷兰战舰就可以对在航线上行驶的十几条中国商船展开攻击。住在马尼拉的西班牙人开始陷入绝望，他们惊恐地意识到："中国人因为受到荷兰人的抢劫，不敢驾船到马尼拉，这里的商业将停止，每一件东西都将失去，因为这些岛上的繁荣唯一的依靠是同中国的贸易。"

看来，荷兰人的战略意图部分地实现了。

荷兰东印度公司的股票在最初的 30 年升值 4.5 倍，许多人因此发了大财。

1633 年的料罗湾海战最终使荷兰人开始以冷静的态度对待与中国的贸易关系。

这一年的六月初七，荷兰舰队又一次袭击漳州河口的厦门港，已经投诚做了大明水师游击的老牌海盗商人郑芝龙的舰队被烧毁船只十几艘，而梧桐游击张永户的舰队被毁 5 艘。荷兰人心满意足地记录了这一天的海战，大约有 25~30 艘的中国战舰被击毁，这些舰船装备有 16~30 门的大炮，有些据称来自英国，另有二十几艘小型战舰被毁坏。

福建水师的整训规模从未如此强大，但是这次战败，精华损失殆尽。

不过，福建方面以令人惊讶的速度恢复元气。这一年 9 月，郑芝龙的舰队在金门岛的料罗湾包围了荷兰和海盗刘香的联合舰队。荷兰方面投入 9 艘甲板大船，刘香也派 50 多艘战舰配合作战，福建水师奇迹般地投入 150 艘战舰。其中，有 50 艘是火力强大的大船。中国舰队表现出的拼死一搏的勇气彻底击垮了荷兰人的信心。当战舰逼近时，士兵们用铁钩钩住敌船，然后越过船舷与敌人肉搏。战势不利，便放火自焚，让火势蔓延敌船。

结果，体形庞大的荷兰战舰像一群被惊散的鸟，在大火中乱了作战队形。这一战，荷兰舰队一艘被焚，一艘被俘，其余的被大风吹散。

月港海商在关键的时刻发挥了作用。他们的商船被改装成战舰后投入战斗，由此改变了双方的力量对比。

这场由海商作后盾的著名的料罗湾海战是一次真正意义上的海战，中国人从此有了在海上大败西方海军的记录。荷兰人开始意识到，中国人在物质和人员上的潜力，使他们试图凭借武力获取与中国自由无限制的贸易是不可能的。

战斗的结果使双方又一次回到谈判桌旁。为了达成这次协议，荷兰方面派出一个叫 Hambuan 的人护送 21 个被释放的中国囚犯到达福建。无疑，他的此行受到重视。据说，某位福建的高官接待了他，荷兰人非常明智地为他们的行为作出赔偿并保证不再骚扰明朝海疆。

此后，台湾海峡的双方力量进入对峙状态，双方的关系也由此进入一个稳定的时期。

贸易的背后，牵动的是国家的利益，所以人们都喜欢用战争来解决贸易争端，这种事情，常常发生在人们还没有认真地考虑建立一种合理的贸易规则之前。

但是，战争解决不了贸易问题，人们最终还是需要坐下来谈判。

这一点，是喜欢掠夺的荷兰人最终要认真面对的。

最终，荷兰人没有取得他们所渴望的对中国的直接贸易权利，但是，两边迅速增长的贸易，使漳州和荷兰的近代历史融合在一起。

1636 年 11 月至次年 12 月，大陆赴台船只 914 艘，台湾来大陆船只 672 艘，明末清初，经荷兰东印度公司运出的中国瓷器达 1600 万件以上。

至少从规模看来，这个时候，以台湾为中转站的中国和荷兰的贸易，还是一件十分有利可图的商业行为，台湾因此成为荷兰在亚洲最有前途的贸易基地。

1643 年 4 月 25 日的一份台湾备忘录详细记录了漳泉海商朱西特、戴克林与荷兰的总督签订的瓷器供应合同，数量巨大，一次要求供应355800 件。

这是一笔看起来可以令双方满意的交易。荷兰人认为，瓷器的色彩优雅，从已经交货的部分商品看，质量比样品还好；而戴克林和朱西特除了获得 1600 里亚尔的货款，另外又拿到 925 里亚尔订金。到1645 年 1 月，也就是这批货交货时间，"黑伦"号和"斯韦恩"号把它们顺利装上船，离开台湾，这笔持续近两年的交易才算结束。

现在，冷静下来的荷兰人终于有心情去品味和中国海商和平贸易的妙处了，色彩优雅的漳州外销瓷除了让他们在阿姆斯特丹或者巴达维亚赢得梦寐以求的财富外，或许还有茶香四溢时的瞬间平和吧。

过了几个世纪，人们再也不会把这个郁金香的国度和海盗劫掠联系在一起。

今天的阿姆斯特丹保留了它黄金时代的样子，稠密的水道把 17 世纪的街区一块一块分割开来，如缎的运河上的水波映着明媚的日光，成群的海鸥在水道和楼宇间飞翔，古老的皇宫、平和的市民、悠闲的脚踏车、古典音乐、夹岸的绿荫、城郊花市，使它成为古典浪漫的水城。

来自漳州深山老林的那些瓷器收藏在他们的博物馆里，而那些博物馆，也保存了荷兰历史上最有名的画家——伦勃朗、哈尔斯、弗美尔的作品。

历史文献里 的隐秘商人

17世纪初，活跃在东亚、东南亚贸易圈的中国商人的主要人物，仍然是漳州河口地区的漳州、厦门和同安的商人，荷兰人、葡萄牙人、西班牙人或者英国人东来后，他们首先需要做的就是和这些人搭上线，用自己的贸易网络和他们对接，进行他们所渴望的东方贸易。

在中国人和荷兰人谈谈打打的时候，有一群身份隐秘的商人穿梭在心怀戒备的双方之间，并且在某种意义上引导着那个地方的局势。

我们认为他们身份隐秘，仅仅是因为在那些陈旧的荷兰人的贸易

▲ 海澄商人旧宅

记录里，那些看起来十分古怪的荷兰文姓名音译，使我们常常难以联想到熟知的一些有名的商人。于是，"Empau""Wansaw""Jancon""Cipsuan""Whouw""Janglaw""GouwTsai"，带着谜一样的名字，或谜一样的过去，那些最早和荷兰人打交道的中

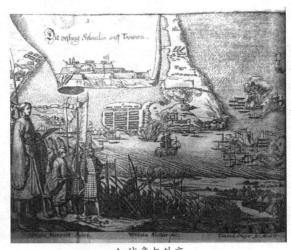

▲ 战争与外交

国人开始从被遗忘的岁月里成群结伙地出现在 16 世纪与 17 世纪之交的天幕下面。在炮声、厮杀声和哗啦哗啦的银元声里，我们无法看清那些被历史抽象化的面目，甚至无从知晓这些人的来龙去脉，单靠那些薄如纸片的身世传说、零零散散的活动记录，我们依然可以读出的是他们的心在那些纷乱的年代所鼓胀的激情。

解读这些名字背后的隐喻，有时就像解读生命的密码一样繁复。比如，我们也许永远弄不清楚 1604 年引导着韦麻郎的舰队到达澎湖的 4 个汉人——1 个舵公、1 个书记和 2 个商人的真实身份。不过，一个在大泥活动的叫"Empau"的汉商引起我们的关注。在与荷兰人签订了一份报酬合约后，"Empau"也加入到他们中间，并在明荷通商史上有名的"沈有容谕退红毛番"事件中发挥作用。

在后来的一些考证里，"Empau"被认为是海澄商人李锦，一个替荷兰的 Zeeland 远洋贸易公司工作的职员。大约在 1600 年的时候，这人前往荷兰的 Zeeland 州的 Middelburg，在那里，他接受洗礼，成了一名新教徒。很可能，他是亚洲的第一个新教徒。

今天，从全球化视角，这个被官府认为是奸商的漳州人，或者不

过是心怀善意和初来乍到的荷兰人进行贸易的福建商人，和一些年前与初来乍到葡萄牙人、西班牙人贸易的那些海商一样。

在中国的记录里，李锦在当年的十月末扬帆出海。因为与番人贸易，他同另外两个漳州人——潘秀和郭震被官府论罪处死。不过大约是熟知荷兰人的缘故，他得到假释，然后奉命前去和荷兰人谈判。事后，李锦返回东南亚，顺理成章地不再回国受审，仍旧在大泥做他的国际贸易。

在 1612 年的时候，李锦举家迁往摩鹿加群岛的安汶，在那个风光秀美的地方过了两年看起来比较舒心的日子后去世，留下一个美丽的寡妇和一个儿子。他的遗孀，我们不知道她是哪个国家的人，不久再嫁，新郎是英国东印度万丹商馆的职员 Jackson，结果引发了荷、英公司一场小小的纠纷，因为李锦死时，留下了一笔超过 6000 里亚尔的遗产。在当时，这是一笔巨大的财富。

这是一个 17 世纪的跨国商人在死后因为一场跨国婚姻留下的一个小小的跨国纠纷。

当这些拥有国际化身份的商人活跃在早期的外交舞台的时候，大明帝国正在衰落。但是，东南海滨，中国人还有底气和荷兰人叫板，大明的海军还有能力在大洋上劈波斩浪，中国的商人还没有完全沦为"没有帝国的商人"。

荷兰人在中国求市遭到中国拒绝后，在他们撤离之际，又和一个叫"Wansaw"的中国人有过谈判，双方议定，日后由中国商人运货到大泥与荷兰人贸易。

这人是否代表福建方面不得而知。但是谈判的结果和中国政府坚持的意见是一致的。

20 年后，当荷兰人再次到达澎湖时，这个"Wansaw"又一次扮演了重要角色。

这些海商正在走向成熟，并不轻易接受外来权威。在资讯欠发达的年代，他们或许是中国向欧洲人派出的最早的密使。因为与中国官员、荷兰人的私人关系，在双方剑拔弩张的时候，他们作为大家都算认可的人，在双方利益和意志中间，建立一个缓冲地带，准确地将一方的意图隐秘地传递给另外一方，在不留下任何历史话柄的情况下，达成某些协议，避免了矛盾的进一步升级，最终减轻或推迟战争与杀戮带来的伤害。他们的个人行为间接影响了历史。

许多年前，当沈有容谕退红毛番作为经典案例被载入史册，充满大国尊严的声音的背面留下一个有趣的悬念，或许，那些被历史的书写者所忽略不计的数个月时间，隐藏了海商密使们神秘的背影。

荷兰东印度公司在1619年到达巴达维亚建立基地。但是，无论如何，他们无法打破西洋网络上的福建商人的势力。

在他们寄希望于武力解决的时候，雷耶佐恩带着舰队于1622年4月10日从巴达维亚出发攻击澳门，结果吃了败仗。然后，舰队阴差阳错地驶进澎湖，在此后长达两年的时间里，发生了我们熟知的中国人和荷兰人谈谈打打的历史事件。

这年10月，福建方面派官员和"Wansaw"及澎湖船主郭鸣泰乘战船抵达澎湖，向雷耶佐恩传达中国政府关于不许荷兰人在此地贸易的命令。同时，写信让巴达维亚的漳泉商人侨长苏鸣岗与Jancon出面调停。1623年1月，雷耶佐恩自己跑到福州与巡抚商周祚谈判，明方则允诺派遣使节到巴达维亚与荷兰人的总督协商。这年年底，商周祚的使节陈士瑛和Wansaw到达巴城。穿梭外交的间隙，因为人事更替，海峡形势风生水起。

大约在七八月的时候，南居益代替商周祚成为福建巡抚。福建方面态度转向强硬，9月，同安县令奉令禁止商人到澎湖及北港贸易。结果，雷耶佐恩舰队派遣一支分舰队，由一个叫Francx的高级商务率领，到达浯屿一带骚扰。这时候，另一个漳州河口的商人出现了，1624年1月1日，一个叫CipZuan的中国商人搭乘舢板主动靠上荷兰人的战船。

他友好地向荷兰人表达两层意思：他愿意和荷兰人贸易，另外，他会设法向当局请求让商人与荷兰贸易。不知道出于什么目的，他甚至还引见了一个住在山中的"隐士"和荷兰人交往。结果，荷兰人弃船登岸，中国人趁机焚烧了他们的战船。

这个有本事让荷兰人失去警觉的商人，应该是旅居长崎的龙溪商人张敬泉，一个在17世纪初颇有影响的唐人贸易家。在日本的朱印船贸易中，张敬泉和欧阳华宇一起获得德川幕府的执照。因为东洋网络的关系，在他1638年去世前，一直是长崎唐人社会的漳州人首领。

当中华帝国还没有完全衰落，而西方势力也没有足够强大的时候，这些肩负特殊使命的商人，开启了积极的民间穿梭外交。他们和官府有不浅的渊源，因为他们拥有财富，因为他们拥有一个庞大的网络——这是他们的江湖。他尊奉自己的江湖规则、江湖义气、江湖利益。他们与西方人有不错的生意往来，通晓他们的语言，了解他们的习俗，接受他们的游戏规则，甚至信仰他们的宗教。两国交兵，这些人成为能够为作战双方寻找共同点的外交信使，成为凭借实力说话的民间商人。因为他们，一个特殊时代的商人外交被开启。

国家利益间纵横捭阖的时候，海商们以机敏、超然，成为强国博弈中的一道风景。

那个叫"Wansaw"的人，因为先后出现在两次澎湖危机中，而引人注目。一介平民，在20年时间里，在巡抚和总督们之间充当重要角色，一定是一个有智慧的人。这个人，在荷兰人的文献里被译成"Wansaw"，在中国人的记录里被记作"黄明佐"，一个从事西洋贸易的漳州诏安人、"黄合兴"洋行的老板，荷兰人两次退出澎湖，和这个人居中调停有关。今天，我们已无法了解黄明佐是如何周旋于武装到牙齿的两国舰队之间，最终以他的伶牙俐齿说动两国达成和解。但是，荷兰人最后退出澎湖，却是事实。

浯屿，是黄明佐的贸易据点。在葡萄牙人退出漳州后，这个岛屿的民间贸易并没有停止过。黄明佐后来到了这个岛，修建码头，修建船坞，修建仓库，或者还组成了私人卫队。在数十年的时间里，他借这个立足点，以商界不倒翁的姿态，坐拥王侯般的财富，傲视天下风险，在船来船往中把自己的名字写进历史。以至那些初来乍到的荷兰人，不明就里地把浯屿岛，索性记录成"明佐岛"。

那些活跃在东西洋路的海商们，能够在国际争端中游刃有余，凭借的是自己的社交圈。他们往往以结义或联姻的方式，巩固彼此间的商业联盟。在这个无国界的大鳄俱乐部里，他们交换情报、朋友、资本甚至私人武装，分裂组合，纵横捭阖，在不断掀动的牌局中，有人傲视王侯，有人身败名裂，有人黯然出局，最后，尘埃落定，终归于平衡。

这时候，台湾海峡的国际博弈，在战场和商场上轮转。

Captioin China，又一个记录在英国和荷兰人档案中的中国人名字。在上一次的澎湖危机中，似乎因为他的调停，荷兰人撤往台湾。他的真实身份，应该是泉州商人李旦。他的朋友里有荷兰人的松克总督。从他在厦门官员之间长袖善舞的情形来看，这人应该是漳州河口地区的厦门人或同安人。他的结义兄弟是许心素，在荷兰人那里，他被称为SiniSou——另一个漳州河口地区的著名商人。从许心素的儿子许一龙是漳州生员的背景判断，如果他不是漳州人，至少他是长期在漳州生活的商人。李旦死后的1625年，与荷兰人的贸易由许心素接替。因为他从都督那里得到了贸易执照和承包贸易的权利，他的家族在这一带呼风唤雨。这些权势为他们赢取了巨大的财富，也引来了杀身之祸。许心素的弟弟许心兰、堂弟许心旭，尽管野心和才能不如兄长，但是也被当局视作勾引番人的巨奸。而许心素本人在1627年做了水师把总，然后，在1628年被郑芝龙所杀。

漳州人欧阳华宇，李旦的另一个结义兄弟，他同时又是张敬泉的结义兄弟。在长崎，他们一起领取日本朱印状，一起到越南贸易，一起筹建唐人墓地，一起成了长崎华人首领，在一前一后去世后，又一起葬在了异国他乡。

海澄人颜思齐，李旦的一个朋友，在大员的垦地，他有时会接待一些李旦的荷兰朋友。在荷兰人的记录里，他的名字似乎是PedroChina，与荷兰东印度公司有贸易关系，却又被他们称为"恶行昭著的海盗"，他新招募的那数千漳泉子弟，分别驻扎在十个营寨，的确足以令荷兰人为之侧目。如果他不是因为生病死于1635年，以他的能力完全可以和荷兰人叫板。

不过，他的事业继承人，也是他的结义兄弟，同时是李旦的义子郑芝龙，倒是把他的事业发展到巅峰状态。在郑芝龙还弱小时，他做荷兰人的通事，和荷兰人贸易。稍有力量时，他去做海盗，待到有足够实力时，他做了朝廷的游击将军。他和荷兰人或敌或友，有时他以那支私人武装色彩强烈的舰队和荷兰人交战，有时和荷兰人联手。和他一起在台湾海峡航行的海澄人刘香的舰队，有时也和荷兰人联手，同郑芝龙交战。待郑芝龙和荷兰人形成商业同盟时，刘香发现他的末日来临了。在郑刘两家拼得你死我活时，荷兰人——刘香旧日的盟友，在战火硝烟中严守中立，看着刘香的舰队消失在台湾海峡无边的黑暗里。

最后，又过了若干年，郑芝龙的儿子，那个叫郑成功的，正如他的名字所预示的那样，又成功地将他父亲的对手赶出了台湾。

海洋之争影响着国家的历史命运，小国可以因此崛起为大国，大国也可以因此而衰落。

当荷兰的总督揆一在一面白旗的陪伴下，向大明王朝的遗臣郑成功投降，我们不无惊讶地意识到一个古老的王朝行将灭亡的时候，它的残余力量还有能力遏制海上强国荷兰的海上强权而保持强势地位，从而使大陆战略思维主导的国度嗅到了一股清冽的海风。

一些年后，我们依然记住那个英雄，是因为他所夺取的那个岛牢牢地控制着海上咽喉，而为子孙后代留下了无限广阔的战略遗产。

　　17 世纪初，活跃在东亚、东南亚贸易圈的中国商人的主要人物，仍然是漳州河口地区的漳州、厦门和同安的商人，荷兰人、葡萄牙人、西班牙人或者英国人东来后，他们首先需要做的就是和这些人搭上线，用自己的贸易网络和他们对接，进行他们所渴望的东方贸易。而中国商人，不论是财富的诱惑，或者武力的威慑，都必须和他们合作，以分享原先由他们主导的海洋贸易利益。

　　这样，马来西亚方面的李锦、菲律宾方面的黄明佐、日本方面的欧阳华宇、张敬泉和许心素，这些历史上赫赫有名的漳州海商，成了荷兰人、英国人接触中国人之后，他们所面对的中国商人的首领。

　　在以后长长的时间里，漳州商人在东西洋二路的贸易中，作为一个共同的群体，把海洋世界搅得风生水起。

　　当一切归于平静，人们发现，漳州不再仅仅是一个偏居中国东南一隅的城市，在许多年前，漳州商人已经把自己的身影和历史融合在一起，并且成了另外一个故事。

贸易与战争之间的商业法则

中国人用剑尧弓、盾牌、火船以及一切可能找到的武器还击他们，也攻掠他们的船。"圣尼古拉"号就这样十分丢人地在它的停泊点被洗劫一空，包括它的帆、桅、舵、桨、两把枪和甲板上可能找到的所有物品。"梅登"号则被中国人的纵火船送入海底。

贸易与战争——一个国际秩序中的永恒话题，在17世纪荷兰人与福建商人对台湾海峡控制权力争夺中，被诠释得淋漓尽致。

班德固船长——劫掠者、荷兰历史上的航海英雄，在国家的名义下，与葡萄牙人、西班牙人和中国人在远东水域的搏杀，构成他的传奇。

作为1622年雷耶佐恩舰队中的"何罗尼享"号船的船长，班德固参与了在澳门对葡萄牙人和在澎湖对中国海军的作战，那两个地方可视作打开中国财富之门的突破口。

他在1646年出版的《航海日志》记录了黄金时代的荷兰人在亚洲的冒险，今天，这部著作在荷兰仍然是经典读物。

除了毫不羞怯地宣扬他们劫

▲ 班德固船长

▲ 荷兰人进入漳州河后与汉人冲突场景

掠村庄、追捕商船、屠杀中国人、贩卖奴隶的恶行外，他十分困惑地向人们展示一个西方殖民者眼中矛盾、复杂的福建。

福建，通往帝国财富的大门，始终对荷兰人关闭着，不管是动用武力，还是谈判手段。

生活在这儿的百姓和他们一样热衷于贸易，机敏善变，和他们时而为敌，时而为友。

当 1601 年荷兰人出现在南中国海海面时，中国人、西班牙人、葡萄牙人、日本人和东南亚诸岛民组成的国际多边贸易秩序已经形成。

葡萄牙人以澳门为据点组织"日本—澳门—月港"的国际贸易。

西班牙人以马尼拉为据点开辟"墨西哥—马尼拉"的跨太平洋贸易，对接"月港—马尼拉"贸易航线。

中国人和西班牙人、葡萄牙人的互动，使漳州商人的贸易触角一直延伸到欧美。在远东，三股海上势力形成微妙的平衡。

荷兰人的到来打破了这种平衡。

作为后来者，他们在巴达维亚的据点无法形成一个稳定的货源供应，不得不依靠与福建商人的间接贸易来维持，并且要忍受被封锁和袭击的痛苦，不改变这一点他们只能是远东水域的流浪汉。

所以，他们开始把舰队直截了当地开到中国海岸线，进行掠夺，这一切都以贸易的名义进行。

因为台湾海峡是全球贸易的一个制高点，海峡西岸的月港，是中国唯一合法出海贸易的口岸。谁控制这个海峡，谁将在世界贸易舞台上拥有更多的话语权。

中国商人对荷兰人的到来心存善意，就像他们当初善待葡萄牙人和西班牙人一样，为他们引航，也为他们提供猪、鸡、蛋、柠檬、苹果、甘蔗、烟草和一切其他可能让他们的身心愉悦起来的东西。据说，还有差不多300个商人聚在一起商量如何去福州拜访军门，请求允许他们同荷兰人贸易，因为战争使他们损失很多，如果战争继续，他们损失的会更多。而后来漳州人自己编写的明代府志，甚至还为没能完成的直接贸易感到遗憾。

但是，这一切不能遏制荷兰人掠劫的热情。

雷耶佐恩的舰队启程前来漳州河，目的就是探察中国商人是否因为他们的敌意和武力而愿意与他们贸易。

这是多么奇怪的逻辑。

漳州河口，昔日建立在荒滩野岭的那些渔村，现在已经成了厦门湾南岸现代化港口工业新城，一年航运吞吐量达2000万吨，交通机械、特种钢和粮油加工在这儿形成产业聚群，亚热带的日光完全驱散了战争的硝烟味。

当年，为了迫使中国政府同意互市，荷兰人在这一带攻击行驶的船只和沿岸的村庄。

1622年4月，雷耶佐恩舰队从澎湖出发，游弋在中国海岸。

10月8日，他们在漳州河口一处小湾里，焚毁六七十艘中国船。

11月4日，熊号小船捕获2艘中国船和25名船员，烧了这些船。

11月25日，3艘单桅船进入漳州河口，向一个村庄猛然开火，烧毁4艘中国帆船。

12月2日，他们又登陆，抢劫一个中国村庄并烧了它……

中国人用剑、弓、盾牌、火船以及一切可能找到的武器还击他们，也攻掠他们的船。"圣尼古拉"号就这样十分丢人地在它的停泊点被洗劫一空，包括它的帆、桅、舵、桨、两把枪和甲板上可能找到的所有物品。"梅登"号则被中国人的纵火船送入海底。

荷兰人，一边和谈，一边战争。

中国人，一边战争，一边和谈。

这种局面即使到班德固船长离开中国时，依然没有结束。

有一点可以认为是不同的，中国人在自己的家门口为保卫自己的利益而战，荷兰人则把所谓的利益疆界从遥远的欧洲老家，推到了别人的家里。有一点可以被认为是相同的：白银、丝绸、陶瓷让所有人愿意忘记彼此的敌意和身边的巨大危险。

这种局面让中国人明白过来的一件事是：因为海禁，长时间处于分裂状态的中国的海上力量难以应对荷兰人的压力，他们似乎应该改变对峙的立场，联合起来对付共同的敌手。

结果是：中国海军无法给予荷兰人以毁灭性打击，荷兰人在贸易名义下的劫掠也无法打开他们所渴望的与中国直接贸易的大门。于是，中国海军、海商集团、荷兰人三股势力，重新回归到微妙的平衡。直到郑芝龙整合中国海上力量，这种格局才得以改写。

这个时期，台湾海峡的海洋势力在平衡与失衡间摇摆。建立秩序，打破秩序，重建新秩序，那种非敌即友的概念，在这里成为一种悖论。

无论商场，还是战场，没有永恒的敌人，也没有永恒的朋友，只有永恒的利益。

第五章

拾荒年代

北回归线

人们常说，漳州家族播迁台湾，仿佛就是一次干净利索的搬家，家乡的语言、家乡的风俗、家乡的神祇，所有能搬走的都搬走了，不能搬走的家乡山水，就带着个名字吧，家乡有座圆山，台湾也有座圆山；家乡有座芝山，台湾也有座芝山岩……漳州寮、长泰村、平和厝、诏安厝、南靖寮、云霄厝……那些地名背后的故事，有那么多的漳州元素。

北回归线，太阳光能够直射到地球的最北界线，热带与北温带的分界线。

在这条线上，非洲的撒哈拉沙漠，属热带沙漠气候；亚洲的巴基斯坦、印度、缅甸，属热带季风气候。

台湾，中国最大岛屿，北回归线贯穿而过，南部，属热带海洋季风气候；北部，属亚热带海洋季风气候，年平均气温 22℃。

与台湾隔海相望的漳州，北回归线附近，属亚热带季风湿润气候，年平均气温 21℃。

两地最短距离 96 海里，地理相近，气候相似，许多故事因之而生。

飞机穿越海峡不过 60 分钟时间。

早晨，在家用餐，9 时，驱车往厦门高崎机场，11 时 40 分，登上台湾中华航空的班机，下午 1 时，人已在台北桃源机场。

这一切，仿佛仅仅是一次悠闲的云间漫步。

如果距离可以决定一切，漳州就是这么一座隔着窄窄的海峡和台湾相望的城市。

漳州地处福建最南端，与台北几乎同处一条纬线上，陆地面积 1.29

万平方公里，海域面积 1.86 万平方公里，日光、海浪、田野、山峦、亚热带瓜果的芳香，以及那些艳阳下淡淡的生活味道，让你常常忘记身在此岸，或者身在彼岸。

漳州过台湾，是这个城市永恒的话题。

1300 年历史，和台湾息息相关；480 万人口，与台湾血脉相连。今天，2300 多万台湾人，祖籍在漳州的已经占了近 800 万。

在这样的城市，来自海峡两边的一些相干和不相干的人，会一分惊讶地找到他们共同的源头，他们的祖先来自干燥的中原，或者军人，或者商贾，或者农夫，或者官吏，来到这片水汽氤氲的土地，侥幸活下来的，成了一个族系的源头，而后成为一幅时光作品，照亮城市的记忆。

如果你是漳州人，在暮春的台北街头，你一定不会寂寞，一样的

▲ 漳州香港路"五脚居"

面孔，一样的口音，一样的习惯，使你不会迷失在来去匆匆的午夜车流中。或许不仅仅是巧合，你在行程中所遇到的所有人：广东人、客家人、闽南人，名嘴、记者、司机、导游、台北 101 大楼的柜员小姐、南部小镇垦丁的海滨歌手、士林官邸的游客、台东娜鲁湾酒店的服务生、宜兰苏澳餐馆的军人……那种萍水相逢时的矜持在经历了恍然大悟似的开心一笑后不约而同讲起的古老的河洛话，使那些形成于时间和空间的隔阂开始显得可有可无。

所以，在台湾，你时常想起，你是漳州人，你是河佬。

高雄，打狗领事馆，从这里看海，海天一线，货轮在熹微的晨光中徐徐进港，大叶榄仁的叶片在亚热带的海风中摇曳，从这里到漳州，不过 96 海里，在蓝天飞翔的海鸥，仿佛可以轻易飞到彼岸。

从 1612 年漳州人颜思齐率领 13 艘商船从笨港登陆开始，台湾大规模的拓垦活动拉开序幕，随后，三千漳泉子弟加入垦荒行列。

再后来，从漳州 715 公里海岸线数十个港口出来的木帆船，使开发台湾成了整个清代漳州经济社会的一件重大事件。东渡、东渡，一种不可遏制的诱惑，几乎吸引了漳州的所有姓氏，仿佛在赶一次声势浩大的庙会，几十人、数百人，呼朋唤友、联宗结社、跨海而去，一个个家族，带着血缘印痕，在海滨山间，落地生根，然后枝繁叶茂。

台南平原、台中盆地、台北盆地、宜兰平原……一个个漳州人的聚落，成了近代城市的雏形。

龙海白礁慈济宫，层楼迭展，宏伟壮观。当年，三百白礁子弟从这里随国姓爷渡台，自此在彼岸繁衍不歇。每年农历三月十一，那些白礁子弟的后裔，会聚集在台南学甲慈济宫前，遥拜大陆祖宫，300 年间从未间断。那三百儿郎中，有一个叫王文医的，据说是东晋名相王导的后人，在台湾传了 11 代子孙。

诏安县太平镇百叶村星斗自然村，群山拱翠，流水潺潺。一座建于 400 年前的半圆形土楼隐约其间。这里繁衍着一批开漳圣王陈元光的后裔。1737 年，一个叫陈乌的陈家子弟从这里去了台湾，200 多年后，他的后裔活跃在台湾。

南靖书洋，这里繁衍着吕氏家族。这支发源于山西永济的古老家族，迁入书洋已近 500 年。龙潭楼，是这个家族薪火相传的象征。从 1740 年吕廷玉走出龙潭楼赴台湾生活到 300 多年后子孙重归故里，龙潭楼始终是他们心中根之所在。

在基因的链条上记录着所有家族传承的信息。忘却的，总能在不经意间被想起；失落的，总能在最需要时被唤回。

漳州，就是这么一座移民的城市。一座由中原移民建造的城市，1300 年前，唐朝的岭南行军总管陈元光和他的追随者开创了这座城市。漳州又是一座输出移民的城市，在这座城市建立大约 900 年后，创建者们的后裔又开始成群结伙地走出这座城。

漳州历史上两次大规模的移民行动，一次以漳州为终点，是农耕文化对海滨地区的洗礼；一次以漳州为起点，是农耕文化与海洋文化的碰撞。

所以，这是一座融合了两种文化、两种性格的城市，对祖根文化的认同和对未知世界的容纳，使这个城市人群带有那么一种达观、开

▲ 桃源县大溪镇"亭仔脚"

放的移民气质。

就像那阴晴多变的天气给城市带来的丰富表情和多彩的色调，多元文化塑造出来的移民族群，既有像潘振承这样富可敌国的广州行商首领，也有像板桥林家、雾峰林家这样的台湾商业巨族，还有像林语堂这样的世界级文化大师。

这种精神特征，让人想起那些至今依然保留在两岸的中西合璧的历史建筑，那些街、那些巷、那些散发着旧日陈香的厝，始终保持着闽南文化的显著特征——不守旧、不媚俗、不排外，那种表象与生活在此间的人同生共存，喜欢什么，习惯什么，就坚守什么。

所以，人们可以保持一种艰辛时日的乐天、困顿时日的达观，并且把它们作为一种精神传承，带到海的那一边去。

歌仔，一种被传唱了1000年的民谣，至今在漳州的午夜街头，依然有人在咿咿传唱。而海的那一边，人们把它变成台湾歌仔戏。

歌仔戏的故事如同时代的演变，在漳州，在宜兰，见证世事交替、人事变迁，让那些热爱自己城市的人，在追求效仿别的城市的影子的时候，得以保持自己的一些古老元素。

人们常说，漳州家族播迁台湾，仿佛就是一次干净利索的搬家，家乡的语言、家乡的风俗、家乡的神祇，所有能搬走的都搬走了，不能搬走的家乡山水，就带着个名字吧，家乡有座圆山，台湾也有座圆山；家乡有座芝山，台湾也有座芝山岩……漳州寮、长泰村、平和厝、诏安厝、南靖寮、云霄厝……那些地名背后的故事，有那么多的漳州元素。

原乡的文化就这样被完整地移植到了新的居住地，并且在两岸，形成遥相呼应的奇妙景观。

漳州台湾路历史街区，作为城市规划的一部分，其整治工作已经获得联合国教科文组织亚太地区文化遗产保护奖。作为近代城市的缩影，它依然存活于人们的生活中。历史似乎以这样的方式，提醒人们：传统的生活风貌完全可以用一种很自然的方式在现代生活中继续延续下去，并上升成一种弥足珍贵的精神存在。

仿佛仅仅是从一个街区走入另一个街区，你前脚跨出的是漳州台湾路"五脚居"街廊，后脚已经踏入桃园县大溪镇"亭仔脚"，阿嬷制作的大溪豆腐干的香，叫悠悠而来的漳州人吃出家乡味、"古早"味，还有那塞满街巷的漳州腔让人不知道何处是家。

对于在家的漳州人，在外的漳籍人，那些潜伏在岁月里的古厝，不再仅仅是遮风挡雨的所在，它的内敛、它的潮气、它的陈香，无不在完成着一种对旧日生活的精神守护。

守护人的精神家园的，或许，还有那些来自家乡的神祇的温暖的香火。

东山关帝庙，依山临海，遥瞰万里碧波，许多年前，当铜山水寨的官兵们怀揣香火在帝君的目送下启程戍台时，谁曾料到，随着他们的播迁，这里会成为台湾400多座关帝庙的祖庙。

漳州浦南陈元光陵园，草如茵，松如盖，海峡两岸数千万讲河洛话的人，会在这里找到一种文化的起源。这种文化，今天我们称之为开漳圣王文化。

在今天的城市，一些不曾被遗忘的角落，那些苍老的榕、古朴的坊，那些祭祀陈元光的庙宇刻意渲染的红，仿佛成了这座城市的生命颜色。

在长达数个世纪的时间里，开漳圣王、保生大帝、帝君、妈祖、天公……在一片温暖的烛光里完成了对两地子民的精神守护，并成了彼此之间的精神关联。

漳州人，或者离家在外的漳籍人，大都是迁徙者的后代。所以人们知道，在哪儿，可以找到合适的精神空间，在哪儿，可以找到合适生活的起点，什么应该带着，什么应该放下。

所以，人们的生活，因为知道坚守，所以淡定；因为懂得坚持，所以不迷失。

笨港的 1621 年

台湾历史上最早的街市在笨港东南平野出现了，"井"字形的街市，分成 9 个区。中区筑高台，是行政管理机构，东区书舍，西区庙宇，南区军营，北区仓库，秩序井然，它们仿佛预示了这个荒岛未来的社会远景。

1621 年农历八月二十二，笨港似乎应该是一个晴朗的日子。渐凉的天气使鸟的鸣叫分外清越，几个猎鹿的洪雅人悄悄地走过水滨。在这儿，有时会遇见一些乐意和他们交易的汉人。

▲ 颜思齐登陆台湾纪念碑

大陆那边，人们才刚刚过完中秋节，挂在大厝埕的纸灯笼可能还没有撤去。

这一次笨港上演了很难见到的情形，从日本方向匆匆行驶来 13 艘商船顺着北港溪入海口上溯到笨港，200 多个经历长途跋涉的人从船上鱼贯而下。笨港，这个植物繁生的飞禽走兽的乐园大约给疲倦的旅人展示出美好的前景，宁静、清越，令人跃跃欲试。就像在做一种预示，也许在他们的漂泊生涯中，这一次不再是过客。

这一年是明天启元年，在日本是元和七年。

在我们所能想到的台湾历史人物中，颜思齐就这样率先登场了。海澄县的亡命裁缝、日本的"东洋甲螺"、荷兰文献里的海盗、官府眼中的"海寇商人"、台湾人尊崇的"开台王"、"开台第一人"的真实面目，因为历史变迁而嬗变。

颜思齐，字振泉，赋性任侠、雄伟过人，因避仇远渡日本，一度是官府通缉的要犯。

颜思齐登陆台湾岛，最初并不是一次计划中的心情舒坦的远游，而是行色匆匆危机四伏的亡命之旅。

当时，日本历史上最混乱的"战国时代"刚刚结束，取而代之的是长达260多年的德川幕府统治时期。新兴势力一路高歌猛进，随着大阪的太阁秀吉势力的崩溃，一批武士浪人分散到各地，利益和仇恨带来的依然是动荡。

因为海外贸易而积累了财富与势力的漳州海商颜思齐，开始由身份低微的海澄裁缝，渐渐成为受人尊敬的旅日华人首领——东洋甲螺，并因此卷入政治斗争。在幕府的追捕中，颜思齐带着200多个兄弟部属逃向海上。

当他们驾驶着13艘商船来到九州西海岸的外岛州仔尾的时候，海澄人陈衷纪——一个极有远见的颜思齐的结义兄弟意识到：台湾虽然是一个荒岛，但势控东南，土地肥饶，可以先作为落脚点，待羽翼丰满，再经略四方。

结果，船队在海上漂浮了8天8夜之后，在农历八月二十二抵达台湾南部，顺着北港溪向上游航行到达笨港。

笨港，是洪雅人"ponkon"的音译。它的位置在现在的台湾云林县水林乡、北溪镇和嘉义县新港乡这片区域。

今天的北港溪蜿蜒在云林和嘉义之间，正如那些时光的流连者看到的那样：晨光熹微的时候，一艘艘竹筏开始漂流而下，搅起细如游丝的水声，就像那不停流转的光阴，在水面上画下一道道瞬间即逝的波痕。在年复一年的船来船往中，矗立在岸边的妈祖庙，默然履行它数个世纪不改的职守。与颜思齐带着 13 艘商船初来乍到时看到的齐膝荒草和星星点点的野花的情形相比，因北港溪而生的笨港不知是否还多少保留些旧日的模样。

按照军事设防的布局，颜思齐将这 200 多人，分成 10 个营寨，主寨居中，前寨、后寨、左寨、右寨、海防寨、粮草寨、哨船寨、抚番寨、北寨，各有职司。

10 个营寨，成了汉人在台湾的最早聚落，山峦苍翠、炊烟袅袅，明明灭灭的炭火温暖了即将到来的冬季。

一群人在这里筑寨、练兵、抚番、招垦，在如流的光阴里，等待伺机再起的机会。

1704 年，《康熙台湾舆图》被绘制出来。在那彰显康熙大帝勃勃雄心的地图中，一条航船泊在北港溪出海口，指示那从前的港。淡淡的黄色、简约的笔调，隐去了许多岁月的真实，几个互成犄角的地名——左营、右营、东卫、西卫——是不是旧日营寨的孑遗就不知道了。

不过今天，姑且不论北港溪那些上游地带、支流地带，仅仅把目光聚焦在主流两岸，不管是出海口的水林乡，或者河流曲折的北港镇。王厝寮、颜厝寮、黄厝寮、苏厝寮、刘厝寮……那些村庄背后的姓氏家族、那些最初的拓荒者身后的光阴，就像曾被颜思齐部属饮用又保存至今的水林乡林北村七角井一样清晰可辨。

1621 年，他们穿越海峡找到他们的岛，从此这儿成了他们的家。

今天，当我们隔着海峡看那个已经容纳了 2000 多万人的岛屿的满目青山，你就会明白，颜思齐和那个最初由 200 多人组成的"王国"的未来是怎么一回事。

拓垦、贸易与纷争，使这个美丽的岛屿充满机遇与风险。

来自几个方面的压力——番社、荷兰人、海盗，使最初的拓荒行动危机四伏。海盗刘香的舰队，就在这一带海面游弋，数十上百条船随时可以越过海峡。被福建水师击退的荷兰人在南部建立据点，他们和笨港通商时，借助的是北溪支流牛尿港作通道，两者的关系似乎并不和睦。在荷兰人的文献中，颜思齐显然是一个臭名昭著的海盗，贸易并不能清除彼此的敌意。而对于已在这儿生活了上千年的少数民族来说，这些刚刚踏上宝岛的外乡人，无疑是他们的人间仙境的僭越者。不过，汉人聚落和"番社"还是共生了下来，在各自活动的区域里，一些从漳州带过来的农耕技术被使用。对于他们来说，这可能仅仅是开始，在以后的岁月里，他们所失去的和所拥有的，成了人们对岁月

▲《康熙台湾舆图》（局部）

的永恒的回望。

今天，生活在这一带的人很难再区分他们之间的差别，只有那些隐藏在茂林山间的上游河流，才知道彼此间的秘密。

而海对岸的家乡，因为商品经济发展、人口剧增，源源不断的劳力资源还在为寻找新的空间而骚动不安。

颜思齐派出他的几个结义兄弟——晋江船主杨云生和南靖人李俊臣带上大帆船回到漳泉，用 1 户 1 人给银 2 元、1 户 2 人给银 4 元或 1 户 3 人再给耕牛一头的代价，招徕拓荒队伍。仅南靖，那是李俊臣的老家，随他而去的就有 123 人。当 3000 名漳泉农夫出现在未经开垦的台湾平原时，台湾迎来第一次移民潮。

随着家乡数十个港口源源涌出的移民凝聚成团开拓新的生存空间，陆地成了据点，海洋成了生命线。

台湾历史上最早的街市在笨港东南平野出现了，"井"字形的街市，分成 9 个区。中区筑高台，是行政管理机构，东区书舍，西区庙宇，南区军营，北区仓库，秩序井然，它们仿佛预示了这个荒岛未来的社会远景。

在以后的岁月里，一浪接着一浪的漳州移民给正在发育成长的台湾平野注入了生机。在清政府管理台湾的 210 年时间里，漳州向台湾移民超过 50 万人，其时间之长、规模之大、人数之多，都是历史上绝无仅有的。台南平原、台中盆地、台北、基隆、高雄、花莲、宜兰，形成许多漳州移民聚落。

今天，漳州迁台开基姓氏已达 104 个，姓氏家族 2027 个，漳州与台湾的渊源关系，深入到海滨水湄、市井民间，以至当两边的人们愿意放弃半个世纪的隔阂，而重拾沿袭了若干世纪的关系时，寻亲、访友、做生意，便成了理所当然的形式。

在台湾，台中的大甲、清水、沙鹿、梧楼，彰化的北斗镇、埔盐乡，嘉义的北港镇，台南的下巷乡……那些颜氏族人聚集的地方，成了人们挽留历史记忆之所在。

新港奉天宫，守护妈祖香火的鼓楼，一座叫"思齐阁"，一座叫"怀笨楼"。晨钟暮鼓中，拓荒岁月渐行渐远，却依然是市镇不肯挥去的荣耀。

当笨港穿越历史进入新的一页，那种不同时期不同族群在碰撞融合过程中形成的文化趣味成为一种标识，让那些 400 年后重新登岛的人，从那些喧闹的街、窄窄的巷，散发着旧日气息的厝，嗅到曾经熟悉又恍如隔世的家乡味道。

这一切，似乎就是颜思齐和他的伙伴们初来乍到时所期待的。

这次由漳州海商组织的拓垦行动，拉开了台湾历史上大规模拓垦活动的序幕，并成为后来这类活动的摹本。土地和海洋从此成了上天的厚赐，农耕文化与海洋商业文化被雕琢成社会文化的两块基石。台湾日后的社会正如这次拓垦行动所预示的那样，对传统主流文化的努力追寻和对现实规范的不断超越的企图，一起编织出一幅异彩斑斓的现实图景。

颜思齐由此被尊奉为"开台王"，他死后，他的事业由一个叫郑芝龙的结盟兄弟继承，并在以后形成一个足可与荷兰殖民者相抗衡的"海上商业帝国"。依靠这个庞大的商业帝国作后盾，郑芝龙的儿子郑成功成了中国历史上著名的民族英雄。

曾经造就古笨港崛起的北港溪，在整个台湾历史发展中有着其他河流难以企及的地位。最早的那一批人，以及以后随之而来的那些人，从这里登陆，然后在妈祖温润的目光的祝福下，走向台湾的山地、平原。

今天，从空中俯瞰北港溪出海口，先前垦殖过的土地棋格状整齐、清丽。那些屡屡泛滥又归于平静的河道贯穿其间。400 年前，颜思齐和郑芝龙就是从这里沿河上溯，在惊起一滩鸥鹭后，登上 1621 年的笨港。

此后，台湾不再是原先的样子。

雾峰林家：
一个家族的史诗

雾峰林家被时局裹挟着，跌入低谷。新梦旧想。灰飞烟灭。不过，一次战争丧尽家资，在若干年后，又因为另一次战争而卷土重来。这似乎是命运对这个家族未来的隐喻。

一个漳州家族，在大清帝国的中晚期随移民潮登陆台湾，他们崛起于垄亩，因农而商，由商而仕，垦种习武，经世致用。100多年的家庭历史，创造、奋争，大起大落，愈挫愈勇，财富、权力、荣耀、牺牲，犹如这个家族的宿命。他们的历史是台湾近代历史，甚至是中国近代历史的一个缩影。人们称他们是台湾世家，这就是雾峰林家。

2004年，中央电视台播出36集电视连续剧《沧海百年》，这个家族波澜壮阔的历史由两岸演员一起演绎得回肠荡气。人们由此再次把

▲ 雾峰林家

焦点投射到这个神秘家族，以及那个时代的中国动荡不安的历史发展场景。

18 世纪，台湾已经成了充满希望的土地，漳泉移民潮水般地涌到这个岛屿。

林石，漳州平和县埔坪乡一个 18 岁的农家子，随着乡里人来到这里，一个家族的史诗从此开始。

这一年是清乾隆十二年，即 1747 年。

雾峰林家的先祖可以追溯到中原士族衣冠南渡时晋安郡王林禄。他们中的一支辗转迁徙到漳州平和的埔坪村，旧日衣冠耐不住时光的消磨，早已成了山野田间的一介村夫。

我们所知道的林石这个时候正在因为父母的早逝，必须上奉祖母下抚幼弟而前景黯然。

不过，有一种传说令人疯狂。"台地一年耕，可余七年食"，成了数十万漳州人不顾一切涌入台湾的诱因。

当年，台湾南部自颜思齐后已经大片开发。但是，中部沃野千里，草深及膝，还是鹿群逐走的猎场。

在此之前，两个漳州军人——康熙四十五年（1706 年）的定海总兵张国和雍正二年（1724 年）的南澳总兵蓝廷珍，已经在这儿招佃垦荒，他们创建了"张兴庄"和"蓝兴堡"。

对于那些数百年来局促于方寸之间精耕细作的漳州农夫来说，忽然面对这一幅徐徐展开的荒野，需要有一种方式对它表示敬畏，这就是垦拓——让丰茂的田地成为大自然祭坛上的献礼。

土地垦拓由此成为清代台湾最基本的经济活动。漳州移民一旦踏上莽荒之地，环境的挑战迫使人们以血缘、地缘关系建立起一个垦拓聚落，一些有能力的人成为"垦首"。垦首向政府领取"垦照"，拥有一定土地后，投入资金，集结人力，组织垦拓，收取地租。这些大片土地的所有者不再是简单的农业生产者，而是随时准备以智慧创造奇迹的农业资本运营者。

在台湾开发的历史上，我们看到一个传统的农业社会遥不可及的财富神话，当一幅田园牧歌式的美景在青翠的大地上徐徐展开的时候，在峰峦之上遥看风景的，不再仅仅是脚踩黄土背朝天的农夫。

祖籍漳州平和的雾峰林家从一无所有到拥有两万亩山林、五百处糖铺与樟脑铺，所用时间不过百年。这种滚雪球式的财富增长速度除了彰显这个垦拓家族传奇经历以外，也演示了一场重商观念对传统农业社会的颠覆。

雾峰林家的兴起源于一次变故。猫雾栋东堡大里杙是这个家族的发祥地。

在林石到来时，这里还是泰雅人的居住地。位于台中盆地中部、大里溪北岸和旱溪之间的冲积平原，有溪流交错带来的农业灌溉与水路交通之利。

大里杙善待林石，让这个早先的彰化帮工有了点积蓄，来到这里招募到比他还要贫穷的人，花几十年的时间，拥有了殷实的财富和美满的家庭——400亩田地、上万石谷物的年收成，以及像田里谷物一样勃勃生长的6个儿子。台中首富和大里杙林氏移民的领袖，足可让他光宗耀祖。

林石甚至把自己的弟弟以及祖先的骨骸都带到这里，显然，这是一块值得信赖的土地。命运和自己贴心得像一把牢牢握在手中的锄头，无人能够夺去浸满汗水的美好。

但是，一次变故改变了一切。

乾隆五十一年（1786年），台湾发生了林爽文事件。

一年零三个月后，事件平定，林石发现自己数十年胼手胝足建立起来的垦拓王国已经支离破碎，而自己则成为囚徒，原本精壮的生命，如风中残烛，转眼即逝。

这个事件发生在中国历史上的"康乾盛世"的后期，和1721年发生的"朱一贵事件"、1786 年发生的"戴潮春事件",并称台湾历史上"三大民变"。这三次民变,折射出正在迅速生长的漳州移民社会面临的生存压力和与官府的微妙关系。

雾峰林家被时局裹挟着,跌入低谷。新梦旧想,灰飞烟灭。

不过,一次战争丧尽家资,在若干年后,又因为另一次战争而卷土重来。这似乎是命运对这个家族未来的隐喻。

林石的长子林逊在林石预感到大难临头时悄然带着部分家产潜回老家,幸运地躲过一劫。但是,追踪而来的疾病,只是轻轻一挥,22 岁的华美年华,便如秋叶般陨落。

由此,林家第二代的历史刚刚掀开,已经到了下一页。

林逊的妻子黄瑞娘,还是梨花带雨一般美好的年纪,带着儿子林琼瑶、林甲寅,仓皇从大里杙来到更为偏远的阿罩雾——现在人们称为雾峰的地方。

我们无法想象,经历了战争浩劫的林家母子最初的生活。没有消失在如潮的人群,或者回到可以安身的对岸,让时间把被暴雨打皱的心慢慢烘干,让生活慢慢变得和冬日的日光一样柔软。但是,一个年轻的寡妇的坚持,却决定了林家未来的走向,或许,他们觉得自己是只受惊的小兽,需要刻意躲避敌人的猎杀,只要等到噩梦醒来,萧瑟的山林湮没孤独的身影,一切便可以重来。

林甲寅,林家第三代,在阿雾罩的草屋开创林家的新时代。和他的祖父林石一样,林甲寅被美好的土地消耗一生,他的少年、他的青春岁月、他的爱恋、他的盛年壮志,和阿雾罩形影不离。

林甲寅似乎是这个尚武家族最幸运的男人,至少活了 57 岁,在家里平静地死去。他建立的那个村,现在被人叫作"甲寅村"。

作为百年家族历史戏剧性环节中的重要一环,林甲寅从他祖父那里继承了侠义的心肠,并且跟他祖父一样成了乡族领袖。

在以后的时间里,林甲寅和他的子孙们将产业扩张到阿罩雾圳和乌溪以北地区，雾峰地区迅速发展成台中盆地上漳州移民的一大聚落。光绪年间，林家靠专卖樟脑获利，仅1894年一年就出口398万斤，价值128万元，一举取代德国人开设的公泰洋行在业界中的地位，林家成为台湾巨富。

当林甲寅远在山间伐薪烧炭、躬耕垄亩的时候，他大约未曾料到，数十年后，他的儿孙又重回大里杙，兴建市街，开设商铺，做了一件让他们的先祖在长梦里乐出笑声的事。

今天的大里杙，街市不再是林甲寅时代的样子：曾经照耀过林甲寅的日光依然照耀这里的溪流，一只巨大的咸菜桶成为拓荒时期的象征，令过往岁月泛着淡淡的酸味。

接下来登场的是林定邦，林甲寅的儿子，林家第四代，族中的长者，又是率性、喜争的脾气，因为帮人出头，在一次械斗中意外身亡。

但是，故事却无法从他身上跳过。

当林文察——林定邦的19岁的儿子手刃仇人，然后坦然向官府自首的时候，林家第五代，似乎正在迎来一个前所未有的契机。在狱中消磨了一段寂寞时光后，时间进入咸丰四年（1854年）五5月，闽南小刀会进攻台北，攻陷基隆，全台哗然。有人想起这个名头响亮的血性青年和他身后的财富家族。

林文察由此结束牢狱之灾，带着他自己招募的雾峰乡勇，走上光彩耀眼的军旅。不过，这是一条不归路。

小刀会事件、戴潮春事件、太平天国战争，随着对手在战场上走马灯式地轮番出场，林文察也从一个戴罪平民一路擢升成了清军驻福建水陆军的最高统帅——水路提督、陆路提督。他转战江西，阻止了太平军向东南沿海的扩张；驰援浙江，又阻止了浙南的陷落……一路驰骋，故乡在身后渐渐淡出视线。

雾峰林家的成长经历让人们看到清末中国社会一种非常特殊的现象：借助战争，商人的影响迅速渗透到社会各阶层，他们成功地介入社会政治，甚至负担起地方的防务，成为不可忽视的政治和军事力量。

如同最初的月港船主能够吸纳成百上千的散商一样，垦首的周围也往往聚集着这样的一群佃丁。这种由不同的社会阶层组成的利益集团以其地缘、血缘关系而显示出浓厚的亲情乡谊。关键时刻，佃丁和垦首站在一起。

那些亦农亦兵的佃丁，和他们的首领一样，朴讷坚武、生死相托，为时人称道。

同治三年（1864 年）农历十一月初三，一代名将林文察带着那一群久经沙场的雾峰老兵，风尘仆仆地和太平天国的侍王李世贤在漳州相逢，在经历了天京失陷和手足相残后，为生存而战的 20 万天国余部一齐发出的侵凌一切的杀气，依然令大地颤抖。大敌当前，没有人知道，沿着万松关的山脊掠过的冬风，是否曾让林文察的心头掠过一丝不祥的预感。

是夜，奔袭而来的弹雨把林文察掀翻落马，一代名将由此走到了生命的终点。

这一天，天气微凉。

当战争还在进行时，林家已经由一个脚沾泥腥的地方豪绅一跃成为手握私人武装的官商士族。在戴潮春事件中像潮水一般散去的台中反抗力量，他们的田园、美宅有了新的主人。

雾峰林家由此成为全台最有权势的官商。

一些年前，当林文察带着他的乡勇在自己风景秀美的台中庄园信马由缰的时候，他眼中闪过的山峦溪流，不知道是否和战场上看到的一样。

林文察卒赠太子少保、骑都尉世袭。

光绪五年（1879 年）和光绪十五年（1889 年），因为地方士绅请求，漳州和台中分别建立"宫保第"。这是步入暮年的王朝，为一代名将做的最后一件事。

漳州宫保第有联奠曰："碧血洒沙场，千古河山留正气；丹题焕华表，一门俎豆肃明禋。"

漳州的宫保第，在旧日观桥顶被日月照耀；100年后，被新城湮没。

万松关以后种满相思树，战马嘶鸣过的地方一片宁静。

林文明，林文察的弟弟，因为战功，授副将衔；

林奠国，林文豪的叔叔，因为战功，授知府。

成长中的移民社会，带着青春期饱满的血气，冲撞，流血……滚滚红尘间积累的社会财富，聚散于瞬间，生命往往有如朝霞，日出即逝，有清凉悲壮之美。

林家子弟，率性而霸气，激烈冲撞，不惜以性命相争；断然出手，毫不妥协……仿佛是与心怀妒忌的命运赌气。雾峰悲悯地望着这群血脉偾张的子弟，松开双臂作一次次无言袒护，再也没有什么比这个垦种习武的家族更适合那个时期的社会性格了。在他们举手投足之间喷薄而出的意气，令语言如此贫弱，以致不能发出一声叹息。

因为战争而崛起的雾峰林家，不久因为与兵备道丁日健交恶，埋下危机的隐患，最终导致林文明（林文察弟弟）被斩等惨剧。

命运总是和这个家族的男人较劲：毫无保留地将他们推向巅峰；没等到享受胜利带来的眩晕，又将他们抛入谷底；还在光芒四射，转眼四面楚歌。这种永远生活在风口浪尖上的经历，不知是性情使然，还是环境使然？

在雾峰林家的运势阴晴不定的时候，曾经熠熠生辉的帝国，正在失去灵魂，那些潜伏在连绵起伏的大地间的不尽财富，正在成为异国军人追逐的战利品。

光绪十年（1884年），中法战争爆发。法军在基隆登陆，台北成为一座危城，林文察的儿子、台湾守军中军统领林朝栋率领2000名乡勇，正如人们所期待的那样，将法国人赶回大海，然后和他的妻子率领6000多名乡勇，又在大屯山把法军死死堵住，那支70年前曾经横扫欧洲大陆的法兰西军队，似乎已经老迈。

光绪二十一年（1895年），中国在中日甲午之战中战败，台湾成了日本人的领地。在庄严的帝国秩序行将消逝的时候，统领全台营务的林朝栋还在战斗，经久不息的枪声，不肯放弃曾经的光荣与梦想。

在中国的封建王朝历史走向最后没落的年代，当无数的中国农民背负大地，将年年有余作为终极理想的时候，雾峰林家以其亦农亦商的经历，实现了从小人物到大赢家的家庭梦想。这个家庭的成长历程，是台湾近代社会经济发展的一个缩影。

1885年，名将刘铭传在成为台湾的第一任巡抚之前，台湾是福建的一个府。在它最终在一道战败条约中成为异国军人战利品前，它正在成为中国最有活力的一个省份。同样是名将的林朝栋成了抚垦大臣，借此林家产业由中部向海岸线推进，林家由此进入产业经营时代。

这个时候，林朝栋从清廷手里获取台湾最重要的外销商品——樟脑专卖权，并且成了台湾最精锐的部队——"栋"军十营的首领，掌握台湾中部治安与防务。

林朝栋与叔叔林文钦经营"林合"商号，贸易船把田庄的大米销往大陆，然后把大陆的食品、纺织品运输回台湾。雾峰林家再度成为台中最具影响力的家族之一，整个台湾，只有板桥林家可与之媲美。

黯然内渡后的林朝栋——大

▲ 林祖密

清帝国的"劲勇巴图鲁"、二品衔的台湾前驻军首领、一个财富家族的传奇领袖,在鼓浪屿的海滨别墅喝茶,望故乡天空的云,直到花翎褪尽。

雾峰林家这种亦农亦商、政商一体的家族成长经历,为人们描绘出一种二元结构的社会现实生活,既固守传统文化的核心价值观,又与浓厚的地域观念难舍难分。那绮丽变幻却又充满张力的生命底蕴,正是风云际会在台湾社会政治生活留下的深刻烙印。

今天,雾峰林家祖地平和埔坪村,林氏宗祠悬挂着"四世大夫""太子少保""四品一代""武威将军"匾额,和雾峰林家如出一辙。

1904年,林朝栋的儿子林祖密不顾日本殖民政权的阻挠回到大陆,林家为此失去了台湾山林20多万亩,500多处樟脑作坊与糖铺悉数尽废。

鼓浪屿"宫保第",暮色苍苍,苔痕漶漫,回归故园的林祖密在这里大约有过许多不眠的夜晚。

林祖密后来参加了孙中山领导的国民革命,自筹资金组建闽南军,倒袁护法。解甲归田后,他又办公司、建林场、开煤矿、修水利,实业救国,直到最后被军阀杀害。

林祖密以自己的生命和百年家业作代价,实现自己的家国理想,彰显了漳州商人的精神特质。这是台湾垦拓家庭谱写的最华彩的一笔。

日据时代,留在台湾的雾峰林家依然是台湾经济的风向标,林奠国的孙子林献堂是那个时期民族文化的积极倡导者。这个家族史诗般的百年传奇潜在地影响着现代台湾社会。

板桥林家：
百年商族

林平侯有 5 个儿子，所以便用了"饮、水、本、思、源"5个分号，其中以"本记"和"源记"对家族影响最大，所以林家族号便成为"林本源"。以后 100 多年，这个家族就像它的族号所预示的那样：不断进取，回归本源。作为伴随着台湾开发而发展壮大的家族范例，林本源的发展过程充满变数，每一次迁徙都是一个拐点。不断推进、不断壮大，仿佛是台湾移民社会的一种普遍规律。

在台湾社会发展过程中，以血缘、地缘为核心的家族式的经营管理模式，成为台湾商业文化的一种普遍现象。从白手起家到形成优秀的家族精神，父业子承、代代相传、贡献家族、造福乡里、服务国家，个人荣辱和家族兴衰折射出台湾社会的发展变迁。这是一种简单的宗族血缘观念的延续，还是儒家思想与漳台地域文化长期渗透的结果？

1905 年，一个叫林尔嘉的龙溪籍商人做了一件让朝廷刮目相看的事情：一次性捐出 200 万两银子，作为重建大清海军的经费。

这笔银子几乎是中日甲午海战前 20 年日本每年的海军投入。

朝廷最终没有兑现自己的诺言，重建海军的银子最终成了颐和园的修缮款。

当王朝振兴的神话像气球一样破裂，台湾百年商族林本源的掌门人林尔嘉回到鼓浪屿"林氏府"，八角楼富丽的气息并不妨碍他遥看海那边的百年基业。

这一年，距林本源家族创始人林平侯从老家漳州府龙溪县二十九都白石保吉上社村迁居台湾淡水，已经过了 120 余个年头。一个自始至终以龙溪为本源的商业家族的兴起，脉络清晰地折射出台湾近代社会的历史进程。

同雾峰林家一样，这个家族的祖先也可以追溯到衣冠南渡时的晋安郡王林禄，他们的开基祖——龙溪县白石保吉上社的秀才林应寅到达淡水厅兴直堡，也不过比雾峰林家迟29年。此后，这两个家族成了台湾历史上著名的百年商族。

在成为今天650万人口的大都会之前，台北不过是凯达格兰人的村落。贯穿台北盆地的淡水河，主流范围从河口一直延伸到板桥，和它的整个支流合起来，长度不过150公里，却因为流量稳定，曾是台湾少数具有航运功能的河流。河岸的商业聚落因河而生。

八里坌，淡水河的入海口，在一波又一波大陆移民涌到时，这里是最初的港湾。

兴直堡，与大里杙为邻，在移民开始往盆地内陆迁徙时，取代八里坌主导盆地经济，这就是后来的新庄。因为位于淡水河与大汉溪的交界处，占尽河运之便，在雍正年间，新庄千帆林立、郊行成群。

郊商是中国商业史上的一个特殊闽商群体，专营大陆与台湾之间的贸易。他们组成行业性商业团体——郊行，最迟在雍正年间已经出现。他们或者以行业区分，如米郊、布郊，或者以区域划分，如泉郊、厦郊、龙江郊。在最近的300年里，台湾岛内外航运及贸易往来，几乎同郊商有关，"一府（台南）二鹿（鹿港）三艋舺"，清朝中晚期台湾商业鼎盛格局的形成，主要依靠郊商的商业活动。从现代眼光看，郊商是两岸经济文化一体化的最早践行者。

林平侯到达台湾时不过16岁，时间是乾隆四十五年（1780年）。这个时期，已是"康乾盛世"的尾声，台湾平野移民涌动，社会充满张力。每年有数百艘商船往返两岸之间，为与大陆互为依存的海岛型的经济社会发展带来巨大的空间。教书先生的儿子和新庄米店的学徒林平侯用20年时间迅速完成资本积累，开米店、做盐商、当船主，不到40岁，已有身家数十万，作为著名郊商，他的船队已经是华南沿海和华北天津地区港口的常客。

　　一个故事曾经广为流传：东家郑谷赠千金帮助林平侯开创事业，做了粮商的林平侯为了不与老东家竞争，把营销视线转向大陆东南，却因闽浙粮荒而获厚利。一些年后，郑谷回乡养老，林平侯打算将当初赠金连本带利归还，郑谷坚辞不受，林平侯只得在台北的芎蕉脚庄置下产业，每年将租金送往郑谷老家，终其一生不曾改变。

　　林平侯和他的老东家仗义守信的性格特点，为当年漳州商人群体在台湾社会活动做了一个漂亮的注脚。

　　嘉庆八年（1803 年），已经 39 岁的林平侯，为自己捐纳了县丞。嘉庆十二年（1807 年），又加捐同知。于是他放下手中的经营，揆着巨资，去做广西浔州通判、来宾知县、桂林同知、南宁知府、柳州知府，前后花去 12 年时间。每年，他又花去数万两银子，这是他成为大清清官的成本。这个精打细算的商场好手、赔上本钱的官场另类，正在践行一种什么样的人生理念，我们已经无从知晓。但是，贯穿他整个盛年的宦游，说明这一切并不是突发奇想。大约是厌倦了官场的烦琐，或者是柳州的府衙恬淡的午后引起他的茶思，林平侯最终称病而归，仍回他的新庄。新庄，那里空气清洁，可以让那已经衰老的肺恢复活力，所以，已经 51 岁的林平侯才可以重新规划他的余生。

　　少壮博利、盛年宦游、余生与田野相伴，一个人的人生轨迹堪称完美。

　　林平侯有 5 个儿子，所以便用了“饮、水、本、思、源”5 个分号，其中以“本记”和“源记”对家族影响最大，所以林家族号便成为“林本源”。以后 100 多年，这个家族就像它的族号所预示的那样：不断进取，回归本源。

　　嘉庆二十四年（1819 年），这是非常吉利的年份，林平侯举家迁大料崁（大溪），投入巨资，造田凿圳，开发土地。道光三年（1823 年），又开垦桃仔园（桃园县内）。道光四年（1824年），又凿通三貂岭，从此淡水和噶玛兰垦地连成一片。

在台湾历史上，垦拓是一件非常有潜力的商业活动，许多漳州人正是以这种方式，奠定百年基业，而为家族未来规划出一个广阔的空间。

淡水河流域在400年前还是荒芜之地，郑成功把这里作为罪囚的流放地。康熙三十六年（1697年）的春天，当奉命入台采购硫磺的郁永河来到这里，所看到的还是林木蔽天、荆棘满地、麋鹿成群、人所不至。最迟到雍正年间，开始有大规模的开发。在林平侯到来时，依然有大片的荒地，等待一双梳理的巧手。

在林本源悉心经营下，漳州移民聚居的大溪迅速繁荣起来，林家土地也从大溪扩展到台北、新竹、桃园、宜兰，成为台湾北部一大地主，拥有土地5000公顷，年收租金40万石。仅在大溪，林家一年可以收几万石租谷。

大溪，一个怀旧情调的小镇，名字已经成为它的地理标识。在那些老街，大溪豆腐干还带着拓荒岁月的口味，满街满巷的漳州腔让人想起移民涌动的日子。

▲ 漳州角美林氏义庄

道光元年（1821年），红顶商人林平侯回到老家，建立"林氏义庄"，赈济同宗乏族。这是当时福建最著名的慈善机构。

林氏义庄坐落在九龙江下游三叉河口北岸，主体建筑由3座一字摆开的大厝组成，前后两进。东西各有护厝。它是村里最阔气的建筑。镶嵌在过廊墙上的碑记记载：以淡水海山堡水田四十三甲八分四厘二毫充作义田。这片相当于500亩左右的土地，年收租谷1600石。此后，莆山村贫困村民娶亲的都能得到200两银子的补助。冬至的时候，男人能够领到一丈棉布，立春的时候，女人可以领到三斤棉纱。这规矩一直延续到1937年抗日战争全面爆发，海路中断。

祖先的善念在家族中贯彻116年，那显赫的族号深刻地印入家族集体意识里。也许正是这种传承，使林本源家族积累起来的，不仅是财富，还有在移民中的社会声望。

慈善是从林平侯开始数代相传的另一项事业。100多年的时间里，林家似乎乐意以温和的面目示人，不需要高度，但受人尊重。因为有人饥饿，所以设了义仓；因为有河流拦路，所以有了义渡；如果义渡不够，可以再加一座桥；学子们在海东书院读书时，知道供养他们的学田是林家置的；和他们功名有关的地方——文庙、贡院、考棚，是林家出资维修的；大陆水灾时，需要捐一些资，有时是几万两；有时候他们还要帮助建一些城，比如郡月城、凤山城、淡水城……有时候，我们觉得那不过是一个家长在履行自己的职责，并不一定是缘于什么高尚的动机，或者神圣使命，或者家族天生的优秀品质。他们筑的城拱护的就是他们庞大的资产，需要他们周济的不是同乡就是同族，或多或少是和他们有渊源的人。家事、国事、天下事，仿佛是一回事。

几代人下来，数百万两支出，等同于成千上万中等人家的资产。所以，他们能够以平和的心态，融入，付出，尽职。有时，我们觉得这个家族精神的特质就像那个挂在祠堂里的白须及胸、表情悲悯的长者林平侯，唯一能够显示尊贵的那个时代的制服，不过是偶然一用的道具。

咸丰三年（1853 年），林家第二代主人林国华、林国芳兄弟举家迁到板桥，成为台北地区的漳州人领袖。这个家族由此称作"板桥林家"。

板桥在淡水河主流，是台北水陆要津，是漳州移民的聚集区。河边一个接一个的商业聚落，由漳州人经营，伴随着河水的变迁和族群消长，今天超过半数的人口依然是漳州祖籍。

咸丰五年（1855 年），板桥城动工兴建，这是台北平野上的第一座城。林家在城里开租馆、设钱庄、创商行、办义学，渐成台北县商业、文化中心。林家花园占去板桥城的一半，花银 50 万两，是台湾首屈一指的古典园林。当最后的五落大院和闽南式的花园建成，已是光绪初年的事了。花园里亭台楼阁，掩映在一片青翠之间，小桥流水，清风和鸣，汲古书屋的琅琅书声，仿佛是商业巨族从容淡定的心态。

那时候，台湾移民聚落的市政建设也正像板桥城一样急急地进行着，并且透露出一种浓浓的闽南商业文化气息。桃园、彰化、南投、北港、嘉义、新营、凤山、恒春、花莲……一座座商业城镇的勃兴，标志着台湾早期移民已经从乡村走向城市，台湾社会已经从农业社会向工商社会转型。而充满活力的一条条市街，让人们看到了两岸之间的商业文化渊源。

作为伴随着台湾开发而发展壮大的家族范例，林本源的发展过程充满变数，每一次迁徙都是一个拐点。不断推进、不断壮大，仿佛是台湾移民社会的一种普遍规律。

林本源的事业在第三代林维源时期达到巅峰。光绪十一年（1885年），中法战争刚刚结束，台湾从一个生机勃勃的新经济开发区，成为当时中国最年轻的省份，刘铭传出任巡抚。这个眼光独到的军人下船伊始就实行一系列改革，设防、练兵、抚番、清赋，迅速兴办近代工业和商贸业。这种以商求富的强国理念正是当年许多中国人的心声。

光绪十二年（1886 年），林维源应邀主持全台垦务，抚垦局就设在大稉坂。行馆则在大稻埕六馆仔。在那儿，林维源拓地利、理贸易、办学校、练隘勇，开垦荒地 17 万亩。光绪十三年（1887 年），林维源主持台北清赋，为刘铭传广辟财源。光绪十六年（1890 年），又任蚕桑局总办，种桑于观音山。林维源参与建台北城，带人筑基隆港，以总办身份修筑从基隆到新竹的铁路——这是我国第一条自筹资金、享有主权的铁路……台湾盐、矿、农、工、商、交通各项事业为之一振。在封建王朝走向没落的时候，这个新生的省份却吹进一股清新之气，开始向近代社会转型。林家事业占尽天时地利人和而达到巅峰，田园数量居全台湾第一，板桥林家从此被称作"台湾第一家"。

今天，台北古城门还在那儿，来往的车辆必须绕过它，唯有曾经的历史无法绕过。

1860 年，淡水成为对外通商的口岸，台湾北部再度纳入世界经济体系中的一环。

淡水河把一个个商业聚落紧紧联系在一起，使它们走向未来台北的雏形。盆地盛产的稻米、大汉溪中游的樟脑以及盆地边缘的茶叶，带着那个地方的味道，被细心打包，让等候在河口的商船，运往日本、英国、美国以及中国大陆。同时，来自世界各地的商品，也汇集到河口，然后，沿河流上溯，散往盆地。

刘铭传出任台湾巡抚时，淡水河流域已经取得在全台湾经济中的霸主地位，满载商品的戎克船往返于河口与大洋。台北盆地所遇到的锦绣前景，或许连它自己也未能料及。

刘铭传把对外贸易又推进一步。他规划的外商区，似乎有今天经济开发区的影子。在那儿，林维源和另一个叫李春生的泉州富商选择在淡水河东岸鸭仔寮一带，营造出千秋和建昌两个街市，成了台湾房地产业的滥觞。经营樟脑、茶叶的商人们，租住在那儿，使它拥有了世界经济的氛围。借着海外贸易勃兴的势头，他的"建洋"商号成了台湾最大的茶商；他的货轮——"驾时"和"斯美"不仅装运自己庄上的樟脑、茶叶和稻米，也装运别人的，在大洋上穿梭。

在板桥林家走向全盛的时候，台湾也发展成为中国经济较为发达的地区，台湾首富林维源的资产几乎等同于朝廷一年的财政收入。

台湾——当时中国最年轻的省份，因为地理的优越，因为富饶，造就板桥林家，也吸引各国的强权。在近4个世纪的时间，因为需要分一杯羹，经历无数次交手、搏杀，几度荣耀与耻辱，已经拥有别人所没有的变数，海防几度示警，使得军备成为全民的事情。

光绪二年（1876年），林维源捐银50万两资助海防；光绪五年（1879年），又捐60万两；光绪九年（1883年），海防再度吃紧，饷械两乏，林维源又捐20万两，认募水陆团勇一营；光绪十年（1884年），中法战争爆发，孤拔舰队进迫台湾，林维源集合500名族人参战，又捐银20万两；光绪十一年（1885年）9月，中法战争结束，林维源再捐50万两善后。林维源从三品衔的候补道、侍郎衔的太仆寺卿、内阁中书到内阁侍读，每次升迁，除了尽责尽守，还有投入钱财。"乐善好施"是朝廷给予的褒奖。

甲午战争后，台湾被日本侵占，林维源举家内渡。此前他捐银100万两资助抗日军民，稍后他又打算捐银400万两作为赎回台湾的资金。

▲ 林尔嘉

在鼓浪屿"小板桥"寓所度过了一段寂寞的时光后，林维源于光绪三十一年（1905年）逝世，归葬龙溪故里。

"林本源"由林维源的儿子林尔嘉继续执掌。

在经历了捐银事件后，林尔嘉淡出仕途。鼓浪屿的风声涛声、海峡两边的家事国事，道不尽百年沧桑事。只有八角楼那些灵动的白鸽在林家儿女们的欢笑中展翅欲飞的样子，才是生活中最温s暖的情节。

宣统三年（1911年）"林本源"分家，书写了130余年家春秋的商业巨族进入另一个阶段。

这一年，辛亥革命爆发，中国最后的封建王朝在秋风落叶中谢幕。

林尔嘉在鼓浪屿海边修建菽庄花园，过起吟风弄月的日子。那种浸润西风却不放弃精神本源的人文情怀，有时让人想起那个也曾住过鼓浪屿的廖家女婿、一样是龙溪人的文学大师林语堂。

台湾光复后，林尔嘉再返板桥重振家业，直至1951年病逝。他所留下的许多传说，和那巴洛克式的八角楼，以及那座美丽的海滨花园，供人记忆。

让我们聚焦一张照片，1915年，似乎是一个春暖花开的时节，大清王朝的离任侍郎林尔嘉一身洋装独自伫立庭院，嘴角轻抿，那悠远的眼神，仿佛浓缩了林本源家族百年的历史……

平民吴沙：
开兰始祖

据说，有好几百人因此幸免于难。这种仁义感动了噶玛兰人，他们划出土地交给吴沙，双方埋石为约，互不侵犯。人们彼此间的争端，因为善念终于化解。

台湾东北部宜兰，与漳州同在一条纬线上，台湾栾树、国兰和冬春时节的飘飘雨丝，是宜兰给人的印象，这个县设治历史200多年。漳州籍人口占近九成。

在雪山山脉和中央山脉之间的兰阳溪，从西南向东北蜿蜒入海，一路汇集来自两大山脉的二十几条支流，充沛的流量挟带冲刷下来的泥沙，在下游河口形成的冲积扇，这就是兰阳平原。

最初，兰阳平原只是冲绳海槽中一段沉睡数百年的海底地堑，因为天地的造化，才随地壳上升脱离沧海，又经漳州移民近一个世纪的垦拓，终于成为今天我们所能看到的桑田。

18世纪70年代，一个43岁的中年男子只是漳州乡间的一介普通的农夫。在自己的家乡，他可能平凡地度过一生，但是命运

▲ 吴沙

让他选择冒险。当他来时，兰阳平原只是一片荒野。20年后，当他辞世，兰阳溪北岸开始有了今天的模样。

这人被称为"开兰始祖"，他的经历是漳州移民的一个缩影。

现在我们知道，他的名字叫吴沙。

在自己的家乡，吴沙只是一个不起眼的农夫，贫穷、卑下，中年娶妻，40岁得子，传宗接代看起来没有问题。但是，这个时候，除了多了乡村郎中的女婿这一身份，吴沙的生活好像没有别的起色。

他的家乡——漳浦县石榴乡小山城，虽然四面环山，却是南靖、平和、漳浦三县交会之处，山外便是大海。明清时期，这里有过繁盛的海外贸易，那些残存的糖寮说明这儿曾经的商品经济活跃，因为信息灵通，人多不闭塞，出洋也是传统的谋生方式。

在漳州度过大半生后，吴沙动身去了台湾。43岁，对于一个普通中国人来说，已经是一个收敛心性的年龄，但是对于吴沙，这似乎才是个开始。

这一年是清乾隆三十八年，1773年。

早在吴沙入宜兰前，宜兰称作"噶玛兰"。

因为地理和民风之故，到乾隆年间，当台南、台中、台北已经全面开发，这里依然是一片荒原。

一直到18世纪末，噶玛兰才真正进入大陆移民的视线。

先民开垦最初集中在平原下游，到道光年间，才扩散到兰阳溪两个支流——宜兰河和冬山河，最后扩张到西南山区。

这一切应该说是从吴沙开始。

吴沙到达台湾时，汉人大规模的拓垦活动已经持续了一个半世纪，整个台湾平野人流涌动，田地、果园、水圳，雨后春笋一样出现。不断涌入的劳动大军和无法回家的异乡人的坟茔，时刻考验每一个人的身体和大脑的承受能力。不久发生的林爽文事件已经显示，一个跨越式成长的生机勃勃的新居住地正在因为生存压力引发一系列社会矛盾而充满风险。

吴沙最初的落脚点是淡水。然后，往淡水的边荒之地三貂社与平埔人贸易。吴沙把从汉族商人那里取得的草药、布匹、盐、糖和刀具卖给部落，换回山货，再转卖给汉人。我们不知道他是怎么样长时间生活在一个没多少人愿去的地方，而且得到部落民的信任。到了五十几岁时，他不再是一个离开家乡的落魄的农夫，而是一个有影响力的富裕的商人，因为重信誉，又肯接济汉人，平民吴沙的身边已经有了很多追随者。

今天，在宜兰礁溪乡吴沙村中吴沙故厝所能见到的吴沙像，大抵是这个年龄的样子——沉默寡言、长髯及胸、额头刻着岁月的印痕，眼神写满沧桑，以至我们弄不清楚这是一个宅心仁厚的长者，还是饱经忧患的父亲，抑或是一个统领上万垦丁的领袖。

知天命之年，身体不再壮美，步态不再矫健，生命已经进入倒计时，远行人或者可以回家，寻几百亩地、建一处庄园，光耀门庭，看自己慢慢变老，或者守着稚子，看他们渐渐长大。

但是，噶玛兰平野万顷，波光粼粼。仰望星空，星空灿烂；放眼大地，大地丰硕。掬一把兰阳溪水，水中带着甜意，一个出身贫困的富裕商人的人生恰如盛宴，身体正走向荒芜，但生命才现华美。

1787年，吴沙把投奔他的200多个漳泉人、潮惠人集合起来，一人一斗米，一人一把斧，在三貂社附近的贡寮，凿山、开河、伐木、修路、架桥、垦地。

一斗米，可以果腹；一把斧头，可以搭寮。对于一无所有的新移民来说，这些最简单的生活资料与生产工具，便是新生活的开始。一些年后，如果侥幸不死，他们将成为一棵大树，他们的后裔，将成为大树伸出的无数枝丫，那些活跃在政界、商界或者寻常巷陌的，都将因为他们的祖辈而荣耀。

不久，投奔吴沙的人已达上千，漳州人因为乡亲的关系，占了九成。

人迹罕至的荒野，出现大片良田和果园，道路和车马，打破山间的平静，部落民和汉人也算相安无事。

这一年，吴沙56岁，离汉人轻易不敢走进的噶玛兰已经近在咫尺。

随后，几个和他一起做这生意的朋友——许天送、朱合、洪掌参加了进来，然后，又有淡水富户——柯有成、何绩、赵隆盛的财力支持，而淡防同知何茹莲的默认，使拓垦有了基本的条件。

1796年9月16日，大清帝国刚刚从乾隆年走入嘉庆年。

吴沙带着1000多个漳泉农民和三十几个通晓少数民族语言的人，乘船抵达噶玛兰乌石港，合筑土围，开垦荒地，这是噶玛兰的头一个汉人村落，所以叫"头围"。

从此，头围有了妈祖的香火。

因为庆贺刚刚到来的嘉庆元年，或许，也为了祝福刚刚开始的拓垦，宜兰的第一座宫庙取名庆元宫。

这一年，吴沙已经65年，离贡寮试垦，中间又隔了9年。

9年，可以把热情冷却成冰，把生命挫成灰烬，而吴沙，则在专心做一件事，如果时间可以用来绣花，这时候已经花团锦簇。

后来的事情证明，这个由青壮年做骨干的大胆的冒险行动所体现出来的老年人的谨慎与睿智是多么重要。

吴沙在长时间的准备后建立了一套严密的组织系统。"结首制"是他们的组织形式。垦丁数十人为一结，数十结为一围，相互支援。小结首，晓事而资产多者担任；大结首，以富强有力公正者担任。土地垦成，众佃公分，结首倍之或数倍之。

五六万的垦丁就这样被组织成一支劳动大军。

一切进行得有条不紊，决策和筹资，在进入之前已经完成；前进路线，已经悄悄借打柴进山绘好；200多个护卫，为推进的拓垦队伍设防；每前进一段，就设立隘寮，派隘丁把守；山间的警讯，由这个隘寮传递到另一个隘寮，往往比袭击者还来得迅速。而五六十个乡勇在垦地穿梭巡防，经费由垦丁负担，每五甲为一张犁，每张犁，取银元一二十元。沟通是必需的，三十个翻译，可以用和平手段，把突发事件造成的危险降到最低。后勤补给，包括衣、食、住、农具、种子、车马，供应大体能做得有条不紊。

今天，游人或者被那种民族融合后形成的多元文化趣味所倾倒，一些与那段历史有关的蛛丝马迹被发掘出来，作为有象征意义的符号，或者作为卖点。但是，对于那个时候，那些拼命寻找新的生存空间的人，对于那些努力捍卫自己生活区域的人，他们的经历都有刻骨铭心的伤痛。

有一个变故改变了大家的处境。

据说嘉庆二年（1797年），噶玛兰人的村落发生了天花，在那时，这是要命的疾病，吴沙的妻子，那个叫庄梳娘的乡村郎中的女儿，显然也是个信仰妈祖的人，按照漳州民间处方把草药熬制成汁送给番社。据说，有好几百人因此幸免于难。这种仁义感动了噶玛兰人，他们划出土地交给吴沙，双方埋石为约，互不侵犯。人们彼此间的争端，因为善念终于化解。

这个故事有民间传说的美丽，我们因为感动而相信它的真实。

当传统的猎区变成农田，传统只能变成追忆。

吴沙再度入垦头围是良好的开始。噶玛兰人信守诺言。吴沙因此广招佃户，用漳州的农耕技术培育出垦区的丰登五谷。

头围成了汉人在噶玛兰建立的第一个村落，接下来，是"二围"，然后是"三围"……

那时的头围，因为农事，人员骤增，街市繁荣，成了台北、基隆商旅进入噶玛兰地区的中转。光阴轮转，又成了今天人们说的头城。

头城，宜兰平原的第一座城镇，因为临近兰阳地区唯一的商港——乌石港，而与大陆、台北贸易往来频繁，盛极一时。

建于嘉庆元年的庆元宫，见证过它的繁华，供奉妈祖的香火和吴沙的那个时代一样馨香浓郁。

那些阅尽风华的旧日的街，清代闽南样式融合了日据时期的繁复雕饰，成排的红砖店屋圆拱连绵，墙上依旧刻着昔日的商号标识。

我们知道，这一切，都是因为吴沙而开始。

嘉庆三年（1798 年），正是北风紧时，吴沙——噶玛兰垦荒者的老迈的首领生了一场病，去世了，三貂岭贡寮——他事业的起始地，成了他的墓园。

这一年，吴沙 67 岁。

他的侄子继续把土地开垦到整个兰阳溪北岸。

43 岁赴台，56 岁试垦贡寮，65 岁入驻噶玛兰，67 岁辞世，头尾垦地 6 万亩，如天假以年，还将发生什么？

嘉庆十五年（1810 年），噶玛兰垦丁已有 5 万，其中，漳州人 42000，泉州人 2500，广东人 140，归化的部落民 38 社，5500 人。

嘉庆十七年（1812 年），朝廷设噶玛兰厅，垦地正式收入大清版图。

光绪元年（1875 年），噶玛兰厅改宜兰县。

今天的宜兰，棋格状的田野，嫩青水绿，鱼池散落其间，像一方方明镜。村舍参差，错落有致，宛如桃源。与它一山之隔的台北，却是繁华的都会。目光尽处，雪山山脉和中央山脉在这儿收口。地势低平的沿海一带，公路两侧，一面，是起伏不定的山峦，白色的鸟影，时隐时现；另一面，是无垠的太平洋。驱车奔驰，一路印象，山水宜兰。

吴沙辞世后的第 63 个年头，因缘际会，他的一个叫陈辉煌的漳浦同乡来到这里，花了近 30 年的时间，又把兰阳溪南部全部开垦。

这个时候，距吴沙贡寮试垦已有 80 个年头。

从此，宜兰，成了我们今天看到的样子。

昨天 今天 明天

有时，人们会觉得历史是一个奇妙的轮回，当五百年光阴一闪而过，隔着一道海峡，漳州的身影与台湾的身影，或者将再度融合在一起，并开始一个新的故事。

站在西海岸，眼前是一片无垠的大海，如此蔚蓝，蔚蓝得可以入梦。

在最近的 5 个世纪的时间里，这片海域曾经承载过太多的梦，航海者的梦、商人的梦、政治家的梦、军人的梦、农夫的梦……贸易，战争，多国外交，历史在这里从不曾风平浪静。

在逝去的岁月里，漳州河口驶出的商船，曾经引领着中国的风帆时代，并且使漳州的身影和近代历史融合在一起。

今天，生活在这儿的人们大抵有这么一些雄心勃勃的计划，因为人们认为：这个城市不再偏居东南一隅。逶迤 700 公里的海岸线造就二十几个天然深水港湾，133 个万吨级码头等待开发。福建 6 个深水港湾，漳州拥有 2 个。九龙江、漳江、鹿溪，那些曾经孕育过海洋商业文化的短促的河流，重新被赋予临港石化工业布局的历史使命。厦门港、东山港，它们的前方，是广阔的太平洋，在它们的后方，是 1000 多平方公里的腹地，浅滩、丘陵、山峦，绿色、宁静、富饶。全国第一家台资企业、全国第一大规模台资农业企业、全国第一批海峡两岸农业合作实验区、全国第一个两岸农业经贸合作平台、全国第一批台湾农民创业园、全国农业利用台资第一、水果之乡、花卉之都、水产基地……

有时，人们会用文学笔调来表达这么一层意思：这是被花神祝福过的大地，一年四季，繁花似锦；春夏秋冬，灿若云霞。人们有时会做这样的随想：如果"南澳一号"重现的只是一段封存的时光，一阙久远的青花往事，"克拉克瓷"的故乡，依旧的涛声或许正在唤醒曾经的丝路花雨。

人们总是努力将自己更多地和现代生活联系在一起，当生活需要一些变化的时候，人们开始修高铁、修高速公路、修跨海大桥、修沿海大通道、修大型码头……然后，把这里修成了国家级交通枢纽城市。

于是，我们看到这个数个世纪以前在西方古航海图上屡屡出现的城市，一座被西方航海者视为财富与荣耀所在群起而至的城市，一座有着失落的英雄情节的城市，开始展示气质的另一面：冲动、吸金、魅力、潜力，并因此成为台商投资密集地。

有时，人们会觉得历史是一个奇妙的轮回，当五百年光阴一闪而过，隔着一道海峡，漳州的身影与台湾的身影，或者将再度融合在一起，并开始一个新的故事。

第六章

风雨南洋

遭遇东方

无论如何，在初来东方的西方人眼里，中国人在所有事情上比群岛上的人更有天赋，勇敢、聪明、智慧，这使西方人产生极大的愿望：和他们同行前往那个伟大的帝国。

在葡萄牙人、西班牙人从自己寒冷的老家到达日光充足的群岛时，他们发现，因为同样的商业目的，中国人已经比他们早到达几个世纪。

那些来自福建——严格意义上说来自闽南地区的商人们，是他们最早接触的中国人，并且因此成了他们认知中国的一个重要成分。

最初的印象是美好的，在西方人的眼里，这些人背后的中国，富饶温和，似乎是那些挪亚的子孙们在洪水之后可以找到的最好的住地。

那个时候，差不多全中国，只有这个省份有这种习惯做法。人们成群结伙离开故乡，远涉重洋去经商。他们从中国运出黄金、宝石、麝香、水银、丝绸、棉制品、铁器、藤器和瓷器，他们的行迹很广，印度群岛、日本岛、菲律宾群岛等都是他们常去的地方。然后他们运回白银、丁香、桂皮、胡椒、檀香、玛瑙、珊瑚和一切可能搜寻到的稀奇古怪的东西。

在当年，这些区域是全球贸易最活跃的地区。门多萨，出生于1545年，西班牙人。1562年，他到达墨西哥，以后他又多次在那里生活。

那时，中华帝国与墨西哥隔着浩瀚的太平洋。不过，从月港出发途经马尼拉到达墨西哥的"丝银之路"已经将两者联系在一起。

门多萨根据葡萄牙圣多明我会修士克路士和西班牙奥古斯丁会修士拉达的旅行报告，整理记载了《中国大帝国史》。中国，在西方人多棱镜般目光的注视下显现出别样的色彩。

他提到了中国古代发达的海洋文明："他们古代有关航海史的书清楚地写道，他们航行到印度群岛，征服了从中国到印度尽头的所有地方。他们很平静地占领那些地方，直到他们出于好意放弃制定法律，有如上述。因为今天，菲律宾群岛和科罗曼德尔海岸，仍留下有关他们的重要纪念。那里有一座城镇至今仍叫'中国人的土地'，因为他们兴建了它。在卡利古特国留有类似的遗迹和纪念物，那儿有很多树木和果子，据说，在马六甲、暹罗、占婆及其邻近的国家，还有类似的遗迹。据说在日本岛上也有，因为那里至今有很多关于中国人的纪念物，当地人也喜欢仿效中国人的样子……"

随着这条行走路线，商人们进入人们的视野。

拉达在《记大明的中国事情》记录了一个有趣的事情：那些生活在菲律宾的人看来，中国是一个商业国度，中国人被称作"生理"（Sangleg）。在闽南语里，Sangleg是"生意"的发音。来自福建的"生理"人，驾着商船，为这个国家带来了丝绸、瓷器、茶叶，并使它繁荣。

在拉达看来，这些人肯定超过了希腊人、迦太基人和罗马人，即古史中向他们所揭示的那些人。

这个看来是"生理人"的国度，其实仅仅是中华帝国南部的一个省份。因为他们拥有世界上最大最好的国土，既富足又肥沃，由于产品丰富，很多异邦人从他们那里获利，而他们不需要别国费心，因为有足够供给生活的各种物品。这些人为了征服异邦，远离本乡，以致丧失

▲ 17世纪初欧洲画家笔下的中国人形象

了自己的老家……他们发现，离开本土去征服别国，侵害他人这一类事情，要损失很多，耗费大量的钱财，还要不断花力量和劳力去维持所得到的地方。而他们在忙于征服时，他们的敌人和邻近的王侯就会骚扰和侵犯他们。

在中国海洋政策进入全面收缩的时代，商人们秘密前往邻近岛国交易，不过被冠以"海盗"头衔。"海盗"代表中国海洋文化与西方航海势力在远东博弈，有时他们成了中国政府和西班牙人的共同敌人。他们的宿命由此开始。

但是，无论如何，在初来东方的西方人眼里，中国人在所有事情上比群岛上的人更有天赋，勇敢、聪明、智慧，这使西方人产生极大的愿望：和他们同行前往那个伟大的帝国。

米兰道拉——西班牙传教士，在群岛遇到了中国人，对中国人有良好的印象。在他看来，中国人是非常恭顺的人，彬彬有礼，有良好的卫生习惯，待人友好。

黎牙实备——首任西班牙驻菲律宾总督、西班牙传教士，在他的驻地，那些前来贸易的中国人，给他留下机敏体面的印象。那些穿行在人群中的中国人穿着棉制或丝绸制作的长袍，像西班牙人一样穿着宽大的裤子、袖子宽大的衣服，还穿着长袜，显得干净、体面。无论男女都显得精力充沛，外表轻松，诚实谦虚，让人信服。

今天，我们还能在一些旧物件上看到他们的影子，有时候，我们会想起那个时代已经开始流行的昆曲，他们在里头穿着粉色的衣衫，和那些叫里亚尔或者佛罗琳的，在异国的街市上做两情相悦的事，而时光便像缠绕在他们身上的丝绸，发出窸窸窣窣的声音。

椰风蕉雨

> 在跨文化的南洋开发史上，他们是富于韧性的一群人。他们离开大陆，走向群岛，有时是因为生存压力，更多的是一种心理惯性，如果有机会，他们就应该离开家乡，如果有可能，他们就走得更远。

17 世纪上半叶，远东水域的中国海商集团分化重组，诸雄并起。曾经给漳州商人带来巨大机遇与荣耀的月港因逐渐淤塞而淡出，但漳州商人仍继续活跃在强手如林的海洋世界舞台。在以后的几个世纪，依然扮演一个个十分重要的角色，并孕育出无数的商业巨擘、商业宗族。

是怎样一种神秘的力量，使漳州商人保持这种坚韧的生命力？

与航海贸易紧密相连的，是大规模的海外移民活动。

如同走西口、闯关东一样，下南洋，是人类世界移民史上的一次壮举。

明末清初，人口增长的压力和海外贸易所展示的诱人前景，使漳州地区出现人口大流动的趋势。人们航向爪哇、马六甲、苏门答腊、暹罗、交趾、长崎……

生活在沿海角

▲ 鸿渐村高阳楼

美镇鸿渐村的许氏族人，从明成化年间有人定居吕宋起，至 1491 年，村民十户有八九户往南洋谋生，菲律宾著名的许寰哥家族就来源于这个村落。至今保存的建于明成化年间的"郑和庙"似乎显示着这个村庄与那次远航的渊源；郑和享用数个世纪的香火，缥缈的眼神，似乎依然浸润着大海的潮气。与许氏家庙——崇本堂遥相呼应的"高阳楼"，除了隐喻鸿渐许氏根在河南高阳外，那闽南韵味的燕尾脊和南洋风格的拱梁，透露"过番客"对故乡与先祖的怀念。生长于村中的南洋杉，是鸿渐许家的女儿——菲律宾第七任总统科拉松·阿基诺夫人回乡省亲时种下的，杉树青翠欲滴，仿佛还在讲述许家的百年往事。

远居山乡的南靖梅林村，阳春三月，梅青时节，一年一度的海神妈祖祭祀活动，在村中小溪里举行。那飞溅的水花，隐藏着土楼人家与海洋的精神关联。300 年来，妈祖的祝福伴随魏氏村民远涉重洋，袅袅香火氤氲着心灵深处的远航。

今天，生活在东南亚诸国，有踪可循的漳州籍人口仍有数十万，依靠与多元移民社会的良性互动，漳州商人久盛不衰。

早在郑和下西洋之前，漳州商船在泛海贸易过程中，已经在沿途的港口建立一个又一个移民点。

唐，人们已经向外移民。因为黄巢战争，在三佛齐，也就是今天的巨港，人们开始世外桃源般的生活。

宋，人们开始商业移民。宋朝末年，参加抗元的漳州残余力量因为避难迁往占城、爪哇、苏门答腊。

元初，漳州诏安梅岭成为忽必烈的军港，漳州人作为舰队的水手、士兵前往爪哇、安南、缅甸、暹罗并留驻下来。马鲁涧，今天的伊朗马腊格，元朝旅行家汪大渊在那儿遇到马鲁涧的酋长。酋长姓陈，漳州人，在元初随远征军抵达这里，从此留了下来，乡关，成了遥远的梦。

闯南洋的漳州商人中，有许多机遇不错的人，开始有能力与所在国政府建立比较密切的联系，有的进入政权上层，有的被任命为港务官参与海外贸易管理，有的充当外交使节指导王室贸易事务。他们凭着自己的商业天分，成为贵族阶层，这在中国，是天方夜谭。

1438年，爪哇国使团向明英宗朝贡，使者亚烈、马用良和通事良殷、南文旦奏称自己是龙溪县人。

1750年，一个叫吴阳的海澄西兴村的村民来到暹罗宋卡，那时，宋卡还是荒凉之地，原先由马来人建立的城堡凋敝在荒野中，成了鸟兽的乐园。

白天，吴阳在城堡外种植蔬菜、烟叶；夜里，城堡便是他的栖身地。因为仁厚，人们称他"大伯"。"大伯"后来迁到宋卡的銮波里东普村，教当地人张网捕鱼，接着又到廉松，开了一家商铺，成了经营暹罗特产红烟的华商名士。1769年，吴阳以年纳50斤白银为条件，成了燕窝产区的包税人和暹罗吞武里王朝的子爵。

1775年，吴阳被吞武里王朝郑皇信封为宋卡城主，城署设在廉松，这时距吴阳离开海澄老家已过25年。此后，吴家世袭八代121年。现在的宋卡，是泰国南部重镇。

19世纪初，原先定居马来西亚沿海港口的福建商人开始移居暹罗。

1822年，祖籍龙溪县霞美乡的许泗章因为参加反清活动，南渡到马来西亚，先做槟城的苦力，后来成了船主，自置大帆船往返于槟城与暹罗南部西海岸各埠，收购锡矿产，经营地产。

拉廊，接近英属缅甸，地处荒野，山高地少，不宜耕种，但是锡产丰富。许泗章通过每年向暹罗王拉玛三世交纳一万斤锡和2064元银元，成为拉廊锡矿包税人。第二年，许泗章回家乡招募劳工，开发拉廊。10年后，因为锡矿业，拉廊由一个70户人家的山村，成为拥有千户居民的城镇。

1862年，拉廊升格为府，直属中央，许泗章成为"拉者"即拉廊长官，侯爵。

从此，许泗章集封疆大员与税吏于一身，积极规划，大力开采锡矿，将矿区扩大到弄宣地区，泰南东海岸面貌为之一变。到 19 世纪中末叶，弄宣由 70 户的山村，发展成 11000 人口的城镇，在它的工商区，有华侨 2000 人。

在 1883 年许泗章病逝后，他的四个儿子都接受封爵，分别担任拉廊、弄宣、克拉、董里的府尹。

许心美——许泗章的第六子，在许泗章去世后任拉玛五世的侍卫，不久被派往拉廊属地达拉武里任长官。达拉武里位于北线山区山麓，河道狭窄，仅通小舟，难以扩展。许心美将市镇迁往那居区太平原，大船从此由大海进入，市镇由此繁荣起来。

许心美是开创泰国种植橡胶业的第一人。在升为董里府长官后，借一次槟城之行，违背当地殖民政府禁令，暗藏一颗橡胶种子，带回府署门外种植，数年后，枝叶茂盛，结果累累。1891 年，许心美开始招募大批华工在董里大面积种植橡胶。

暹罗南部荒芜之地，从此变成满目黄金的橡胶园。

1900 年，许心美成为暹罗著名产锡区普吉省长，在他管理期间，从锡矿商人那里征收税金，发展地方建设，把公路延伸到邻近各村。而他自己经营普吉港机械采锡公司，在 1910 年时，产量占暹罗锡产量 25.5%。

许氏家族通过与其他名门望族联姻，同暹罗王室建立亲密关系，并且把经济势力扩展到马来西亚北部。在槟城，他们所创立的高源船务公司拥有 16 艘轮船，一度垄断马来半岛北部西岸进出口贸易。

由此，他们被称誉为泰南有史以来最杰出的统治者。

至今，这个家族依然是泰国的望族。

在远离皇帝和大臣们管理的地方，商人们有时会觉得自己是个异乡人，以一生做赌注，寻找自己的归宿。财富，有时是一面虚幻的镜子，告诉人们，归宿就在眼前，如果你抓住，便不再放弃。

重商是漳州历史文化的一个深刻的烙印。南靖塔下，这个风景秀美的地方是漳州一个著名的向海外移民的村落。在塔下张氏祖祠门外，那些彰显家族荣耀的石旗杆上，能将名字与仕途显赫的人一同刻入石头的，还有另外一种人——外出闯荡造福乡里的商人。

在闽南话里，从商叫"做生理"。在漳州人心目中，"过番"和"做生理"几乎没有什么本质上的不同，地狭人稠，既然出去就是大海，"过番"自然代表一种新的生活希望；在异国他乡，"做生理"是一种必然结果。"做生理"的人如此普遍，以至"生理人"成了菲律宾西班牙语对华人的称呼。他们中的一些人，最初可能只是小商小贩，手持一杆秤两个土布袋，走村串户，向当地农民收购一些胡椒，待家乡的船到了，再把它们出售。然后，他们有了自己的小店，做了零售商。遇到货物价钱太贵的时候，他们就几个人联合，把这些货物买下，再按个人投入资本的多少划分利润，这种类似近代股份合作的方式，使他们无须欧洲人援手，也能打开市场，减少交易风险。

吕宋，位于菲律宾群岛北部，盛产黄金、稻米、椰子、甘蔗及烟草，是明王朝的朝贡贸易体系内的国家。1569 年，中国的海寇商人林凤曾率战舰六十几艘和 5000 士兵在这里击败西班牙人，迫使西班牙人前来朝贡。1571 年吕宋国王苏莱曼在海战中阵亡后，吕宋逐步被西班牙人征服。

吕宋离漳州最近，地方富饶，商人到这儿常常久滞不归，到嘉靖年间，中国商人已达 3 万，而漳州人占 80%。因为漳州商船和墨西哥商船，吕宋的最大城市马尼拉，成为大帆船贸易的中转站。

满剌加位于马六甲海峡北岸，满剌加河穿城而过。16 世纪起，历受葡萄牙、荷兰、英国殖民者统治。数百年来，华人、印度人、阿拉伯人、暹罗人、爪哇人相继来到这里，形成多元文化风貌。由西方人绘于 1613 年的满剌加城市地图中，满剌加河西北，在今天的吉宁街和水仙门一带，标志着中国村、漳州门、中国溪三个地方。

巴达维亚——爪哇岛西北部海港城市，即今天的雅加达，是国际大都会，印度尼西亚政治、经济、文化中心，集现代与传统、富裕与贫困、宗教与世俗、单一与多元于一体的传奇城市。作为17~19世纪荷兰人的东方商业帝国的中心据点，鼎盛时期，荷兰人拥有广阔的商业和贸易垄断权，他们的商船向西远至波斯、印度和锡兰，向东延伸到马鲁古与香料群岛，向北抵达中国和日本。

1733年，城内华人8万，多数为漳泉移民，他们在这里种植水稻、开设糖坊、创办酒坊……见证它300年的起起落落。

日本，也是月港商船经常抵达的国家，嘉靖末年，中国人在日本约3万人，多是漳泉人。

在居留地，他们形成自己的移民社区。

这些移民社区往往有自己的自治组织，群体成员又往往从事相关的行业，而很快在当地形成强大影响力的商业网络。所在地当局往往不得不依靠他们的首领进行管理。海澄商人颜思齐，就是在操持与日本、荷兰东印度公司的贸易中成为长崎一带的华人首领，人称"东洋甲螺"。1621年，颜思齐率领船队横渡海峡登上台湾岛，从此，这里成了他们的家。距赤道100公里的马来西亚特区马六甲城，是郑和五度造访的城市，街上古老的民居，使其像一座闽南城镇。17世纪上半叶，荷兰人占领期间，其首任甲必丹是龙溪商人郑芳扬，人称"漳州国王"，由他倡建的青云亭成为马六甲福建商帮总机构，马六甲最初的繁荣与他密切相关。今天，在他的家乡龙海榜山镇文苑社仍保存着的明代族谱记录着他的名字。辜礼欢，海澄人，率族人来到槟城，成了这里最早的华人甲必丹，他的有欧洲血统的孙子辜鸿铭，后来成为中国文化史上一个特立独行的人物。漳州天宝韩氏，这是一个在1000多年前随开漳圣王陈元光从中原迁徙漳州的古老家族，18世纪初，从这个家族的一个叫武松的前往爪哇开创事业开始，在18、19两个世纪里，前后有32人出任各地的甲必丹、雷珍兰。

甲必丹是荷印政权对华侨社会进行控制和间接统治的产物，充当华侨在荷兰总督府的利益维护人和官方事务联系人的角色，由华人长者主导或者家族世袭。作为商业惯例，从荷兰总督昆开始，华人甲必丹拥有一切零售业及沿海贸易承包权。

17世纪30年代，华人支付人头税占城市各项税收总和一半以上。

1644年，巴城当局21项行业税收中，华商承包17项。

一些年后，当人们来到郑芳扬们奋斗过的地方，仿佛站在一个时间的制高点上。观看那座神奇的城市，他们发现，那座经历了不同历史时期的城，展示出令人心醉的风貌，街道曲折狭窄，屋宇参差，那些瑞狮门扣，那些龙凤镶嵌的中国式的住宅和葡萄牙人的圣保罗教堂、荷兰人的史达特斯教堂、柔佛苏丹的陵墓，就这样参差交错在变幻光阴中。

300年前，当漳州人坐船来时，他们是这儿的包税人、建筑商、市场经理、庄园主、头家、工人、农夫、父亲、市民……

随漳州商船一路漂洋过海的漳州神祇，带去的将不仅仅是一种信仰、一种精神依托，或者异乡客对故乡的温暖的回忆，它们将在多元文化社会里建立一种人与神、人与人之间的相互信任与理解的关系。

新加坡位于马来半岛最南端马六甲海峡咽喉处，古称淡马锡，在爪哇语里，这是"海市"的意思。从1150年三佛齐王子盘那在这里发现狮子开始，渐渐进入人们的视野，19世纪，漳州商人见证它由一座荒岛迅速成长为国际化城市国家。

1828年，漳州商人薛佛记带领新加坡帮众兴建恒山寺漳泉人公墓。1830年，恒山寺在石叻律创建大伯公庙。因为"大伯公"，更多的异乡客聚集在一起，成了福建会馆的雏形。1839年，天福宫在直落亚逸街落成，祭祀妈祖，然后，恒山寺迁至天福宫，1840年，海澄人陈金钟成为首任头家，新加坡福建会馆由此成型。

因为地域，人们走到一起，又因为共同的信奉，人们有了联系的纽带，当宗族、乡族关系被强调出来时，来自群体的认同，使商人们为旺盛的欲望所驱遣，不畏艰险，一呼百应，在所不惜。

槟榔，多元种族移民缔造的城市。

1786 年，英国人莱特上校开辟槟榔屿，作为东印度公司在东南亚的第一个桥头堡，以便在与葡萄牙、荷兰和法国殖民强权在东方香料和中国商品贸易中占一席之地。因为自由港贸易和宽松的土地政策，15 年时间，由一个人烟稀少的小岛，一跃成为人口上万的新埠，华人、马来人、印度人、欧洲人、暹罗人、缅甸人的竞技舞台。

19 世纪 60 年代，槟城成为华人为主的移民城市。

来自九龙江下游滨海的海澄三都乡民——谢、邱、杨、林、陈五大姓氏，作为槟榔屿的早期移民，在"公司"的旗号下，凭借文缘、血缘和地缘关系，结集成强宗望族，执一方经济牛耳。

这些基本来自漳属原乡的异乡客，以供奉家乡神明的寺庙或宗祠为中心，聚族而居，互为邻里，在异国他乡，执宗族之事，行宗庙之礼。神明的香火、定期举行的节庆祭拜和神诞活动，使异乡人因为拥有共同的义务而赢得心灵的慰藉。那些家乡老榕树下的梦，凭着一管烟枪、几星火苗，竟也明明灭灭在南洋的椰风蕉雨里头。

上元，妇人在温暖的炉膛前，烧出滚烫的汤圆，扰乱黎明的清梦。

清明，祖先把人们聚集在一起，清歌一曲，杏花春雨江南，不再是遥远的梦。

中元，漫江的水灯，照亮了沉眠于幽冥的异乡人的亡魂。

中秋，举酒邀月，人们知道千里之外，大海那边，有人和自己一样心思悠悠……

人们"做生理"、"吃头路"、伤逝、宴饮、惜别，因为彼此间的依靠而渐渐安定下来。

当人们告别人世，家族的墓地又让人们聚集在一起，彼此温暖，他乡故乡，相约着进了梦乡。

商人们为这些活动买单。他们买下地皮，买下房产，成为族人的公共资产。邱公司拥有 140 栋房产，20 亩土地。谢公司拥有 137 栋房屋，数亩土地。还有林公司、陈公司、杨公司，用同样的方法把人们联结在一起。这些漳州家族在海外，如树身与树叶一般，渐渐生长。

而人们又通过选择性的婚姻，拓展到马来半岛、泰南和北苏门答腊，最终冲破语言和族群的樊篱，建立跨地域的社会经济和政治网络。

神明，并不是对每一个信仰他的人赐福。

在异域，他们是没有帝国的商人、王朝弃民、帝国和西方航海势力猎杀的对象。

马尼拉的四季是美丽的，但是，商人们对它的期待，有时将消逝于血腥。

1603 年，西班牙人对马尼拉华人进行大规模屠杀，24000 人因此丧生。

1639 年，因为大量廉价的中国丝织品输入墨西哥，冲击墨西哥和菲律宾两个总督区，由财政危机引发政治危机，华人再次遭到大规模屠杀。

"八连"，有时人们乐意称之为"芭莲"，一个类似热带水果的甜美地方，马尼拉以东一个小地区，华人的集聚地，它的位置正好在殖民地政府大炮的射程内。

巴达维亚的四季也是美丽的，令人快乐，也令人疯狂。但是，所有这一切也将流逝，中国青花瓷并不能永远保持它的亮洁；交易带来的快乐有时将被粉碎，生机勃勃的生命，有时将陷入黑暗。

当华人在经济上的发展挑战垄断，荷兰东印度公司那些人，都是聪明的商人，所以他们知道，该用什么方法轻松抹去竞争对手。所以，1740 年 10 月初，当荷兰船员阿里·休塞斯在街上忽然听到屠杀起火时的哭叫声时，他目睹了人世间最邪恶的场面在巴达维亚的椰风中拉开了序幕，荷兰人或许此前曾文质彬彬，甚至和与他们有利益关系的华人保持温情脉脉的关系，但这个时候，突然变成明火执仗的劫掠者和热心的死刑执行人，在这座日后因为曾经融会人类多种文明印痕而令人引以为荣的城里，把追逐猎杀生命当成了一件赏心悦目的事。

华人住宅区的烈火持续了几天几夜，妖艳的火舌，舔去一万多个无辜华人的性命，无论男女老少，连孕妇和怀中的婴儿，都不能幸免，死难者的鲜血染红了雅加达河，这就是历史上的"红溪惨案"。

经济力量强大的华人的存在，总使他们——殖民者——爪哇的"主人"感到不安。

不错，这些人有太多的令人不安的理由。

所以，每到经济危机时，华人便成为替罪的羔羊，就像在他们的皇帝治理下的国家一样。

今天，那些散落在漳州大地的为数众多的华侨住宅，因为见证了漳州商人的奋斗、成长，融会了他们曾经的乡土理念，而成为漳州历史文化一道别具韵味的景观。

长泰坂里新春村"将军第"，始建于1880年，是荷印时期望加锡甲必丹汤河清的故居，门楣上李鸿章的题匾，至今仍然彰显着这位因捐巨资赈济山西灾民而被授予顶戴花翎的副将衔的南洋富商的荣耀。

龙海浮宫美山村南川郑氏大宅，始建于1881年，雕梁画栋，勾连铺陈，100万两的耗银，营造出印度尼西亚富商郑永昌对生活的全部理解。"女儿楼"，一件父亲送给待字闺中的女儿的礼物，那阳光下的灵动、荒芜中的亮丽、破败中的华美，仿佛是父女间的轻声细语，被幻化成刻花的石头和凝固的泥浆，并流传成今天我们所能看到被岁月雕琢的温柔的父爱。

在用爱与财富书写的人伦光华的背面，他们的辛酸、他们经历的苦难，已渐渐被人淡忘。

人们只记得那些勤奋的商人，奔走在海洋、内陆、城市、村落、市场、工地，成为城市的开拓者、蔗糖生产者和中国商品的供应者……

印度尼西亚阿卢群岛，年复一年，沐浴在太平洋岛的椰风蕉雨中。

当适合贸易的季节开始的时期，中国人来到这里，他们暂时住在这里，他们穿着白色的衬衫和蓝色的裤子，宁静、整洁。他们是头家、商人，他们从阿卢土著手里购买海产。当地华人坟墓的墓碑，是从新加坡运来的。人们不太清楚中国人购买海产的具体年份，土著人的回答是，在他们的父亲、他们的祖父在世时，中国人已经是阿卢的常客了……

在跨文化的南洋开发史上，他们是富于韧性的一群人。

他们离开大陆，走向群岛，有时是因为生存压力，更多的是一种心理惯性，如果有机会，他们就应该离开家乡，如果有可能，他们就走得更远。

只有老照片、老故事、老屋子，为他们的存在提供一段充满疏离感的历史，而在椰风蕉雨的南洋，他们的故事，成为传奇。

▲ 南川郑氏大宅

岁月深处的天一旗

也许，这是人类历史上一次漫长的马拉松。48 年间，一代人，两代人，前赴后继，从信差手里传递的那一封封银信，像一双双伸出的手，让那些远涉重洋的人、那些守望家园的人，成了生命中息息相关的一群人。

天一信局总局的那些"番仔楼"，隐藏在龙溪二十八都九龙江入海口流传村深处，先前，从那儿去对面的厦门岛，只要坐一个小时火轮。

如果时光倒流一个世纪，那些巴洛克风格的"番仔楼"的厝顶，将飘扬着那面著名的天一旗，旗的正中，是一个硕大方正的"天"字，一个弯曲成圆的"一"字，环绕着它，那是"天下一家"的意思。

▲ 郭有品

大约在清光绪六年（1880 年），一个叫郭有品的年轻人从吕宋回到家乡流传村，创办"天一批郊"。这是中国历史上规模最大、范围最广、经营时间最长的民间信局。习惯上，闽南人称它"天一信局"。16 年后，大清国才有了自己的国家邮局。

这个专营东南亚信汇、票汇、电汇的民间信局，鼎盛时期，在菲律宾、印度尼西亚、新加坡、缅甸和柬埔寨等 8 个国家设 24 个分局，在中国的香港、上海、厦门等地设 9 个分局，活跃于南洋华人社会近半个世纪……

在邮路不通的年月，银信业或许是世间最温暖人心的行业。发生在明清时期的那次中国历史上著名的移民潮，裹挟数百万闽南人远走南洋。对于那些怀揣梦想漂泊异域的人来说，无垠的大海，是一道阻绝人伦的屏障。家在这边，国在那边；思念在这边，牵挂在那边。

一些年前，那些做梦远行的闽南人，穿着单薄的衣衫，背着单薄的行囊，搭上木帆船，到了陌生的地方，侥幸活下来的有了点积蓄，就会想方设法寄回家乡，赡养父母，买田起厝。那时，交通不便，国内又无邮局和银行，这些识字不多的人，他们的血汗钱，往往托忠厚的熟人返乡时一并带回，于是，有了一种叫"水客"的职业。"水客"将南洋的银信带回家，又将家乡的人携往南洋，他们收的那些佣金，一样养家糊口。

那也许是中国移民史上绝无仅有的一道风景：当郭有品和数千水客背负挨家挨户收集来的银信，乘着早期的木帆船，穿过那片充满热带风暴的海洋，数百万"番客"和老家连起了一条生命线，从此，国

▲ 天一信局

再遥远，依然是国；家再遥远，总归有家。

正如中国人喜欢把施行仁术的医馆药行称为"天一"一样，年轻的水客郭有品把自己创办的这个信局，也叫"天一"。现在还刻在信局的墙上，100年的时光，不曾改变它最初的模样。

郭有品17岁到吕宋当水客，10年后，回家创办"天一信局"，21年后，因传染病去世，一种视天下为一家的胸怀，伴随他并不漫长的人生。

"天一批郊"创办初期，郭有品自己在吕宋收取侨汇，押运回国，到家后，再雇请族人投送。那是充满风险的旅途，疾病、海盗、热带飓风……每一次出行，可能都是一条不归路。在行政力量鞭长莫及的时候，水客的职业操守，便是这一行的信誉保证。一次押运侨汇途中木船遇台风沉没，郭有品死里逃生后，返乡变卖田产，凭衣袋中仅存的名单款项，一一把赔偿送到雇主手中。

水客的生活大写着风险和诺言，对于那些离家远行的人而言，他们托付的，绝不仅仅是浸透了血汗的银元。所以，当天一旗升起的时候，水客们就知道，那是一面必须用生命守护的旗帜，如果不幸涉险，他们将不惜变卖田园、自残肢体，甚至了结生命来兑现自己的诺言；而四乡邻里，也就知道，猎猎旗风带来的是亲人平安的消息，是一家人生活的希望。许多年后，那些写在泛黄的侨批上的名字，那些叫"郭素月""黄琼瑶"的，早已是过眼云烟，而那些字迹清晰的天一邮戳还在，仿佛向那些相信它的人证明：人在，银信在，诺言在。

同治八年（1869年）的冬天，当17岁的郭有品跟着信风远走南洋去走单帮做水客的时候，他或许还没有想到：一个水客的职业操守，将成就一个拥有33个海内外分局的专业化批银运作的跨国行业，那面张扬着理想信念的天一旗，将成为南洋岁月挥之不去的记忆。

后来，郭有品开始将在吕宋收取的侨信交客轮邮回，而银款则通过外国银行兑寄。银信到达厦门分局，分拣流传，由信差送到侨眷手中。侨眷收到银信后，将回批交信差带回。汇款数额直接写在信批上，严禁信差收取小银。

许多年后，那些侨批，成了集邮家们手中藏品，一封1905年的批这样印着信用封："本局分批现交银议，配资分毫无取，交大银无甲小银，若有被取或甲小银祈为注明批皮或函来示本局，愿加倍返还贵家，决不食言，乙巳年天一再启。"

在以后的日子里，天一信局建立了一整套批银揽收、承转交接、委托还解、资金头寸调拨制度，成了影响那个时代侨批业的基本模式。

它的信汇、票汇、电汇业务，是东南亚同行翘楚。

它的侨批业务，一度占闽南地区侨批量的三分之二。

它与那些航行在太平洋上的欧洲邮轮和英国汇丰银行的业务往来，使它开始有了近代金融企业的雏形。

在天一信局业务如日中天的时候，人们建起了现在我们所看到的"番仔楼"。宛南楼建于1911年，两层，拱券式外廊，人走过时，有燕雀的声音。它的前庭，是一个巴洛克式的拱门，装饰的，是中式的龙凤和对联。

陶园建于1921年，是郭家花园，园中那座旧日伙计住的二层洋楼，现在住着郭有品的孙媳妇。

北楼建于1921年，同样是二层的木结构，正立面顶檐西式山花，前后拱券式外廊，外墙装饰线条繁复，中西杂陈，罗列着"安琪儿""鸽子"和诱人的"花草果蔬"。那些灰塑，还留着当日的样子。它的里头，是一个大院落，回廊环绕，大片日光从天井注下，正值冬日，满庭依然是叶色青青、鲜花绽放。

那时的闽南人，一定是懂得挑自己喜欢的东西装饰自己生活的人。他们为自己修建大厝时并不刻意追求什么样风格、什么材料，无论是欧陆的，还是中国的，喜欢就拿来，从此成为生活的一部分。让那年代的许多人，从那些建筑了解遥远的文明；而后来的人又从这个遗留下来的东西了解自己的过去。

　　北楼建成后，天一信局总部办公地点移到这儿，苑南楼成了居家的地方。一道天桥，从二楼把两幢楼连在一起。深夜，劳碌了一天的天一掌门人和伙计们从自己的办公室走向卧室，下面是寂静的巷道，幽微的灯光，潜伏在黑暗中的危险，比如那些突如其来的匪患，仿佛就远了……

　　在天一信局北楼里，郭有品的发黄相片，挂在幽暗的墙上。那时，摄影技术传入中国不久，不知哪个摄影师给郭家子孙留了这张相片。相片中的郭有品留着那个时代男人都留的长辫子，穿着长衫，清瘦的脸，淡淡的神情，同那时代的闽南人一样。

　　一些年前，当天一信局在掌门人神情恬淡地在总局大楼里品茗，楼外是宁静的乡村，在他的调度下，每年有 1000 万 ~1500 万银元，经由纵横交错的侨批网络，流向都市山间。

　　同样在这个时候，乔致庸和山西商人们也在他们光线暗淡的票号里轻挑细捻中国经济的某一根神经末梢。他们大约没有意识到，在后人眼里，充满平民化色彩的侨批业和富贵气十足的山西票号已然成为中国金融业的两朵奇葩。

　　仿佛是与生俱来的宿命，天一信差的足迹与那些四海为家、落地生根的闽南人形影不离，椰风蕉雨的南洋，闽南人的奋斗与艰辛、光荣与梦想、故事与传说，因为那些年复一年的薄薄的信批，而洋溢着回肠荡气的家国情愫。

　　当天一旗在 8 个国家 24 个海外分局和 9 个国内分局迎风招展的时候，数百名天一信差，正在进行一场漫长的跋涉：吕宋、怡朗、三宝颜、苏洛、甲答育、吉隆坡、马六甲、槟城、井里汶、泗水、巨港、万隆、曼谷、西贡、仰光、金塔、香港、上海、漳州……也许，这是人类历史上一次漫长的马拉松。48 年间，一代人，两代人，前赴后继，从信差手里传递的那一封封银信，像一双双伸出的手，让那些远涉重洋的人、那些守望家园的人，成了生命中息息相关的一群人。家国万里，他乡故乡，"番客"的故事，水客的故事，最终凝定岁月跋涉者那苍茫的姿势。

天一总局的那些承载过无数"番客"悲欢离合故事的房子：陶园、苑南楼、北楼，现在泊着幻境般的晚风夕阳。燕雀的声音，使那些拱券式的回廊有些寂寥。水榭歌台、斜阳草树，散落其间的欧罗巴碎片：那些拱门、那些山花、那些扶栏、那些通廊、那些泥塑……以及旧影斑驳的对联诗画，或许还让人想起那些春暖花开的日子。

水客的时代已经结束。

水客勾连着的数百年来那些前赴后继远走南洋的闽南人的故事，还在继续。

就像那些巴洛克式"番仔楼"的厝顶，那面岁月深处的天一旗，依然在风里飘扬……

林文庆和他的时代

林文庆的时代,是一个大变革的时代,激动、破坏,成为时代最为振奋人心的号角,恪守传统,维护儒家文化理念,却是一种忍辱负重的选择。

一个被刻意遗忘半个世纪的老人,执掌厦门大学16年,为他赢得"中国南方之强"的盛誉。

陈嘉庚称他为"南洋数百万华侨中唯能通西洋物质科学,兼具中国文化精神者"。

郁达夫称他为"真正的儒者,我们所尊敬的通才硕士,有学问兼具道德的典型"。

林文庆,一个漳州海澄籍南洋商人,医生、学者、议员、商人,虔诚的英籍华人基督徒和说英语的儒者,曾经是马来西亚橡胶种植业与新加坡金融业先驱,但他最终投身教育,并且以多元人生见证华人在动荡变迁中的发展轨迹和精神世界的前进方向。

1869年,林文庆出生在新加坡一个商人家庭,没有详细的细节可供推测他的幼年生活,12岁丧父,由文人祖父林玛彭抚养成人。幼年在福建会馆受过传统文化教育,但不久即转入吉宁街殖民地政府办的英文学校就读。梦琴,一个十分中国化的符号——他的字显示中国元素在这个土生华人身上留下的刻痕。

"海峡华人三杰"是人们对19世纪出生于海峡殖民地的"土生华人"知识精英伍连德、宋旺相和他的合称。生长于华人家庭,英国名校深造,返回马来西亚致力于当地华人改良运动,娶中国女子为妻,贡献知识

▲ 林文庆

于母国，然后又回归南洋，身后被中国历史淡忘，半个世纪后，再度被人们记起，他的一生，即是传奇。

爱丁堡大学——林文庆的母校，创立于1583年，是全英国最古老和最大的大学，在18世纪欧洲启蒙运动浪潮中成为欧洲学术中心和最优秀的大学，是首相、总理、大臣的摇篮，科学家、社会学家、诺贝尔奖金得主的圣地，辜鸿铭和休谟，来自这个学校。它的医学院是世界著名的医学教育中心。它所在的城市爱丁堡——苏格兰首府，被称作北方的雅典，中世纪哥特式建筑和19世纪希措复兴期建筑杰作，使它成为欧洲最吸引人的城市。

从1887年开始，总共5年时间，林文庆在这里接受良好的教育，然后前往剑桥。英国人胡列特帮助他顺利完成学业。他的留学时代，是维多利亚女皇统治的最辉煌时期，英国科学的发达和文明的进步，以及良好的传统，给他留下好感，并使他成为一个绅士。

若干年后，当他年老，他执着的性格和守秩序的习惯依然如故。他是一个绅士，一个在自己的相片中衣饰整洁、额头光洁、面容饱满、目光清越、表情沉稳的人。

所以，1893年，当林文庆回到新加坡和他的同学哈得逊合开诊所，那种细腻周到的服务和精湛的医术，很容易赢得人的好感。

黄遵宪，大清国的新加坡总领事，盛赞他是"上追二千年绝业，洞见症结，手到春回"，似乎有些溢美。

他一度担任的新加坡乔治七世医学院讲师、英国爱丁堡皇家医学会会员、英国医学会马来分会会员、比利时根脱医学通讯会会员、日本京都医学会会员，似乎是这个海峡华人青年医生的成长佐证。

海峡殖民地华人的政治取向和文化趋向，对海外，尤其是新加坡华人社会的进步起推动作用。

在这个多元社会里，"福建人"即闽南人来得最早，并且以最快的速度积累更多的人口。当他们来时，只是拓荒者、怀揣梦想的异乡人，但他们的后代——第二代、第三代，那些土生华人，他们在马来语、英语和闽南方言的语境中长大，他们对中国文化的认知已经有限。也许，母语，已经成为遥远的声音；汉字，只是一种能够呼唤起潜意识的装饰符号。祖先扬帆海上的光荣已经成为旧梦，古老帝国的朝贡贸易体系国已相继沦为西方人的殖民地。但是，即便这样，依然能够支撑起人们对伟大未来的联想。

正如西方人在民族复兴运动中看到的希望一样，传统文化基因，正一点一滴地释放出来，汇成一股潮流，人们借助传统文化，以社会动员的方式，把现代政治观念，融入族群意识，在殖民地社会政治统治的边缘，显现精神回归。或许，他们已经知道，文化身份，比富足更为重要。

所以，人们需要寻找自己的文化身份，并且让下一代以自身的文化身份为荣。

两个人对这个时期的林文庆产生重要影响。

宋旺相，比林文庆小三岁，"海峡华人三杰"中的另外一个，他的生活轨迹和林文庆如出一辙，祖籍漳州南靖，1887年获女皇奖学金，在英国攻读法律，1890年转剑桥攻读文学，1893年，当林文庆回新加坡开诊所时，宋也回新加坡开律师馆，并在短时间里在各自领域显山露水，《海峡华人杂志》是他们共同创办的报刊。

邱菽园，与宋旺相同龄，祖籍漳州海澄，诗人、佛教徒、南洋华人社会中的中国名士，6岁赴新加坡，在那里接受中文教育，然后回国深造，20 岁成为大清国的举人，接着又回新加坡继承财产。一个积极的保皇党人和有力的捐助人，一个把中国文化延伸到南洋的身体力行者，"星洲"一词的发明者，吟诗、办报、创文社，始于巨富，终于贫困潦倒。

这几个人组织好学会，开设中国古典文学讲座，在华侨中推广汉语，在新加坡和印度尼西亚爪哇开设华侨女校、华文学校、华语训练班，传播中华文化，推动南洋社会华人改良运动。辫子、妇女缠足、吸食鸦片，那些代表中国贫弱的征象，成了他们需要率先根治的陋习。

1895 年，林文庆成为海峡殖民地立法会议员，此后的 1901 年和1915 年，前后三度当选这个职务，一个医术精湛的医生成为能言善辩的社会活动家。

许多年前，当风华正茂的林文庆医生在热带夕阳中掩上自己诊所的门窗，借着徐徐晚风漫步在艳丽的新加坡街头时，火红的九重葛掩映着殖民时期的建筑，那些中国闽南式的古典民居或许让他的心情雀跃不止，在经历了维多利亚女王时期英伦文明的洗礼之后，他发现了一个族群的传统荣耀。

《中国内部之危机》是林文庆在这个时期发表的英文论著。

林文庆为维新派辩护，谴责顽固派，驳斥"黄祸论"，这是华人第一次直接向西方世界表达自己寻求改良和进步的强烈诉求。

一个海峡华人知识精英，正在被卷入多元文化社会里多种民族主义旋涡。中国面临的危机，东方生活的悲喜剧，对焦点的关注，使他成为民族主义式的思考者。

新加坡"太平绅士"、英国女王的勋爵、大不列颠帝国勋章获得者和 1919 年的香港大学名誉法学博士，是主流社会对他的认同。

在英国，林文庆的另一项收获是结识了同是医生的孙逸仙博士，并成为他的朋友。他们的友谊一直保持。

1900 年 6 月，从事革命活动的孙逸仙与他的日本朋友宫崎寅在新加坡被捕，林文庆从西贡一路赶回，利用在殖民政府的影响，成功地搭救两个人。尽管在保皇党中有许多的朋友，但是 1906 年，他还是成了新加坡同盟会会员。南京临时政府成立时，他成了孙中山内务部卫生司司长和私人保健医生，1916 年，又出任外交部顾问，直到孙中山辞去南京临时大总统职务，政府北迁。

土生华人社会的改革家、革命党的同路人与维新派保持真挚的友谊，贯穿林文庆多元人生的，是一个复杂多变的大时代。

林文庆，正如那些出生在南洋的华人一样，他们的父辈，已经在那里定居，他们的血液，或许已经有了当地人的基因，而他们，从小接受英文教育，南洋，已经是他们的家，祖国，已经是遥远的梦，连语言，都在渐渐淡忘，潮湿的英伦，已经成为他们想象的一部分。但是，他们的父辈和中国，依然有着千丝万缕的联系，中国文化元素，仍然是他们生活的一部分，即便是他们已经剪去长辫，说一口和闽南语一样流利的英语，或者成了基督徒，不过，当新年来临，放鞭炮、收红包、谢神以及元宵灯会，都让旧时光的温暖，浮动在每一个人的心里。

所以，当潜伏在心底的民族意识开始觉醒，他们不约而同地回到中国，卷入那里的现代国家的构建，那是他们的"母国"，从此，他们游走于"国"与"家"之间。

1921 年 5 月，暮春时节，林文庆同时收到两份邀请，一份来自旧日朋友、已经在广州就任非常大总统的孙中山的电召，让他回国襄赞外交。另一份是他的好朋友、南洋华侨巨子陈嘉庚的邀请，请他出任新办的厦门大学的校长。

孙中山为他做了选择。6 月，林文庆抵达与他的祖籍地相邻的厦门，从此放弃南洋的事业。此后 16 年，他与厦门大学相知相随，把生命中最宝贵的时光贡献给厦大。这个时期，正是厦门大学的发展期。

厦门，现在是一个国际性城市，海阔天清，来自世界各地的船只，在港口进进出出，火红的凤凰树使这个城市在闲适中拥有几分娇艳。

但是，20世纪20年代，厦门是一个脏乱的港，半是荒山，半是坟场。

校主陈嘉庚和校长林文庆，都是闽南人的后裔，祖先在南洋披荆斩棘，而他们为故乡建设添砖加瓦。

一些年后，厦门大学成为一处美丽的所在。

林文庆刚执掌厦大时，学生不过百人，但是，他要把它办成"一生的非死的、真的非伪的、实的非虚的大学"。厦大的校训"止于至善"，来源于《四书》中的大学之道。校旨是："发扬美洲民族精神，造就运用科学人才，使我国得与世界各强国居同等地位。"

"生在南洋，学在西洋"的经历，儒家思想与西方文化相结合，形成自己的办学理念和教育思想，林文庆由此回归儒学传统并坚守终生。

他建立完备的机构和规章制度。

鲁迅和林语堂成为这个学校的教授。

1926年，北大差不多半个国学院被迁到厦大。顾颉刚、孙伏园、沈兼士……一大批著名学者会聚到这个美丽的海滨校园。

厦门大学进入它的发展时期，前后数十栋教学楼、科研楼和宿舍拔地而起，在热带棕榈树的掩映下，展露南洋的风情。来自海内外的学子，在图书馆和实验室研习学业。厦门大学，因此有了"中国南方之强"的盛誉。

对林文庆而言，筑校，是空间范畴的事；提倡国学，是时间范畴的事，善于用第三只眼睛看待问题的林文庆，或许希望通过对良知的教导，使筑校行动成为一项神圣的、恒久的事情。

林文庆的时代，是一个大变革的时代，激动、破坏，成为时代最为振奋人心的号角，恪守传统，维护儒家文化理念，却是一种忍辱负重的选择。

许多年前，那个置数百万资产于海外，在南中国海滨校园用流利的英语讲授孔孟之道的实业家，在一个激情燃烧、传统被质疑的年代，因为尊孔而被他的学生、被那个时代的文化先锋、被那些惯于鼓噪的报刊诟病，并成为一生挥不去的阴影。那个宽阔美丽的校园里，关于他的信息，曾经默默消逝在空气中。

从历史的观点考虑，那些时代先锋，包括学生教授们的追求自由的愿望并无不妥，精神的自由有如生命一样珍贵。但是传统并不是辫子和女人的小脚，它的光辉曾经照耀东方，也感染西方，企图使民族放弃悠久历史回忆并不是一件小事。所以，人们可以选择破坏，从破坏中求得快乐，再选择无奈的维护，来延续人类的文明，并使其日复一日成为一件无比浩繁的工程。

今天，人们或许很难理解他们生活的那个时代与社会，但是，他们在内心的冲突与转变，希望与失落中表现出来的追求自由的理想与精神，永远是民族前进道路上的光亮。

而林文庆，一个海峡殖民地的土生华人卷入这场旋涡。

他曾那么努力理解与改革自己所生活的那个世界，并且在这场狙击行动中耗尽心血。

▲ 鼓浪屿笔架山 5 号别墅

　　当 1921 年暮春时节林文庆抵达厦门海滨，此后他无论对这个学校和学子说了什么，或者做了什么，便不再是应该被随意遗忘的事情。

　　他在厦门大学的行动，我们并不认为这仅仅是一种海峡殖民地土生华人的文化觉醒。

　　他在 90 年前试图向人们转达的信息，证明他是对的。他在 90 年前做的事情，正是今天我们积极去做的。

　　今天，孔子学院在世界各地遍地开花。

　　鼓浪屿笔架山 5 号别墅——林文庆的住宅，青藤漫卷，牵挂仨如流的时光。风，让枝头发出沙沙的声响。

　　许多年前，每一天，林文庆从这里走到码头，然后坐船，渡向他的大学，然后，一步一步，走向他的晚年。

　　的确，这是他的大学，他愿意奋斗一生、牺牲所有宝贵时光的大学，在没有薪水的时候，他在厦门的另一个职务——鼓浪屿医院院长的收入，也给了这个学校。还有他的那些还在南洋的土地，大约还有35英亩，也成了基金，捐给大学。

厦大，已经是他的家，为了这个家，他从一个年富力强的南洋富商，成了几乎一无所有的古稀老人。

1934年，陈嘉庚的经营走下坡路，教学经费陷入困境。1937年7月，厦大改为国立，林文庆辞去校长职务，回到新加坡重操旧业。这时林文庆已年近七十，生命已进入冬季，而他身后的厦大，他来时，不过是一块砖；他走时，已是一片玉石。

1941年，太平洋战争爆发，那些已经经营数十年、数百年的殖民地，像潮水后的薄墙一样倒塌。翌年，日军占领新加坡，林文庆在占领军集中营被发现，然后命运阴错阳差地推着他成为"昭南华侨协会会长"——占领军设立的伪职。

那时他的儿子，同样毕业于爱丁堡大学的林可胜——未来的中国缅印战区司令部医药总监，正在贵阳为抗日将士疗伤。

"二战"结束，林文庆闭门谢客，从此不问世事。酒，成了他的伙伴，帮助他排遣生命最后的时光，直到1957年，他复杂多变的人生随着他的辞世而告一段落。

半个世纪后，林文庆的母校——爱丁堡大学成立孔子学院。

2005年，厦门大学在图书馆后池塘边造"文庆亭"。

"文庆亭"亭记这样写道："一九二一年六月，林文庆博士应校主陈嘉庚先生之请，接掌厦门大学，倾其睿智才学，运筹操营，主理校政十六载，学校事业蒸蒸日上，硕彦咸集，鸿才叠起，声名远播海内外，与公办各校并驾齐驱。"

林文庆雕像被放在文庆亭一侧，面部温和、眉头微蹙，背后，是风中婆娑的热带棕榈，日光，让冰冷的石头变得温暖。

故乡与他乡的故事

> 对他们而言，所有的故乡原本不过是异乡，所谓的故乡，不过是他们的祖先在漂泊旅程中的落脚的最后一站。他们经历过的地方，值得让他们倾心经营与奉献，并最终把自己的一生留在那里。

这是关于故乡与他乡的故事。

离开曾经生活过的土地，等待人们的将是什么样的命运？

面对浩瀚肆虐的大海，迎接人们的将是什么样的传奇？

几种文明交汇的浪尖，云水苍茫，何处是生命的支点？

在东南亚，有许多以漳州人名命名的地方，新加坡的金钟路、金榜路、河水山、推迁路、齐贤街，印尼万隆的杨纯美街，马尼拉的林旺路，砂拉越古晋的沈庆鸿路……每一个地名的背后，隐藏着一个个传奇故事。

在异国他乡，当年曾有多少来自漳州的拓荒者，每个拓荒者的背后，又曾有过多少故事，没有人说得清楚。

作为南中国美丽的侨乡——漳州，500万人口中归侨、侨眷占11%，在海外70多个国家地区，至今还分布着70万漳州人以及他们的后裔。他们，或者他们的亲人们，曾经把"过番"作为改变命运的理想选择和寻找新世界的必由之路。

在漂泊与拓荒的年代，踏上异域并不一定意味着就此拥有如花的前程，但是，一旦走出农耕社会的樊篱，一群群勇敢的"过番客"，注定将成为近代文明的拓荒者。

作为华夏文明的海外延续者，这是一群怀抱家乡远离家乡的人，他们在异域演绎的故事，不会没有家乡的背影；故土遥远，却永远不会只是依稀的梦。

从马六甲王朝时代起，漳州商人就活跃在港口和国际贸易城镇，由中国运来的大批货物，比如丝绸、铜铁器、瓷器、纺织品以及东南亚土产，比如香料和海味，都需要经过福建商人进行交换，他们大都生活在大中城镇，有腰缠万贯的商人，但是，大部分从事零售行业。

十八至十九世纪，欧洲商船的身影渐渐取代福船的风帆，殖民势力的介入削弱福建商人的势力，但是，也为他们提供新的活动空间和商业机会，他们很快和西方商人建立密切的贸易关系，并且在东南亚建立新的商业网络。商人们收集当地土产卖给洋商，同时从欧洲人和中间商那儿购入货物，通过二盘商和零售商倾销东南亚各地，在航线上辛勤奔波的商人们，正在使一座座港口变成繁华的城镇。

▲ 漳州府城

他们来时，并没有携带太多的财产，往往就是一个背囊，几件换洗的衣服，或者，还有一把来自故乡的香灰。许多人将死于大海的波涛，或者热带疫病，那些活下来的，将靠一双手，两条腿，沿着一座座港口播撒下去。然后，从海岸到内陆、从城市到山间，那些现代国家与城市的兴起，与他们有关。

位于马来半岛最南端的新加坡，原先不过是一个丛林莽莽、沼泽密布的荒岛。1819年，英国人莱佛士到来时，全岛不过150个居民，包括30个以种甘蔗为生的华人，几乎是个被世界忘却的地方，但是从1821年2月18日第一艘中国帆船从漳州河口厦门港出发抵达新加坡开始，大批闽南移民和商品经帆船源源不断涌入新加坡，到1827年，华人已经成为新加坡人数最多的种族。

人们在这里开垦种植、兴办实业、开拓航线、修建码头、建造商铺、设立医院、铺设道路、捐建桥梁……

当祖先扬帆海上的光荣已经成为旧梦，这一群群远涉重洋的漂泊者辗转于各地，在以后的日子里，无论是母国还是居住国的社会历史进程，都将因他们而改变。

陈笃生，一个出生在马六甲的第二代华人，他的父亲来自海澄，一个奔走于大陆和群岛的海员。

新加坡开埠时，陈笃生刚及弱冠之年，随人流来到这里，命运有些渺茫。最初，陈笃生只是肩挑车载的小贩，每日奔波于市镇和乡间，靠贩卖一些蔬菜、水果和鸡鸭为生，这种人在南洋如恒河沙数。沿街叫卖的声音，将湮没大多数人的梦想。但是，陈笃

▲ 陈笃生

生有足够的耐心先在船基开一间小小的食杂店。许多年后，人们还记得 19 世纪华人商店的情形，不过是一排沿街或者河岸排开的板店，前头开放，里头摆放的货品几乎千篇一律，终年散发似乎是霉菌和香料的混合味，伴随他们的是炎热和枯燥的生活。

然后，陈笃生在一个叫十八溪间的地方开设商行，从靠岸的货船中收购一些诸如蜂蜡、樟脑、树藤、古答胶、燕窝等土产。再往后，他又和英国人怀特赫合伙输出大宗热带土产，输入建材，渐渐成了有名的出口商人，一个有信用的商界领袖和第一个华人太平绅士。

新加坡开埠时，鼓励华侨入境，估计在 19 世纪 30 年代，每季有中国船载运到新加坡劳工 800~2000 名，在中国，他们是破产的农民和手工业者，作为廉价劳力到达东南亚，许多人不堪热带气候而疾病缠身，衣食无着，沦为盘桓在别人屋檐下的流民。每当夜里，楼影幽暗、路灯昏晦，满街的月光在城市制造片片阴影，那些蜷卧的异乡人，像晾在岸上的鱼。

作为福建帮的领袖，陈笃生开始四处游说。

1844 年 5 月 25 日，贫民医院在珍珠山奠基，全部经费由陈笃生捐赠。

1846 年，医院落成，殖民地政府为它提供医生和药品，经费则由陈笃生发动社会捐助。

对于那些漂泊异乡的人来说，生命，有时候只是一条残破的船，在行将沉没的那一刻，突然看到满天幕的星辰，逃生，成了一根顺手捞着的稻草。

在贫民医院落成后的第六年，陈笃生去世，医院由他的儿子陈金钟执掌。第二年，贫民医院改称"陈笃生医院"。到 20 世纪初，医院已经有能力一年收治 1.4 万名病人，现在，它的规模仅次于新加坡中央医院。

陈金钟在 1863 年创办了丹绒巴葛船坞公司，拥有"暹罗号"和"新加坡号"两艘火轮，和各个国家有了贸易往来，被认为是新加坡海港的奠基人。

　　作为暹罗国王派驻海峡殖民地钦差大臣兼总领事、新加坡的第二位华人太平绅士和福建会馆首任会长，陈金钟在海峡殖民地拥有广泛的影响力，当年，闽侨结婚，见证新婚夫妇双双携手的，不是市政厅，而是福建会馆陈金钟的红色印章，表示对一段美好的姻缘的祈福。

　　金钟路，是人们对他的纪念。

　　在陈笃生为贫民医院埋下奠基石的第二年秋天，一个叫林和坂的16岁少年搭船告别龙溪县浒茂老家到新加坡谋生。浒茂——九龙江入海口的一个村落，曾经见证月港的荣耀，当时已经衰落，但是许多人踏着先辈走过的路，去寻找新世界。林和坂全部路费是由父亲卖掉两张渔网换来的两块大洋，这是他的第一次远行，除了已经到那里的舅父，没有任何依靠。他的第一份职业是黄敏公司打杂伙计。他的锦绣前程从他成为黄家女婿开始。那时，商人黄敏旗下的丰源船务公司的船队航行在新加坡与荷属东印度群岛，搜集当地土产，出售中国瓷器丝绸，是华侨中规模最大的出口商人。漳州海滨少年鱼跳龙门的经历，或许曾经激励过无数乡里人的财富梦想。

　　在1868年黄敏去世时，林和坂和黄敏的独子联手用20年时间将船务公司发展成为新加坡最大的注册船务公司，30余艘船只往返于北婆罗洲、菲律宾、荷属东印度群岛、马来西亚和中国各大商港之间，后来林和坂独掌这家公司并将它改名为和丰船务公司。

▲ 林秉祥

　　林和坂的儿子林秉祥，则把父亲的事业推向一个巅峰，父子俩创办的和丰企业包括油、粮、水泥、钢铁等领域，和丰船队一度超越西方人而执南洋航运之牛耳，而后父子投资创办和丰、华商银行，成为新加坡金融业的先驱者。

　　公益事业是林家父子的人生责任。"和坂基"和"秉祥基"是父子俩分别捐建的码头。

　　"福龙茂"即福建龙溪浒茂的意思，在天福宫戏台后面，是他们留给家乡移民的活动场所。一些年前，来自家乡的移民前往新加坡，只要在厦门搭上和丰船务公司的轮船，从船资到登岸后的饮食起居便可免费，直到在新加坡找到工作为止。

　　"采蘩"——林和坂的号。漳州府口——19 世纪末 20 世纪初知府衙门外的繁华的商业区，外来者有时会觉得这里的骑楼——一种被当地人称为"五脚居"的近代建筑和新加坡的没什么两样。林秉祥、林秉懋兄弟联合在这里兴办"采蘩药局"，纪念他们的父亲，并把它做成漳州闻名的慈善机构。到 21 世纪初，这座建筑成为历史街区一个组成部分，日光映着南洋风格的楼宇，仿佛见证一个商业家庭的乡土理念。

　　在新加坡，他们向佛莱士学校捐资，向"一战"中的英国军队捐款。

　　在家乡，他们救济贫民，开辟公园，兴办 9 所小学。

　　林秉祥后来成为新加坡中华总商会会长和龙溪会馆首任理事长。

　　他的弟弟林秉懋，集工业家、银行家、船运家于一身，是新加坡漳州总会、龙溪会馆创办人。

　　浒茂——林和坂、林秉祥父子出生的地方，成为他们的念想，以致死时，还是让人们把自己送回那个地方。

　　在陈金钟的事业如日中天的时候，有一个人的名望，可以与他媲美，这个人叫章芳琳，一个出生于新加坡的漳州长泰籍商人，苑生，他的字，显示他与大陆那边的渊源。同当时许多华商一样，章芳琳继承父业创办章芳琳公司，经营土产，兼营航运和房地产，承包酒税，是一个殷实的商人和热心的社会活动家，在陈笃生创办贫民医院后的第三年，他在新加坡创办长泰会馆。

1876 年，章芳琳在华人街区购地，开辟公园芳琳埔，在人来车往的街心，这一处草埔绿树交映的去处，可以让烈日烧灼的心，清凉一刻，让人们淡忘劳碌以及粗糙的生活。

1882 年，在金声路和合乐路交界，章芳琳又兴建芳琳巴刹（市场），让小贩们，那些印度人、马来人、福建人租住，他在这里修筑马路，拓展交通，渐渐地成了闹市。

1886 年，新加坡消防局消防队装备未臻完善，章芳琳捐资组建苑生消防队，这支民间消防队的齐整的阵容和献身精神，给当时的人们，包括海峡殖民地政府和社会各界，留下深刻的印象。

1881 年，大清国的首任领事左秉隆来到新加坡，章芳琳成了他的朋友。他们之间，曾有过诚恳的商谈，或许是在一个阳光充足的地方，两人随便拉近藤椅，嗅着悠悠的茶香，开始讨论共同关心的华文教育问题。没有详细资料记载他们的谈话细节，不过，到了 1885 年，章芳琳独资创办了章苑生学校。那些远离家乡的父母们，往往希望自己的儿女们，在别的语境里可以拥有一些传统的东西，以保护自己族群的荣耀。章苑生学校为人们提供这种机会，凡是贫苦华侨子弟，不论长幼均可免费入学。

许多年前，章苑生学校在那些马来人、印度人、欧洲人好奇的目光的注视下开学了，从此子曰诗云的声音在半岛南端平静地流淌。

这是一个需要人们惦记着的漳州商人。

至今，仍有许多名称与他有关：章芳琳街、章苑生坊、芳琳码头、芳琳区……

在南洋开发史上，有许多像他们这样的人。也许，我们无缘捕捉他们走向人生巅峰时的生动表情，他们的年代已经淡出人们的视野，他们的名字还在流传，他们的旅程或许还将继续下去。因为他们是中原移民的后代，移民的基因培养了他们与生俱来的开拓精神和迅速适应环境的能力，对他们而言，所有的故乡原本不过是异乡，所谓的故乡，不过是他们的祖先在漂泊旅程中的落脚的最后一站。他们经历过的地方，值得让他们倾心经营与奉献，并最终把自己的一生留在那里。

第七章

广州遗事

黄埔帆影

从 17 世纪末开始，每年借助强劲的信风，世界贸易的大帆船驶入黄埔，广州进入贸易季节，今天的广州秋交会似乎还带着当年的影子。

17 世纪 40 年代，大清最终在中国确立自己的统治，从多雪的东北到遥远的彩云之南，都归入其下。

帝国随后进入中国历史上著名的"康乾盛世"，在平定"三藩之乱"和将台湾重新收入版图后，朝廷部分解除了明朝以来的海禁政策，于康熙二十三年（1684 年）设粤、闽、江、浙四大海关，开海通商。

新的王朝延续古老的朝贡贸易体系，从理论上讲，它的规章涵括各个领域：包括船只大小、船员数量、禁止出口货物、外国贡品储藏模式和港口官员的行为规范，等等。

不过，中国官员对法律的理解似乎从来不那么教条，关于贸易的限制最终被一再突破。随着外国商船的蜂拥而入，乾隆二十三年（1758 年）一道圣谕改变了对外贸易的格局，皇帝以"天朝物产丰富，无所不有，不需与外夷互通有无"为由，撤销闽、江、浙海关，广州成为中国唯一合法的对外贸易港口，中华帝国与世界各国之间的贸易以此为端口，广州成为中国走向世界的门户。

大约在 1685 年，伴随着日益频繁的国际商业交往，中国历史上最早的官方外贸专业团体——广州十三行应运而生。行商——大清帝国的特许商人，在广州从事进出口贸易并垄断该港口同欧洲国家的经纪业务权利。他们组织接待远方客商、统购进口洋货、营销中华特产，在中外贸易史上显赫一时，成为与晋商、徽商齐名的中国三大商帮。作为中西贸易的终端，广州因为这些人而迎来令人瞩目的经济文化的辉煌时代。

在长期的海外贸易中，漳州商人积累的巨大的贸易网络和资本并没有因为月港的淡出而失去舞台，"走广"便是一种有吸引力的选择。当外洋船经过中国"一口通商"政策的引导前来广州贸易，原先聚集在漳州河口一带的贸易专业人才，很快随市场而来，成了广州和外洋贸易中的关键人群。行商、通事、买办大多来自福建闽南地区，其中同文行的潘振承和丽泉行的潘瑞庆，同属漳州龙溪祖籍；文成行的叶上林和东裕行的谢嘉梧，来自漳州诏安，声名和财富显赫一时。

海外贸易的巨大利润，吸引各地商人云集广州，康熙二十二年（1683年）到乾隆二十二年（1757年），到达广州的外国商船312艘；而乾隆二十二（1757年）年到道光二十八年（1848年）增加到5107艘。

从17世纪末开始，每年五六月间，借助强劲的信风，世界贸易的大帆船驶入黄埔，广州进入贸易季节，今天的广州秋交会似乎还带着当年的影子。这些船带来西方的工业品和手工艺品，并且在珠江边的商馆区，通过行商换取华丽的丝绸和芳香的茶叶，典雅的瓷器则在每年九、十月，在乘风回航时，作为可靠的压舱石。

朝廷一如既往地把对外通商看成是对"远夷"的一种恩赐，外商被一厢情愿地视为贡使。一个初来乍到的荷兰人，因为不懂得怎么给中国皇帝写"贡表"，劳驾了一位有些交往的中国官员，那官员便代表荷兰商人以中国人特有的谦逊向皇帝表示：外国的弹丸之地，就好比是中国的几粒灰尘，外国的那点只够用勺子舀、只能在马蹄印里积起来的水，也只不过是王朝的几滴雨露。这样的上表想必让皇宫后花园里的皇帝莞尔一回。

所以最初，外国商人按法律规定不能居住在广州城以内，只能在珠江沿岸商人区定居，如果需要，中国政府会要求他们全体撤离。但是应付这一点并非难事，他们可以很方便地转移到邻近的澳门。外国商人们的女眷，一直留居在那儿，等待商人丈夫从广州过来相聚。

但是，当大帆船穿过绿油油的稻田顺着珠江到达黄埔的时候，人们的心情竟和即将离去的春天的晚风一样清凉愉悦。

因为，同中国的贸易的确是一件十分有利可图的事情。

极富戏剧色彩的是 1744 年到达广州贸易的瑞典东印度公司商船"哥德堡号"，当它装载 700 多吨总价 250 万西班牙银元的货物于次年的 9 月 12 日回到离哥德堡港不到 1000 米的地方突然触礁沉没时，被匆匆打捞上来的商品不足总货物的 1/3，但是，这 1/3 已经足够收回远航的全部成本并且再造一条"哥德堡号"。

与此同时，广州十三行产生了一批世界级的豪商巨贾，潘、卢、伍、叶四大家族领一时风骚。潘家别墅临广州珠江而筑，堂皇气派，至今仍是一处胜景。来自泉州的伍家资产在 1834 年约有 2600 万两白银，被当时来广州的西方人称为"天下第一富翁"。他们的资产，曾经为美国的铁路建设助力。2001 年，《华尔街日报》将伍氏评为千年来全球最富有的 50 个人之一。十三行收集天下珍奇，1822 年的一场大火，在十三行燃烧七个昼夜，洋银融化后流入水沟，长达一两里，其价值为 4000 万两白银。

广州城外，与商馆对应，形成漳州人与泉州人的小社会，按照中国商人社会传统，他们以语言、同乡、同宗为纽带形成群体，跟晋商、徽商一样，游离于主流之处，却实力强大，富可敌国。

所以，最初到达广州的外国商人，大

▲ 叶上林

体还能忍受那些隆重如大戏的朝贡规则。当船到达澳门关外，先是报关投讯，延请引航员；在虎门，一艘中国官船将载着港务官员在西方船只的礼炮声中对船上的船员、枪炮、火药检查登记；在丈抽仪式上，港务官员代表皇帝向他们送上犒赏的牛酒，以使他们更像前来朝贡的朝鲜、琉球的使臣。然后，商人们才可以上岸，建仓库、找保商、做生意。

在珠江水面上，悬着不同国家旗帜的商船，就这样年复一年地进进出出，为广州港迎来一个又一个贸易季节。

皇帝关注中国南端这个港口的买卖，在清宫档案中人们看到，皇帝每年要过问这里的海关税收上缴及他的特许商人们为他收集到的海外珍奇。到 19 世纪中期，区区一个粤海关的税收，占广东一省财政收入 60% 和清政府全部关税收入的 40%。

在广州贸易走向繁荣的时候，中西历史正在经历一个微妙的时段。古老的中华帝国在巨大的满足中走向全盛，物质繁荣程度一时让西方还难以企及，如诗如幻的圆明园在这时期建成，曹雪芹的祖父正在江南为皇帝织造帝国最华美的衣裳。但是，在此期间来访的马尔嘎尼已经从帝国庞大的躯体中嗅到腐朽的气息；而西方正酝酿一场波澜壮阔的近代科技发展和思想启蒙运动，并由此推动社会变革。在俄罗斯，彼得大帝夺取出海口营造了他的横跨欧亚的帝国；英吉利走出岛屿，很快，它将成为"日不落帝国"；美利坚作为年轻的国家在 1776 年诞生，一个多世纪以后，它将建立自己的世界霸权。

当外洋大船来到广州并开始他们的贸易模式，东西方世界的物质、科技与思想的交汇掀起波澜，最终使两端走向失衡。

随后，古老的帝国进入它的震荡期。

世界商人

在封建王朝的外贸管理体系中，洋商是外商的商务伙伴，法律意义上的承保人和监管人，在外交层面上，他们是中国政府的传话人，同时还要保障海关税饷的征收。这种特殊的身份折射出封建王朝面对外来文明的复杂心态。

研究广州十三行历史，人们发现无法绕开一个人，那就是行商首领潘启。

十三行创立"公行"独揽中国对外贸易85年，潘家作为十三行首领达39年，历经乾隆、嘉庆、道光三朝，成了十三行历史上赫赫有名的潘启官家族。

潘启，又称潘振承，出生于康熙五十三年（1714年），他的号文岩，有人认为与他家乡的文圃山龙池岩有关联，是否臆会，没人较真。他的老家栖栅社，当年在漳州与泉州交界，现隶属漳州，称龙海角美镇白礁村潘厝社，与明代中国著名外贸港口月港近在咫尺。出海谋生是这一带百姓的一种传统。潘氏是唐开漳将领潘源的后裔，至今依然在这里集族而居，尽管族谱中关于潘振承的记载寥寥几笔，不过，在他故去200年后，这地方已经受研究者的关注。这里有他的祖祠、他父母的坟墓，他自己和他的原配夫人在广州死后也归葬这里。在他父母的墓碑上，刻着他的名字和他的荣誉性官衔——兵马司正指挥加四级，当时是乾隆三十四年（1769年）。不过史料记载是三品顶戴，和100年后的那个胡雪岩一样。

白礁，已有1700多年历史，比漳州建州时间还早。村中文圃山，是潘振承魂牵梦萦之地，据说他的"同文行"名字来源于此。山中有龙池岩，景致优美，传说是唐太子李忱云游之地。朱熹曾在此建"华圃书院"，并作"半亩方塘一鉴开，天光云影共徘徊。问渠哪得清如许，为有源头活水来"一诗传世。白礁慈济宫是闽台保生大帝信仰的发祥地。

现在，这个村在漳州 50 强村中名列前茅，台湾灿坤公司、王永庆的钢铁厂、金龙客车、申龙客车，均在这儿落户，可谓人文荟萃，藏龙卧虎。

潘启一生颇具传奇色彩，贫家子弟、洋船船工、广州行商的雇员、那个时代世界最富有的商人……

潘启年轻时曾先后 3 次赴马尼拉贸易，那时，漳州与马尼拉的贸易已持续 200 年时间，是传统的贸易线。他最初的财富大致是从航海贸易中赚取的，而从那日后让他在十三行如鱼得水的一口流利的葡萄牙语和西班牙语，我们也很容易地推测他最初的贸易伙伴的来历。

广州是海上丝路的始发地，千百年来市舶云集，来自福建的商人们随着贸易季节如候鸟而来，然后，渐渐把这里当作家。潘启壮年入粤，在同样来自福建的陈姓行商门下做事，然后在 1753 年开设"同文行"；这个同文行为他吸纳天下财富，最终让他富比王侯。

乾隆二十二年（1757 年），一道圣谕给广州和潘启带来巨大机遇，朝廷实施"一口通商"政策，广州十三行成为唯一法定海外贸易地区，独掌外贸垄断，拥有通往世界主要港口的环球贸易航线。"一口通商"在给中国对外贸易造成实际束缚的同时，客观上却造就了广州经济文化的繁荣。

潘启和行商们借着古老帝国勉强打开的一道细微的门缝，一跃成为世界富豪。

"一口通商"实施 3 年后，潘启联合 8 家行商，向朝廷呈请设立"公行"，成为专营中西贸易的封建垄断贸易机构，潘启被朝廷任命为行商首领，一直到 28 年后病逝。

清政府显然已经意识到，控制"公行"既可以获取巨大的商业利益，又能够控制商业资本，迫使商人不得不终生服务于皇朝体制。事实上，潘启和十三行的行商在成为屈指可数的皇家特许商人的同时，他们的命运已经和帝国的命运紧紧联系在一起。

在封建王朝的外贸管理体系中，洋商是外商的商务伙伴，法律意义上的承保人和监管人，在外交层面上，他们是中国政府的传话人，同时还要保障海关税饷的征收。这种特殊的身份折射出封建王朝面对外来文明的复杂心态。

作为十三行富商之首，1793 年，同文行的资产为 2000 万两白银，当年，清政府财政收入约为 4000 万银元。那个时候，做行商的"入门券"是 20 万两银子，而两广总督的年俸是 2 万两银子。日后被美国人誉为世界首富的福建同乡伍氏家族，当年也来自潘家的门下。

▲ 潘启

来自那个年代的绘画至今仍可显示潘家的财富状况。1776 年，潘启在广州海幢寺西侧购置了一块地皮兴建潘家新宅，新的宅院亭台楼阁、雕梁画栋，犹如人间仙境，极尽奢华。"龙溪乡"的取名则显示了主人与老家漳州龙溪县的渊源。

潘家花园东至风光旖旎的漱珠涌，北接悠悠珠江水，规模宏大、雍容华贵、名动南粤。园中古树参差、名花争艳。钦差大臣、总督、巡抚和外国使节常常在这里会晤和举办餐会。人们有时会在这个人间仙境里看到如花美眷以及她们身上华美的服饰。在她们身边，游走的麋鹿、孔雀、鸳鸯与她们亲密无间。许多年后，当人们从文字或外销画中看到这一幕时，总是忍不住将其和《红楼梦》中的某些细节联系在一起。

潘氏家族的成功得益于谨慎地选择合适的贸易对象。潘启以英国和瑞典为主要贸易对象，这两个国家对中国贸易需求量大，商人支付能力强。在当年的对华贸易国中，中国与英国、瑞典茶叶贸易量分别位于第一、第二位。1785 年，中国茶叶出口 232030 担，出口英国 154964 担，出口瑞典 46593 担，这就保证了同文行对外贸易额始终保持为同行之首。在相当长的一段时间里，同文行几乎垄断与英国公司的生丝贸易。1768 年，英国向他订购 2000 担生丝，此后，同文行每年都有 1000~2000 担生丝交售公司。

在一些著述中，潘启被认为是最早到过瑞典并且投资瑞典东印度公司的中国人。

在瑞典哥德堡市博物馆旧日东印度公司办公大楼里至今保留着一幅潘启的玻璃画像，这是他送给瑞典东印度公司董事萨文格瑞的礼物，这份 200 年前的友谊，因为那片玻璃而泛着古典的光泽，以至人们一厢情愿地相信，画像上那个气宇不凡的商人，是第一个到达瑞典的中国人。

事实上，对于瑞典或者英国东印度公司的商人们来说，当他们经过漫长的旅程到达黄埔港，兴冲冲地带着白银直奔十三行时，潘启一定是他们最想见到的中国商人。

潘启和欧洲东印度公司贸易额是多少，已经难以确切考证。仅仅从那些零星资料，我们可以了解当年的贸易。1753 年，也就是同文行成立这一年，潘启与英国东印度公司一项贸易就达生丝 1192 担、丝织品 1900 匹、南京布 1500 匹，其中生丝一项就达 20.86 万两白银，而

1757 年仅一艘西班牙商船就从潘启手中买去 20 万西班牙银元货物。

潘启的商业网络已经越过传统海域而伸展至欧美，并由此成为一个置身全球贸易体系的真正的"世界商人"。事实上，潘启始终没有放弃传统的南洋贸易的机会，1768 年进出广州港的有名可考的 37 艘商船中，"协盛""万泰""坑仔鹅"三艘船的主人就是潘启。

在那个不算遥远的年代，潘启和洋商们开启了一种融会西方人文精神的商业文化，开放包容、重视实际、平等互惠是他们遵循的行为准则。

潘启是外商乐于打交道的中国商人。在外商眼里，他熟悉他们的交易规则，难以对付但十分守信，言行谨慎但乐于尝试一些新的东西。做生意时双方总归有些冲突，可是整个过程大家又是亲密朋友。作为心态开放而有远见的商人，他第一个使用汇票与英国人进行贸易结账，在 1772 年的一次交易中，他接受了一张来自英国东印度公司伦敦董事部的汇票。而在中国，传统的海外贸易只以白银结算。当输出商品数量增大、外商白银紧缺的时候，这种金融手段可以提高贸易效率，加快资金流转，为大额贸易活动提供巨大的便利，此后，中国商人们开始认识并接受这种支付方式。

潘氏家族是十三行中唯一传承百年的商业巨族，在畸形的贸易制度的挤压下，广州富商的传奇往往昙花一现，而潘家却能周旋于官府和外商之间，独领风骚屹立不倒，在全球化贸易中成为诚信典范。

1783 年，英国东印度公司董事会退回 1781 年运去英国的据称质量存在问题的 1402 箱价值超过 1 万银元的武夷茶叶时，潘启如数赔偿，当年，在广州贸易中，这是先例。正因为如此，外国商人们交给同文行的定金，往往一次就是 10 万两白银，最多一次高达 60.18 万两，没有人觉得有什么不妥。

在与十三行有生意往来的英国人眼里，他是行商中最有信用的人物。英国东印度公司的大班与潘启交往始终心怀敬意，甚至声称潘启曾为他们做了很多好事，所以不愿使他不快。

不过，这种颇为令人称道的友善关系，很快将因为国与国之闫实力对比的不均衡而成为一种奢侈。

十三行的崛起迅速改变了当时的社会生活。

潘启是一个视野开阔的人，几次远航使他积累了丰富的阅历。在一些重要的场合，他总以儒商形象出现，而他喜欢在豪华的西式大厅宴请中外宾客。当客人们陶醉在精美的玻璃器皿、银器、洋酒以及一些西洋玩意儿交织的氛围，潘启便一幅一幅地翻开地图，温文尔雅地用英语向外国朋友询问国外的风土人情。潘启讲的那种"广东英语"如同后来上海的洋泾浜英语，因为融会了粤语、葡萄牙语而成为广州流行的外贸语言，被一直使用到 20 世纪 70 年代。

一些油画家似乎是洋商家庭的常客，当他们用西方的绘画技巧和材料细心描绘潘启与他的家眷的生活时，我们不仅领略到了 200 年前西风东渐时中国世俗社会的生活，我们也嗅到了那个时代中国绘画艺术上的超前意识。那些洛可可风格与中国工笔画韵相融合的绘画作品，以及别有韵味的瓷器、茶叶、丝绸，成了那个时代西方社会对中国的最直观的认识，并影响了上流社会的生活时尚。

一些训练有素、知识渊博的西方传教士，经过十三行进入大清皇帝的宫廷，他们的出现，让古老的帝国睁开一只看世界的眼。

1765 年，潘启带领全体行商与法国东印度公司签订一份刊刻铜版大型组画《平定西域战图》的合同，画作由在宫廷供职的意大利人郎世宁、法国人马致诚完成，法国巴黎皇家艺术学院挑选名家柯兴、勒巴弟参加雕版，画作主角是乾隆皇帝，整项工程历时 11 年，今天，这组画被视为 200 多年前东西方艺术合作的经典巨作。

中西方文化交流，在船来船往中进入空前繁荣的时期。

潘启的年代，正处于"康乾盛世"巅峰阶段。国力强盛，四方来仪，铺展在大清皇帝脚下的是一片锦绣乾坤。但是，同正在进行工业革命的西方世界相比，这个建立在自然经济基础之上的盛世，已经潜伏着一种深刻的社会危机，当帝国垄断商人潘启在阅尽天下财富的时候，已经无可逆转地将面对着衰落的结局，无论是整个帝国，还是潘氏家族。

潘启之后，他的儿子潘有度、孙子潘正炜继续执掌家族事业，被外国人称作潘启官二世、潘启官三世。漳州商人潘启和他创立的商业兴旺百年，贯穿十三行整个历史，而十三行的历史又与清王朝那段历史紧密相关。

1840 年，鸦片战争爆发，十三行历史宣告终结。

经营外贸长达一个世纪的龙溪潘氏从此淡出商界，成为广东著名的书香望族。

那时，大清帝国正迎来关乎它最后命运的潇潇风雨。

风雅洋商

> 他拥有士大夫的许多脾性，吟诗著作，忘情于字画文物，书法有苏轼、米芾风骨。那些建在珠江边的园林胜景，则代表他的情趣，那里汇集着嘉庆、道光年间的广东知识精英，包括科举士子、卸任官员、学者。但是多变的时局，正在逼近这种令人羡慕的优雅生活。

他本来可以跻身士大夫行列，在优渥的生活中安享时光，命运让他成为洋商首领；他本应该在世界贸易的舞台上引领风骚，战火却让他最终选择抗拒旧日的贸易伙伴。潘正炜——潘启官三世，19世纪20~40年代举足轻重的洋商、一个重重挤压下的杰出商界领袖、混乱年代的超级富豪，从他的命运我们可以看到那个时代的国家命运。

时间进入19世纪，行商迎来一个多变的时代。

英国东印度公司开始成为中国茶叶的支配性出口者，中国茶叶的终端市场在英国，原本在中国贸易中占相当份额的荷兰东印度公司受法国大革命波及，几乎无法派船前往广州，最终于1794年解散。其他欧洲大陆的公司，比如瑞典、丹麦、法国相继成明日黄花，形成英国东印度公司垄断与中国贸易的局面。

大约在1757年的时候，发生在印度的普列西之役使英国东印度公司开始在印度拥有领地，随之而来的巨额税收使公司有能力支付在中国采购商品之所需，由此他们同中国、欧洲的国际贸易也相当活跃。

潘正炜充任行商时，在广州的外国商人数量达到前所未有的水平，他们大部分集中在茶叶贸易中，英国东印度公司是最大的购买商，孟加拉的棉花是主要进口商品，白银依然是主要支付手段。但是随着时间的推移，鸦片贸易成为东印度公司首要利益之所在，尽管这种威胁帝国安宁的贸易在中国被视为违法。此外，东印度公司还能够从印度生产鸦片及输往海外，另外增加税收。

这种严重危害中国利益的贸易为这个国家与中国的冲突埋下伏笔。

潘正炜在1822年继承父业经营洋行，此前他的父亲潘启官二世——潘有度一度中止同文行家族事业，待他重入洋行时改同文行为同孚行以示区别。外商沿用对其祖先的称呼，称其为潘启官三世。19世纪的20~40年代，是他的华美的时光，据说他的资产最高时达一万万元，这一点使他不逊色于欧洲国王。

出任洋商并成为首领并不是潘正炜的初意，事实上，在潘正炜的父亲、行商首领潘有度在世时，这个世界级的富商家族已经充满书香。潘有度能诗能文，据说在歇业期间一度有北上京城的念头，但不知何故没有成行；他的二伯潘有为是乾隆三十七年（1772年）的进士，钦点内阁中书加盐运使司衔，正在京城校四库全书；他的长兄潘正亨考取贡生，做过知府，在广东学界有盛名；三兄潘正常是1809年进士，钦点翰林院庶吉士；而潘正炜30岁出任洋商前，业已考取副贡生，此前，他从未染指洋行生意，仕途对他并不是遥远的梦。

他拥有士大夫的许多脾性，吟诗著作，忘情于字画文物，书法有苏轼、米芾风骨。那些建在珠江边的园林胜景，则代表他的情趣，那里汇集着嘉庆、道光年间的广东知识精英，包括科举士子、卸任官员、学者。

但是多变的时局，正在逼近这种令人羡慕的优雅生活。

19世纪上半叶，中国受到来自西方世界的强有力的冲击。古老的广州贸易体系所承受的负载越来越重，开始面临全面的崩溃。一方面，由于鸦片非法流入与日俱增，开始造成白银大量外流，从1800~1840年，估计有3~4亿元白银流入英国，充实英国商人钱袋和女王政府的国库。与此同时，英国东印度公司因为禁止白银输入中国，结果引起中国银价上涨，随之而来的一场货币危机，冲击广州金融体制。另一方面，1825 年英国发生了世界上第一次资本主义经济危机，国内困境需要转化为对外征服，扩大对中国市场的占有率便被认为是解决问题的一剂良药。英国政府随之改变对中国的外交、外贸政策，开始接手在华商务。19 世纪 30 年代，伦敦派遣来华的已经是相当于公使衔的商务监督。英国对华政策和管理机构的改变，导致中英交涉成了政府之间的事情，中英冲突的危险随之加大。

　　尽管世界通商已成为大势所趋，但是帝国对外界的变化缺乏了解的兴趣，皇帝并不见得对外夷心存恶感，但是几千年来蔑视这些人已经成为习惯。中国人对英国人派驻代表律劳卑的飞扬跋扈感到郁闷，英国人对中国拒绝承认其外交平等和商业机会的要求感到愤怒。

　　英国人太愤怒了，以至必须有让自己平息愤怒的办法，这就是战争，如果一次战争不够，可以再来一次。

　　道光十九年（1839 年），迫于鸦片贸易局势，林则徐奉命到广东查禁鸦片，同时积极备战。洋商们或许有许多惶惑，但是显然知道应该和谁站得更紧密一些。

　　道光二十年（1840 年），潘正炜和洋商共同呈请认缴三年茶叶行用作为防务经费。

　　虎门炮台因为镇珠江咽喉，受到林则徐的关注，提督关天培继续加强它的防卫能力。一批新式铁炮通过秘密渠道从澳门和新加坡运抵广州，在鸦片战争中，虎门炮台先后配备火炮 200 座，大者 9000 斤，可作远程发射，购置资金多来自洋商，其中，1841 年在珠江口沙角战斗中发挥作用的西洋铁炮，由英国利物浦工厂生产，资金由潘正炜支付。

　　1839~1840 年两年间，林则徐又下令购买一批外国船舶和仿造西方夹板船充实海军。当英国兵舰在珠江口耀武扬威的时候，帝国那支破烂不堪的海军，配备着郑成功时代的铜炮和藤牌，出击时鼓噪呐喊，不可名状。依靠这支表里糟糕的队伍，拘捕盗贼或可，挑战蒸汽战舰，无疑是堂吉诃德式的梦想。

在国家需要洋商们出力的时候，潘正炜自己又购买了一艘吕宋夹板战船交给珠江守军，另一些洋商也这么做了。

如果说，在过去数十年的时间里，官府曾经一次次向行商们索取，皇帝的贡品、督抚的珍玩、衙吏的私藏，以国家的名义。

那么唯有这一次，他们的索取与洋商们的奉献终于有了充满正义的理由。

那些由潘正炜和洋商们倾力拼凑起来的、最终又将毁于战火的西式战船，大约给残破的帝国海军带来瞬间的晕眩，就像那些老迈的将领戴上象征荣耀的花翎，不过这些尝试性的动作多少拉近了与对手间的差距。

这场战争是西方工业世纪新军事技术与老式的中国装备之间的较量，结果不言而喻，几千英军士兵和两艘战舰便轻而易举地取得了胜利。

当蒸汽驱动的铁质战船"复仇女神号"轻松地躲过岸炮的轰击沿河北上，帝国大门轰然洞开。海洋不再是中国的天然屏障，夷船在中国领海内如入无人之境，凄凉的海港预示着日后不祥的前景。

鸦片战争使英国人获得2100万银元的战争赔偿、5个港口城市自由贸易权和香港岛管辖权，洋商失去了一个世纪的贸易垄断，中国失去的是一个天朝大国的尊严。

1841年6月27日，广州将军奕山和英国人义律签订停战协议，广州被迫在一周内交出600万银元，其中，当局缴付400万银元，洋商摊派200万银元，潘正炜支付了26万银元。让中国人的自尊心大打折扣的"赎城费"风波曾在日后屡受诟病，但是，广州侥幸避开了战火，在经历战败的耻辱后，广州当时在世界城市排名中名列第四。

如果时间推前50年，英国人对这样的结果一定高兴得发疯，但是现在他们很快发现要得不够。

所以有了1847年的广州人民的反租地和反入城的斗争，潘正炜的一生因为这个事件而可圈可点。

1843年，英国人通过《虎门条约》攫取租地特权，开始在中国建立"租界"。1847年4月3日英国公使德庇时带领900多英军士兵分乘三艘武装汽船和一艘方帆双桅船攻陷虎门要塞，突入珠江内河，在十三行附近珠江湾停泊，登陆占领安澜桥一带，同时，德庇时向两广总督耆英提出要求，租借广州河南洲头咀建货仓，建立租界。4日，兵临城下，耆英同意英国人两年后入城和租河南地的要求。5月15日至17日，一连三天，英国人自行派出测量队在广州河南北起漱珠桥、西起洲头咀、东至沙地一带丈量。

洲头咀与北岸十三行商馆区隔江相望，扼锁从西南进出广州的咽喉，而洲头咀至漱珠桥、环珠桥一带，是潘氏家祠和族田所在。河南，收藏着潘正炜物质与精神的全部想象。听帆楼，那是他贮藏书画和论著文章的地方。楼下藕塘花架，月榭风廊，曲折重叠。登高望远，珠江白鹅潭往来帆影星星点点。在这里读画摹帖乃人生一大乐事。建于1832年的清华池馆，台临江流，老树环合，潮来喜闻桨声，雨过可看耕田，那地方属于诗，属于酒，属于浸润了几百年韵味的古印和字画，属于古风今雨不尽高谈的美好辰光，现在，一切将要失去了。

于是，他需要抗争，不仅因为他的家，他的嗜好，还有他作为一个文人所应有的伦理纲常。

和他一起抗争的是河南48乡的数万人家。

1847年5月20日，潘正炜等几十个绅耆带领河南48乡3000人渡江，群集英国商馆，广州十万人又群起响应。

这一天，潘正炜向英国领事——据说已经躲了起来——递交了一份措辞委婉的请愿书，以家族的名义，与之刚柔相济的是一封抗议书——《河南绅耆致英国领事馆信稿》却无异于一道宣言，人们宣称："今河南四十八乡，烟户不下数万家，其间贤愚不齐，强弱不一。心既不甘于弃地，志即可激成城。"

这两封书信，或者说跟着请愿书而来的十万民众发挥了作用，21日请愿书即交到广州领事马额峨手里，23日马额峨复函潘正炜，24日，在香港的英国公使德庇时收到书信，25日德庇时函复潘正炜。

奇迹发生在广州官员集体失语的时候，鉴于民众的气势，英国人不得不重新评估租地和进城权的实际价值，并最终让这个计划至少推迟了十年。

这是强权之下广州人民集体抗争的一次胜利。

这时候，林则徐已远在云南，透过纷乱的时局，关注那一块让他名垂青史的土地，珠江边上那沸沸扬扬的声音，或许让他又一次看到虎门销烟时那一片激荡的民心。

当与家族持续了一个多世纪贸易并由此带来巨大财富的贸易伙伴最终成为国家的敌人，曾经的迷惘、困惑、踯躅，在经历了国家战败的耻辱和毁家纾难的努力后，开始展露出难能可贵的尊严。

经历外贸长达一个世纪的潘启官家族，从此退出外贸行业，或许，这是潘正炜为家族做的最毅然的选择。

洋务先行者

潘仕成对外面世界的新鲜玩意儿充满了好奇心，他信心满满地仿制它们，急匆匆地向人们展示他的绝妙成果，并不追求对这东西的理解和掌握，他一定以为凭一己之力就可以轻易拯救国家。

鸦片战争的炮火震碎中国人的千年美梦与自尊，至今，人们似乎还难以从心理上修复100多年前留下的战争伤痕。

因为商业贸易，英国人曾是这样热心地把白银送到家门口，接着是鸦片，然后是战争，等到人们发现和一向被自己蔑视的家伙打仗是一件很糟糕的事，战争已经结束了。

这样，人们开始反省战争的结果。

尽管国家走上图强的道路还要等上20年。

潘仕成，一个最先看到西方物质文明与科技成果的行商，由此开始他大起大落的人生。

潘仕成生于1804年，祖籍福建，是潘启的弟弟潘振联的重孙，他的父亲潘正威，是潘正炜

▲ 潘仕成

在同孚行的最得力助手，而他自己在 1842 年的反租地斗争中，以一个在籍道员和著名洋商的身份，起到了推波助澜的作用。在 19 世纪中叶，潘仕成是广东政、商、学界炙手可热的人物。

道光十二年（1832 年），潘仕成应顺天府试，取得副贡生资格，其间因为捐资赈灾，被赐举人，开始迈出红顶商人的第一步。

相对于十三行商人，潘仕成的地位最为显赫。两广盐务使、浙江盐运使、布政使，最高职衔为从二品，而清代洋商捐纳的最高品衔为正三品。从他自己编辑的《尺素遗芳》记录，与他书信往来的 111 人，全部是当朝显贵或地方大员，可谓"谈笑有鸿儒，往来无白丁"。

这个人最让人津津乐道的似乎是关于他的财富与生活享受的传说，海山仙馆——他造梦的地方，是广东最好的园林。法国人于勒·埃及尔曾于 1844 年造访这地方，从他留下来的三张照片，人们见识了昔日海山仙馆主楼的风姿，那座临湖而建的建筑，轩窗敞宇、长廊跨湖、蜿蜒曲折，精致而又大气十足。据到这里参观的外国人说，里面的每一个房间的地毯多用法国进口的天鹅绒，有些则是丝织的，名贵的家具漆着日本漆，房间的圆柱上镶嵌着珍珠、金、银和宝石。这个花园，可以容纳一个军的军人，而维护它，主人每年要花费 300 万法郎。这个馆占地百亩，夏日，菱荷纷敷，丹荔垂垂，轩窗四开，满目空碧，仿佛世外桃源、人间仙境。它的一部分，即今天的广州荔湖公园。

潘仕成在这馆里收藏金石、古帖、古籍、古画以及他的专属嗜好——潘壶，30 个杂役和 80 个婢女为他服务。今天的专业人士以为这种烧制于一个半世纪以前的器物形制简洁大气，是清中期最富代表性的紫砂壶。墨客喜欢海山仙馆的岭南风情，文人赞美它的文化品位，风流名士们醉心于它的女人香，而广东的高官常常拿它当成非正式的外交场所，接待西方使节和商人。总督耆英是这里的常客。1860 年 4 月 11 日在巴黎出版的《法兰西公报》曾经刊登了一个到达广州的法国人的文章，作者声称，在海山仙馆遇到的两个人——耆英和潘仕成风雅的仪态令

▲ 海山仙馆水彩画（局部）

人惊叹。这人自称到过许多欧洲宫廷，遇到和结识了许多杰出人物，但是在举止优美、高贵和从容方面，没有见过有人超过这些中国人。

藏书是潘仕成的另一项重要雅好，当年广东藏书最杰出者为伍崇曜、康有为、孔广陶及潘仕成，有"粤省四家"之称，潘则居四家之首。《海山仙馆丛书》即他的杰作，其工程浩大，开支靡费，带着拿来主义的快乐，收藏了一批罕见的宋元珍本和明清著作，西方的数学、地理、医学等近代书籍亦收纳其中，至于他刊印的法国传教士玛吉士编的《外国地理丛考》则是我国最早的外国地理学著作，这种兼收并蓄的态度，开岭南现代学术风气之先，在学界产生深远影响。

作为长年从事中外贸易的商人，潘仕成对外部世界的了解超越一般商人与官员。在国门被打开、帝国对外部世界茫然失措的时候，潘仕成成为当时极为难得的外交、海防和贸易人才。

当时，朝廷大员们也意识到，装备落后是导致闽、粤、江、折水师屡战屡败的直接原因，于是短暂地形成了一股造船热。朝廷命令四川、湖广等省采购巨木，速制坚船，驶往闽浙巡防。鉴于那些传统战船比如快蟹、拖风、捞缯、八桨已经保持几百年不变的样式，内河巡缉尚可，海上冲锋已经不堪其用，于是，人们把视线投向自己的对手。道光二十一年（1841 年），行商伍敦元购美利坚战船、潘正炜购吕宋夷船一艘，充实广东海军，而潘仕成独辟蹊径，仿造出美利坚兵船和英吉利中等兵船各一艘，据说，潘仕成先后造出了四艘这样的钢底战船，这些船长 33 英尺，可载 300 人，船上配置西式火炮。

依据军机大臣奕山向皇帝的报告，潘仕成的战船造得极其坚实，驾驭灵活，而且炮火犀利，另外，他还掌握了配合火药和制造水雷的技术。

1842 年，一个叫壬雷斯的美国军官来到广州寻找机会，他自称擅长制造威力巨大的攻船水雷。潘仕成认为，制敌则必先制其炮，制其炮必先制其船，攻船水雷正好适应这一需要。他随即报告奕山，获准开局制雷，局址设距广州城约五公里，潘仕成给美国人的月薪是 5000 两银子。

9 个月后，潘仕成拿到中国制造的第一枚水雷，壬雷斯拿到了他的 4.5 万两白银，此外，又有 2 万两是对他的奖励。

攻船水雷的原理是利用水压触机发动引燃火药产生爆炸，当年，这是国际上比较先进的水雷。潘仕成随后写了《攻船水雷图说》，记录水雷研制原理及施放过程，这些成果，后来被魏源收录进《海国图志（增补版）》传世。

按照道光皇帝的命令，攻船水雷将在天津大沽海口实地演示。1843 年九月初八，或许是一个晴好的日子，海风使大清国的旗幡猎猎作响，在经历了一再战败后，所有人都对这场演示抱着一种期待。一个厚 8 尺长 6 丈共 4 层的木筏被人们放到水面，120 斤重的炸药被固定在筏底，随着一声巨响，木筏化成无数碎片。

一切变化是那么令人兴奋，似乎大清国的希望从这一声巨响中迸发出来。

潘仕成对外面世界的新鲜玩意儿充满了好奇心，他信心满满地仿制它们，急匆匆地向人们展示他的绝妙成果，并不追求对这东西的理解和掌握，他一定以为凭一己之力就可以轻易拯救国家。所以他信心满满地向皇帝报告，他的每一枚价格只要40两银子的水雷就可以解决一艘敌舰，整个东南海面，只要花上4万两银子打造百枚水雷便可以高枕无忧。他的最大疏忽似乎是忘了告诉皇帝和大臣们如何采用一个合适的办法将水雷恰到好处地送到敌舰将其击毁。

道光皇帝似乎从潘仕成的努力中找到帝国了继续存活的希望，他在1842年10月曾经下旨，好像下决心要把一切建造军舰的权力交给潘仕成，还命令严惩那些阻挠他办事的人。皇帝也曾经为潘仕成做出水雷高兴得不知所措，他安排演示并认真听取了结果汇报，然后就不闻不问了。而大臣们天生有抱残守缺的美德，那些使用了几百年的战船，怎么说也比潘仕成这个洋商仿造的东西看起来顺溜。所以，1842年皇帝命令广东将军奕山将潘仕成仿造的美式兵船图案做成5份，交直隶、山东、江苏、浙江、福建的督抚勘量本省海面，候旨交广东方面造舰时，皇帝遭遇到了典型的太极推手，山东方面表示，他们的海面暗礁多，不适用潘的战船；江苏方面认为潘的战船能够出奇制胜，但不如福建同安梭灵活；浙江方面与江苏方面意见一致；至于福建方面，未见答复。至于水雷，同样被认为火力强大却不适用被搁置。

此后，关于潘仕成的造舰和水雷使用未再见诸记载。巡弋在珠江口的外国兵舰，见到的依然是几乎不设防的城市和驾着捕鱼船似的舰艇的帝国海军。

潘仕成显然是一个积极进取、善于放弃的人，当他发现仿制武器远不如研究美姜和古玩来得得心应手时，他需要做的是平心静气地对待皇帝和他的大臣们的决定，事实上，在那个纷乱不堪的乱世舞台，他不过是一个小小的配角，就像当年参加《南京条约》《天津条约》的谈判，他不过是一个谈判代表的随员而已。

据说，潘仕成的一生曾有五次机会得到皇帝的委任，但是除了去大沽口演示他的水雷，他从不愿意离开广东，比之于风雨飘摇的朝廷，海山仙馆的神仙般的日子才适合营造他的精神家园。

至于道光，看来是一个命运不佳的皇帝，从他力图拯救帝国的努力上看，他好像是一个被时局弄得精疲力竭的年轻人，那些七拼八凑出来的远见，因为贫血气虚的躯体，支撑不了长途跋涉的恒心而作罢。他对潘仕成的兴趣，或许就像潘仕成对兵舰和水雷的兴趣，只是兴趣而已。

历史，就这样和潘仕成擦肩而过。当皇帝拒绝潘仕成的成果时，洪秀全在广东花县创办了"拜上帝教"，七年后的 1861 年，太平天国战争爆发，平息这一场战火，花费了 14 年，在战争中形成买办官僚军阀，终于认识到借助西方资本主义生产技术维护王朝统治的作用，从 1861 年开始，一场"师夷长技以制夷"的改良运动在中国拉开序幕。

这时，离潘仕成仿制西式舰船，过了 20 年。

至于潘仕成，一个转型时代的红顶商人，凭借在商、政两界的雄厚实力，坐拥天下财富，因商而仕，因仕而商，青云路上，风光已极。

这种商人入仕对当时中国传统商人向现代转型有特殊的意义，一方面他们是政府了解外界的信息通道，另一方面封建传统与现代精神在他们身上交织，他们的兴起与落败也将成为中国传统社会转型的缩影，成为商人阶层的宿命，这种宿命在潘仕成与历史擦肩而过时，便已注定。

所以，当潘正炜带领他的家族退出商界成为广东书香门第，另一个著名的行商家族伍氏北上参与上海开埠时，才华横溢、人情练达的潘仕成正在走向他的不归路。

在那个法国人在《法兰西公报》上盛赞完潘仕成的财富和优雅不过 7 年，潘仕成的事业已经败象横生，开始以出让屋宅与古董珍藏维持浩繁的应酬开支和债务。

1873 年，阅尽人生荣耀的潘仕成破产，海山仙馆——那个无数人寄梦的地方，在一片家眷的哭声中被官府查抄拍卖。

这一年，潘仕成在贫病中离开人世，数十年风流总被雨打风吹去。

这一年，是清同治十二年（1873 年）。

这一年，外使见清帝不再行三跪九叩礼，中国第一次以官方名义参加维也纳世博会，招商局正式在上海开局，中国开始了由传统国家向现代国家的漫长转型……

国家对决

于是，帝国在虚幻中轰然倒塌。人们在炮舰和弹雨中被迫接受新一轮全球化浪潮的洗礼。对中国而言，以这种方式接受近现代文明尚不知是悲，抑或是喜，抑或是悲喜交集。

18世纪，广州成为充满机遇的城市，经济实力在全球排名一再超前。人们来到这里，跟随世界贸易的风帆，为财富冒险。

欧洲人是这样。

洋商也是这样。

人们曾经容忍彼此。

但是，现在一切改变了，商人对决最终上升为国家对决，这一切因为鸦片而起，但绝不仅仅是因为鸦片。

战争的惨败让大清帝国上层知道弓弩对付不了坚船利炮，不过，也仅此而已。

鸦片战争的结果，是行商最终消失在世界贸易的舞台，不是因为他们缺乏智慧，不是因为他们缺乏包容的心态。他们的兴衰取决于他们背后庞大而腐朽的体制。他们曾经因这种体制而荣耀，也因这种体制而饱受耻辱。这种体制的背后，是民族精神的萎缩，这种萎缩使整个帝国一次次陷于昏睡。直到希望它一直昏睡下去的拿破仑在自己的流放地死去，它昏睡依然。当帝国庞大的躯体只能依靠中国南边的一个港口吸纳新风，庞大的帝国资产畸形地集于一群商人身上的时候，西方列强崛起了。

于是，帝国在虚幻中轰然倒塌。人们在炮舰和弹雨中被迫接受新一轮全球化浪潮的洗礼。对中国而言，以这种方式接受近现代文明尚不知是悲，抑或是喜，抑或是悲喜交集。

但是人们至少意识到这是一场商人的战争，终极目的是原料与市场的争夺，表现为国家实力的对决。

当千年帝国遭遇史无前例的灾难，商人精英随着老掉牙的商业体制的崩溃退出世界舞台，人们或许还不确定，应该改变的是什么，但是一定知道，应该改变的是谁。

结束语

　　或许我们在试着去了解别人的时候，也需要试着去了解我们自己，所以我们重溯往事。

　　移民和贸易是漳州社会历史发展的两大主题。大约在 13 世纪，漳州商船开始在亚洲水域游弋，从 15 世纪到 17 世纪上半叶，实力强大的漳州商人集团崛起并走向全盛，一度成为华商网络中一个重要节点，其海外影响力波及至今。在世界地理大发现时代，相对于中国漫长的海岸线而言，地理条件并不优越的漳州以南中国海贸易中心的地位，孕育出一个充满创新精神的商人群体，他们把性命和希望交给莫测的前程，一往无前，四海为家，演绎出无数鲜为人知的故事。

　　他们闯荡南洋，东渡台湾，南下广州港，尽显风骚数百年，他们力量的消长折射出 500 年来王朝力量的消长。对一个长期奉行闭关锁国政策的老旧帝国而言，漳州商人无疑是那个时代颇具世界眼光的一群人。

　　漳州商人在风雨兼程中走过他们的 500 年，500 年的时间可以改变的东西很多，比如世界，比如他们，比如我们。

　　有人说，在这 500 年"全球化"浪潮中，与其他社会同在一个平行跑道的欧洲，最初似乎并不是领跑者，却成了在终点触线的赢家。

　　也有人说，正是这 500 年的启迪，全球化才依然是一艘谁都想争着搭上的航船，它的风帆鼓起时，写满了人们对未来经济版图的展望。

　　今天，我们或许还可以从他们的移民与贸易的经历中找到他们曾经的财富冒险，我们或许还可以从他们数个世纪的财富创造力的此消彼长中解读左右他们命运的强大的外部世界力量，我们甚至可以从他们或者他们旧日的贸易伙伴兼竞争对手对国家历史的参与创造中完成我们对自己的历史的反观与展望。

但是，我们知道，曾经发生的不可能再发生。我们已经不可能以数个世纪以前的他们那样的方式，去开拓海外市场，重拾旧日荣耀或者找寻那些在大航海时代就已经失落的时光。

他们曾经是我们，但是，当他们从岁月之河登上航船扬帆沧海，世界不再是他们出发时的世界，他们不再是出发时的他们，我们也不再是原先的我们。

有一点可以肯定的是，他们——东来的欧洲人最早遇到的中国人——被称作"福建人"的商人们和欧洲人在船来船往中开始的全球化浪潮，使他们和那些传教士、军人、科学家参与那个时代财富分配，开启他们的财富冒险，并让胡椒、咖啡、茶叶和蔗糖的全球化贸易改变了世界的模样。

21世纪，世界贸易全球化的动力把越来越多的国家和民族卷入到世界大市场和国际经济联系中，资本、商品、信息、人才超越国界在全球范围内扩散。科技和通信领域闪电般的进步似乎抹平了世界，生活在地球上不同角落的人空前地彼此接近，不再仅仅通过船——那些大航海时代的运输工具，新兴国家创造的爆炸式的财富增长使世界经济权力重心由西向东位移，亚太地区再度成为世界贸易中心。新技术和新思想的传播迫使人们寻找通向新的世界平衡的道路，就像发生在许多年前的大航海时代一样。

而我们只是透过历史的云烟搜索某些答案，一如我们在网络时代轻而易举所能做到的那样，时光流转，世纪更迭，哪双手翻动了牌局？谁改写了游戏？什么影响了世界？哪些干预了我们的生活？而我们将如何选择通往未来的精神走向？

后记

　　这似乎只是一个简单的文字排列，但事实有时不仅是如此。

　　这本书试图做两件事：一是从另一个角度看十分熟悉的我们以及我们的过去；二是换另一种方法看曾经的我们——那些已经远行并且因为时间久远但依旧或多或少带有我们痕迹的"他们"。

　　这里书写了"他们"——一个商人群体以及发生在这个群体身上数个世纪以来的事，不作哲学家的思辨和史学家的较真，我感兴趣的只是捕捉一些所谓的历史诗意以便使我们自己的现实生活显得有些悠远。

　　对过去拾荒可能得到的回报有时像古董玩家说的"捡漏"，尽管这种"捡漏"往往基于对历史把握的不完整，特别适合于满足门外汉们的好奇心。不过，因为偶然的机会接触关于这些人的资料时，我还是一厢情愿地觉得历史有时可能是历史书写者的历史，对于儒家语境而言，商人似乎不过是社会生活中十分边缘化的一个群体，就好像我们生活的这个城市相对于中原地区在过去上千年的时光里曾经处于那么边缘的地理位置一样。对于我们所能掌握的记录而言，有关这些人和他们身上发生的事情通常是可以一笔带过的，我们所能找到的现实生活中的遗存也恰好如同关于他们的文字一样稀薄。不过，少见或者不见诸记载不意味事情就不曾发生。当我们对于一些遗留下来的蛛丝马迹心怀疑问时，大脑在不自觉间进入了工作程序，比如我们可以从现在联想到过去，比如我们可以从过去追溯更为久远的过去，比如我们可以从那时的生活知道他们的生活。遇到这种情况需要借助思维模式的转换、一些有趣的逻辑推断、一些文学想象。于是，在我们小心地靠近他们的时候，我们看到了这个商人群体的行走路线，比如闯荡南洋、东渡台湾、南下广州港等，以及他们身上数个世纪以来一直彼此关联的东西，最终为我们展示了一个渐次丰满的群体图像。比较费力地读这些人便成了一件有趣的脑力劳动，我们需要的是让想看到的结果在看来有些割裂的零散资料堆砌中渐次分明，并由此体会过程快感，于是摆弄文字最终看来好像成了一件需要排解若干困难的网络游戏。

需要说明的一点是：在这样的作品里拿过去说事仅仅是一种无伤大雅的个人嗜好，我们并不需要刻意把所发生的事关联在一起，比如历史，比如他们，比如我们。但是，有些东西是人类社会所共有的——比如曾经的光荣，比如永恒的梦想。

就这一点而言，我们说的是商人，但他们身上所折射出来的精神气质，不会仅仅属于商人。